Le Royaume d'Outrebrume

Le Royaume d'Outrebrume

I. Oursin des Étoiles

II. Le prisonnier de Grisemine

Traduit de l'anglais par Philippe Morgaut

Mise en pages : Dominique Guillaumin

Titre original : *The Mistmantle Chronicles, II. Urchin and the Heartstone*

Édition originale publiée par Bloomsbury Publishing Plc, Londres, 2006

LE ROYAUME D'OUTREBRUME

II. Le prisonnier de Grisemine

M. I. McALLISTER

GALLIMARD JEUNESSE

Pour Marylin Watts et Alison Sage

Quoi qu'il advienne, Grand Cœur de mon cœur,
Seigneur de toutes choses, ma vision toujours demeure.

Hymne irlandais du VIIIe siècle

PROLOGUE

Sur l'île de Grisemine, à la nuit tombée, trois animaux tenaient conseil dans une salle souterraine. Le premier était Frère Flamme, un écureuil grand et mince en robe de prêtre. Il y avait aussi Mélèze, une petite femelle hérisson au visage triangulaire et à l'air sérieux. Enfin, une femelle écureuil de couleur feu qui s'appelait Cèdre et qui entra en coup de vent dans la grotte.

– Il est trop tard, dit-elle. Ils sont partis.

– Alors, ils vont forcément trouver l'écureuil et le ramener ici, dit Flamme d'un air grave. Ils n'oseront jamais revenir sans lui.

– Il courra un grand danger, conclut Mélèze. Vous savez comment il s'appelle ?

– Oursin, répondit Cèdre. Oursin d'Outrebrume.

Elle prononçait le nom de l'île avec respect, comme pour évoquer un objet précieux. Cèdre n'était jamais allée en Outrebrume, mais elle en rêvait depuis toujours.

CHAPITRE I

La côte d'Outrebrume avait été battue toute la nuit par une pluie diluvienne et des vents déchaînés qui secouaient en tous sens la cime des arbres, forçant les écureuils à en descendre précipitamment pour aller se cacher au creux des racines. Mais, au matin, la tempête s'était éloignée et l'île reposait, nettoyée, étincelante, les pierres humides de la Tour d'Outrebrume luisant d'un éclat rose pâle et doré dans la lumière d'été. Surgissant des fenêtres pour aller faire leurs provisions, des écureuils descendaient le long des murs en jouant des griffes pour assurer leur prise. Sur les rochers entourant la Tour, des colonnes de taupes au garde-à-vous saluaient le capitaine Traînelapatte, lui-même une taupe, qui leur faisait faire l'exercice. À l'intérieur de la Tour régnait une agitation incessante. L'île préparait le couronnement de l'écureuil Crispin.

Des effluves épicés s'échappaient des cuisines où taupes, écureuils et hérissons râpaient des noix, sortaient du four des gâteaux dorés tout poisseux de sucre ou pendaient aux fenêtres des bouquets de menthe pour éloigner les mouches. Des loutres empilaient des barriques de vin dans les celliers. Des danseurs et chanteurs montaient et descendaient les escaliers en quête d'un endroit où répéter, des acrobates s'entraînaient entre les tourelles sur les cordes raides que la mère Câline, la hérissonne, avaient tendues pour faire sécher les robes des choristes, et de jeunes animaux arrivaient de la Porte de la Source au pas de course pour apporter des baquets débordant d'eau fraîche à ceux qui avaient soif. Des hérissons descendaient les escaliers, non sans mal, chargés comme ils l'étaient de robes de cérémonie et de tapisseries qu'ils allaient porter dans la vaste Salle des Assemblées où des menuisiers finissaient de construire une nouvelle galerie en sciant et clouant à tout va.

La Salle des Assemblées était la pièce la plus imposante de toute l'île, mais elle était ce jour-là encombrée de bancs et d'un amoncellement de tenues de cérémonie, et envahie d'animaux préparant activement le couronnement, ainsi que d'autres qui s'efforçaient de paraître occupés afin d'être autorisés à rester pour aider. Les tapisseries, ces tableaux brodés, tissés et colorés qui illustraient les hauts faits de l'histoire de l'île, étaient posées bien à plat sur des chaises, attendant que quelqu'un puisse les pendre aux murs. Au milieu de ce désordre bon enfant, Oursin, jeune écureuil à la fourrure anormalement pâle, essayait de se frayer un chemin vers la sortie.

Le capitaine Pastor, la loutre, lui avait confié une mission très simple – « Fais un saut jusqu'à la plage, Oursin, et dis à Arane de venir me rejoindre » – mais c'était vite dit. Oursin avait beau être le page du capitaine Pastor et porter le titre de Compagnon du Roi, il se sentait pour l'heure tout à fait insignifiant, rien de plus qu'un tout jeune écureuil essayant de franchir une porte derrière laquelle arrivaient en sens contraire une douzaine de hérissons à la large carrure transportant des escabeaux, tandis que quelqu'un venait juste d'abandonner une pile de coussins en plein milieu du passage parce qu'il n'y avait nul autre endroit où les mettre. Il trouva plus simple de sauter par une fenêtre et de descendre le long du mur de la Tour.

Au-dehors, l'air était merveilleusement tiède et il sentait la chaleur du soleil pénétrer sa fourrure. Il transmit son message au capitaine Arane, l'épouse de Pastor, qui enfonça son bandeau d'or sur ses poils hirsutes et touffus avant de s'en retourner vers la Salle des Assemblées.

Oursin s'arrêta un instant pour s'imprégner du soleil et de la fraîcheur de la brise marine. Quelques loutres désœuvrées canotaient, pêchaient ou apprenaient à nager à leurs petits dans les flaques d'eau, comme si elles ignoraient tout du couronnement et de la folle agitation qui régnait dans la Tour. En cette fin d'été, la journée était trop belle pour la passer entre quatre murs. Il regarda distraitement la mer, au loin, puis la regarda à nouveau.

Des brumes enchantées cernaient Outrebrume. Aucun animal appartenant à cette île ne pouvait la quitter par mer et y revenir par la même voie. Les brumes l'en empêchaient, et peu de navires parvenaient à les franchir pour arriver jusqu'au rivage. Mais là, il discernait un mouvement dans le brouillard. La patte en visière au-dessus de ses yeux, Oursin regarda plus attentivement. Il vit d'abord quelque chose, puis plus rien, puis à nouveau quelque chose. Il fallait qu'il prévienne Pastor.

Il retourna vers la Tour en courant et en escalada la muraille à toute vitesse jusqu'à la fenêtre de la Salle des Assemblées. Comme sa meilleure amie, Finaiguille la hérissonne, était en train d'étaler des coussins de velours rouge sur l'appui de la fenêtre, il se heurta à elle et faillit tomber à la renverse. Il réussit à rétablir son équilibre et à se hisser à l'intérieur, mais les épines de Finaiguille étant incroyablement pointues, il ne put éviter de s'y piquer. Il se faufila à travers la foule pour arriver jusqu'à Pastor, surprit un sourire sur son visage, mais Pastor avait toujours l'air d'être sur le point d'éclater de rire.

– Le capitaine Arane est en route, mon capitaine, lui dit-il, et je crois qu'un bateau est en train d'arriver. Quelque chose bouge dans la brume.

– Bizarre, remarqua Pastor. Des visiteurs pour le couronnement ?

Finaiguille parcourut du regard la Salle des Assemblées comme si elle se demandait où l'on pourrait bien caser des invités de dernière minute.

– Allez tous les deux regarder ça de plus près, leur dit Pastor. Faites-moi savoir si vous avez besoin de moi mais, de toute façon, je vais descendre très bientôt. Pour respirer quelques bouffées du bon air marin et prendre le soleil. Et puis, Oursin, essaie de trouver un écureuil qui s'appelle Juniper.

– Juniper ? répéta Oursin.

– Un jeune écureuil, à peine moins âgé que vous deux, avec une fourrure foncée, précisa Pastor. Il a une patte de derrière estropiée et on l'a élevé en cachette, mais il est libre, à présent. Il faut qu'il fasse la connaissance d'autres animaux. Il a eu une vie plutôt solitaire, avec plus de loutres que d'écureuils autour de lui – ce qui ne lui a pas fait de mal, bien sûr, mais il faut qu'il rencontre d'autres jeunes écureuils. Je lui ai parlé de vous et il se trouve que sa mère adoptive lui a déjà raconté comment tu as ramené Crispin en Outrebrume. Il a vraiment très envie de te connaître.

– Capitaine Pastor, mon capitaine ! cria quelqu'un, et Pastor fut entraîné par un hérisson qui transportait une robe de cérémonie.

Oursin dévala de nouveau le mur de la Tour et attendit sur la plage que Finaiguille, peu agile sur les rochers, l'ait rattrapé. Plus rien ne bougeait dans les brumes, à présent – au fond, cela n'avait peut-être été qu'un mirage dû au soleil.

– Ce doit être lui, Juniper, dit Finaiguille.

Un écureuil se tenait au bord de l'eau, l'air un peu plus jeune qu'Oursin, plus mince et plus sombre que la plupart des écureuils. Une de ses pattes de derrière était un peu atrophiée et recroquevillée. Il n'y avait pas si longtemps que le capitaine Bogue avait essayé de faire exterminer tous les animaux faibles ou infirmes, et beaucoup d'entre eux avaient été élevés clandestinement.

Juniper avait sans doute entendu prononcer son nom, car il se retourna et Oursin découvrit son petit visage pointu. Il les observait timidement, comme s'il attendait de voir si c'étaient là des amis, ou non, tout en espérant que si. Oursin savait ce que c'était. Lui-même avait toujours été « cet écureuil très pâle », le petit orphelin, celui qui n'était pas comme les autres. Suivi de Finaiguille, il s'avança en trottinant sur le sable, et Juniper grimaça un sourire nerveux. Ses yeux étaient brillants et sombres comme des baies.

– C'est toi, Juniper ? lui demanda Oursin. Moi, je suis Oursin.

– Un Compagnon du Roi ! s'exclama Juniper, admiratif.

Oursin essaya d'improviser une de ces répliques joyeusement décontractées dont le capitaine Pastor avait le secret mais, malheureusement, il n'en trouva aucune.

– Euh... Je crois bien que oui, dit-il.

Et, avec un signe de tête en direction de Finaiguille, il ajouta :

– Finaiguille est, elle aussi, Compagnon du Roi. D'où viens-tu ?

Juniper se retourna pour montrer du doigt la forêt qui s'étendait vers l'ouest en escaladant les collines.

– Là-bas, vous voyez entre les arbres, Monsieur, derrière cette rangée de sapins tout noirs ? dit-il d'une petite voix timide. Derrière, Monsieur, il y a une cascade.

– Je ne suis pas un monsieur, lui répondit Oursin. Tu vivais au-dessus de la cascade ?

– Non, Mons... non, rectifia Juniper. Derrière la cascade, dans les grottes à mi-hauteur. Damson, la femelle écureuil, m'a trouvé quand j'étais bébé, et elle s'est occupée de moi. Je ne suis guère allé autre part, parce qu'elle devait me garder caché mais, maintenant, j'aimerais bien vivre dans les bois.

Ses oreilles frémirent.

– À condition que ça ne m'empêche pas de continuer à voir Damson, je veux dire. C'est elle qui m'a élevé et elle est vieille, à présent. Il ne faut pas qu'elle reste seule.

Il regarda ses pattes d'un air embarrassé, puis releva les yeux vers la Tour.

– Qu'est-ce que c'est que tous ces hérissons ?

Oursin et Finaiguille se retournèrent. Un groupe de grands hérissons mâles était massé, immobile, sur les rochers.

– Ils font partie de la Brigade des Hérissons, lui dit Finaiguille. C'était une des idées de Bogue. Quand il était au pouvoir, on a envoyé les hérissons les plus costauds là-bas, dans la Zone Nord, dans les Rocs Sauvages, pour y travailler dans les mines et les carrières. Même ceux qui étaient mariés, qui avaient une famille, comme Docken – le mari de Triboulette, le père d'Espoir –, il a fallu qu'ils y aillent tous. On les a libérés, à présent, mais ils restent ensemble et se nomment eux-mêmes la Brigade des Hérissons. Il y en a plusieurs qui pourraient bien être promus membres du Cercle, comme Docken et... heu... le grand qui fait fantasmer toutes les hérissonnes, Gorsen. Le beau Gorsen... enfin, c'est ce qu'il croit être. Gorsen et Docken travaillent à la Tour.

– Ça doit être bien, dit Juniper.

Son air mélancolique n'échappa pas à Oursin. Juniper était un peu comme lui-même un an plus tôt, à l'époque où il rêvait secrètement de faire partie des écureuils de la Tour.

Une loutre mâle toute mouillée remonta la plage en bondissant dans leur direction, avec un sourire éclatant. Arrivée près d'eux, elle leur adressa une grimace et s'ébroua en faisant jaillir des gerbes de gouttes d'eau.

– Fingal ! s'exclama Finaiguille. Tu l'as fait exprès !

– C'est juste ce qu'il vous faut quand vous avez trop chaud, répondit Fingal, le jeune frère de Pastor, qui avait la même allure sympathique que son aîné.

– Est-ce que tu as vu quelque chose qui ressemble à un bateau, Fingal ? lui demanda Oursin.

Le navire était hors de vue, à présent. Peut-être était-il en train de louvoyer autour de l'île à la recherche d'un passage entre les brumes.

– Non, lui répondit-il en jetant un coup d'œil par-dessus son épaule. Pour l'instant, non. J'aurais dû ? Salut, Juniper. On ne te voit pas souvent par ici.

– Tiens, vous vous connaissez tous les deux ?

– Les loutres m'ont plus ou moins élevé, expliqua Juniper.

– Je ne sais pas si on l'a élevé, rectifia Fingal, mais vous savez ce que c'est. Là où il y a de l'eau, il y a toujours une loutre ou deux. Personne n'a la moindre idée de qui étaient les parents de Juniper. Quand Damson l'a trouvé, il était tout seul, et elle l'a gardé caché à l'époque où l'on tuait tout ce qui avait la moitié d'un favori de travers. Alors, on s'y est tous mis pour lui apprendre les choses vraiment utiles, comme nager ou descendre les cascades.

– Moi non plus, je ne sais pas qui sont mes parents, dit Oursin à Juniper. C'est Pomme, la femelle écureuil, qui s'est occupée de moi.

– Oh, votre histoire à vous, je la connais, lui répondit Juniper avec admiration. Simplement, là où je vivais, je ne pouvais pas entendre parler de tout ce qu'il se passait sur l'île. On m'a raconté l'histoire par bribes, celle du capitaine Bogue et tout ça, mais…

– Oh, c'est simple, l'interrompit Fingal. Le roi Cœurdepique était sur le trône mais, en réalité, c'était Bogue qui fixait toutes les règles. Il était si futé, ce Bogue, que personne ne se rendait compte à quel point il pouvait être mauvais, tout comme sa Lady Belle. Comme Bogue avait envoyé Crispin en exil, mon frère Pastor a pris Oursin pour page, et puis

Oursin est parti pour retrouver Crispin et maintenant, c'est Crispin le roi. Il n'a pas encore été couronné, mais il est quand même le roi. Voilà tout. Est-ce que quelqu'un a envie de venir faire des ricochets avec moi ?

Oursin comprenait de mieux en mieux pourquoi le capitaine Pastor avait tenu à l'écart son jeune frère bavard et insouciant tant que Bogue était au pouvoir. Fingal choisit deux galets ronds et plats et descendit sur la plage en bondissant. Finaiguille se rapprocha d'Oursin qui la contourna pour lui faire face afin d'éviter d'être piqué.

– Aucun bateau en vue, lui dit-elle. S'il y en avait un, je pense qu'il a dû faire demi-tour. C'est ce qu'ils font d'habitude. Tu crois que Juniper va arriver à faire des ricochets ? Je veux dire, avec sa patte de derrière abîmée. Ça doit affecter son équilibre.

– Je ne voudrais pas risquer de l'humilier, lui répondit Oursin dans un chuchotement.

Fingal envoya un galet sur l'eau d'un coup sec et le regarda ricocher deux fois, puis couler. L'essai de Finaiguille ne fut guère concluant et, comme Juniper avait l'air de vouloir rester en arrière, ce fut le tour d'Oursin. Il n'arriva pas à se résoudre à faire un lancer catastrophique, mais ce ne fut pas bon quand même. La pierre rebondit une seule fois, puis coula.

– À toi, Juniper, dit-il.

Le galet s'envola de la patte de Juniper. Une, deux, trois, quatre, cinq fois, il ricocha sur l'eau. Oursin ne put retenir un cri d'admiration.

- Bien joué ! s'écria Finaiguille, faisant chorus avec lui.

Juniper se tourna vers eux avec un sourire gêné, comme s'il pensait leur devoir des excuses.

– Ce sont les loutres qui m'ont appris ça, leur dit-il.

– Tu peux me montrer comment tu fais ? lui demanda Oursin.

Un instant, il eut peur d'avoir dit ce qu'il ne fallait pas – c'était comme s'il demandait à Juniper de lui révéler son secret – mais il se rendit vite compte que c'était exactement ce qu'il fallait faire. Il avait confié une responsabilité au jeune écureuil.

– C'est... Enfin, tout est dans le poignet, expliqua Juniper, visiblement stupéfait de se trouver en train d'apprendre quelque chose à Oursin. Vous faites comme ça.

Ils continuèrent à faire ricocher des galets, Oursin améliorant son score et Juniper prenant de plus en plus d'assurance. Ils n'étaient pas encore à court de pierres à lancer que, déjà, Oursin avait l'impression de connaître Juniper depuis des années. Ils étaient devenus amis, et il savait que c'était pour toujours. C'était aussi simple que ça.

– Il y a tout un tas de pierres près de la jetée, leur dit Fingal. Les bateaux s'en servent comme lest, mais on peut toujours en trouver quelques-unes qui ricochent.

– Qu'est-ce que c'est que le lest ? demanda Juniper.

– Des trucs qui ne valent rien, et qu'on met dans les bateaux pour qu'ils aient le bon poids, expliqua Fingal. Mais ça n'embête personne qu'on fasse des ricochets avec.

Il se retourna, cherchant du regard une pierre plate, puis se redressa soudain.

– Regardez ! Regardez ! Vous voyez ce que je vois ?

Tous tournèrent les yeux vers la mer dans la direction indiquée par Fingal. Lentement, un navire apparaissait, encore tout embrumé et pas très distinct. Ils le regardèrent approcher de minute en minute, de fines écharpes de brumes s'accrochant encore à la coque comme de la fumée. Ils ne se servirent pas de leurs pierres. Oursin appela deux jeunes taupes qui se trouvaient dans les parages, deux sœurs, Jig et Fig, et les envoya prévenir Pastor et le roi.

Il s'était attendu à voir des voiles gonflées avec peut-être des étendards flottant aux mâts, pour célébrer le couronnement de Crispin. Mais le navire qu'il vit apparaître donnait l'impression d'avoir été durement éprouvé par la tempête de la nuit précédente. Le haut du mât pendait, cassé, les voiles étaient en lambeaux et le vaisseau atteignit l'île en se traînant comme un animal à l'agonie.

CHAPITRE 2

La Salle des Assemblées de la Tour d'Outrebrume s'était enfin vidée et il ne restait que quelques animaux. Elle paraissait plus immense que jamais, avec toutes ses fenêtres ouvertes en grand sur la chaleur de l'été. Trois écureuils – Longuepattes le messager, Russet et Heath, membres tous deux du groupe d'animaux plus âgés que l'on appelait le Cercle – attendaient à la porte au cas où l'on aurait besoin d'eux.

Sur l'estrade qui se trouvait devant les hautes fenêtres cintrées, il n'y avait rien d'autre qu'un trône, juste au milieu et, en face du trône, un bandeau d'or posé sur un coussin de satin vert foncé. Ce n'était pas un bandeau ordinaire de capitaine. Il était magnifiquement orné de feuilles de chêne et de bouleau dorées, avec des glands : quand les rayons du soleil l'atteignirent, il se mit à flamboyer. Mais le roi Crispin n'avait pas pris place sur le trône et n'avait pas encore touché à la couronne. Il était assis, les jambes pendantes, au bord de l'estrade, avec le prêtre écureuil, Sapin, à côté de lui. Au milieu de la salle, Pastor et Arane se tenaient parfaitement immobiles pendant que des hérissonnes drapaient autour de leurs épaules leurs robes de cérémonie argent et turquoise, chuchotant entre elles, tirant sur les robes pour les mettre bien en place et piquant une épingle ici ou là. Triboulette, une vieille couturière hérissonne au dos voûté et tordu, était agenouillée par terre aux pieds de Pastor, étalant l'ourlet de sa robe et se traînant à reculons sur le plancher pour juger du résultat.

– C'est juste au niveau du sol, mais ça ne traîne pas, constata-t-elle.

– C'est comme ça que je la veux, merci, Triboulette, lui répondit Pastor. Crispin, je comprends tes réticences à porter la couronne, mais tu devrais l'essayer pour savoir si elle te va.

– Non, il ne faut pas, répliqua Crispin. C'est quelque chose que je ressens très fortement. Je ne veux même pas qu'on m'appelle « le roi » ou « Votre Majesté ». Oui, je sais qu'on a déjà parlé de tout ça, et qu'il faudra bien qu'ils m'appellent autrement que « mon capitaine » ou je ne sais quoi.

– Ils ont besoin d'être sûrs qu'ils ont vraiment un roi, insista Pastor. Besoin de sentir qu'ils ont un chef. Et c'est bon pour les Compagnons du roi de savoir de qui ils sont les compagnons, Votre Je-ne-sais-quoi.

– Oui, je sais, répondit Crispin, mais je ne porterai pas la couronne avant que Sapin me la pose sur la tête, lors du couronnement. C'est un instant solennel, et il sera gâché si je la porte avant.

– Ce ne sera pas plus solennel si elle te tombe sur les yeux, observa Pastor.

– On a pris mes mesures. Je ne veux même pas la toucher avant d'être couronné. Ce ne serait pas bien. Ce serait comme prendre la Pierre du Couronnement dans ma main.

– La Pierre du Couronnement, c'est une autre histoire, nuança Pastor. Aïe !

– Désolée, capitaine Pastor, s'excusa Triboulette en se rasseyant sur les talons pour observer la robe. Bon, capitaine, vous êtes bien sûr de ne pas la vouloir un peu plus longue ?

– Si elle est un tant soit peu plus longue, une taupe va se retrouver assise dessus, dit Pastor. Et quand vous verrez votre mari, dites-lui qu'on a fini de construire la tribune et qu'il y a de la place là-haut pour toute la Brigade des Hérissons.

– Oh, Docken et moi, ainsi que toute la Brigade des Hérissons, nous vous en sommes très reconnaissants, capitaine, dit-elle en se tortillant maladroitement pour suivre son regard en direction de la tribune qui venait d'être terminée. Il y en a tellement, tellement, capitaine, à faire tenir dedans.

– Et on ne peut pas trop les serrer, remarqua Arane. Pas sans de sérieuses conséquences. Mais Gorsen et Lumberen y ont jeté un coup d'œil eux-mêmes et ils en ont été très contents.

Triboulette s'apprêtait à dire que Gorsen était un hérisson exceptionnellement exigeant et que si la tribune était assez bonne pour lui, elle le serait pour n'importe qui. Mais elle ne dit rien car au même instant le hérisson Gorsen en personne traversait la Salle des Assemblées pour venir saluer Crispin en s'inclinant élégamment devant lui.

– Il y a une délégation de petits jeunes qui veulent voir Votre Majesté et le capitaine Pastor, annonça-t-il.

Gorsen était un hérisson de haute taille dont les piquants se terminaient par une pointe brune, avec des yeux grands et noirs et une démarche assurée, si bien que son apparence, d'une saisissante beauté, lui valait l'admiration de presque toutes les hérissonnes célibataires de l'île.

– Je leur ai dit que Votre Majesté était occupée, continua Gorsen, mais ils sont tous très excités à propos d'une chose qu'ils prétendent importante, et c'est Oursin qui les envoie. Votre petit Espoir est avec eux, madame Triboulette.

– Faites-les tous entrer, s'il vous plaît, Gorsen, dit Crispin tandis que les yeux de Triboulette s'allumaient. Et envoyez un écureuil chercher des fraises à la cuisine.

Ils entendirent des rires étouffés avant de voir apparaître Jig et Fig, les sœurs taupes, encadrant Espoir le hérisson. Un petit cri – « Oh, maman ! » – échappa à Espoir qui se précipita vers Triboulette à toute vitesse avant de se rappeler où il était et de se retourner pour s'incliner devant le roi.

– S'il vous plaît, Votre Majesté..., commença-t-il.

– Lui, c'est Frère Sapin, lui dit doucement Triboulette.

Espoir était extrêmement myope.

– S'il vous plaît, Votre Majesté, répéta Espoir tandis que Pastor le relevait pour le tourner dans la bonne direction, roi Crispin, Votre Majesté, capitaine Pastor, mon capitaine, il y a un bateau qui arrive et M. Oursin dit qu'il faut vous prévenir, urgent dit que c'est Oursin, non, Oursin dit que c'est urgent, Votre Majesté, capitaine Pastor, Votre Majesté, mon capitaine.

– Oursin m'en avait parlé tout à l'heure, dit Pastor. Je vais y aller, si tu veux bien, Crispin.

– Et si Votre Majesté n'a pas besoin de moi, je vais jeter un petit coup d'œil à ce bateau du haut de ma tourelle, ajouta Frère Sapin qui se leva lentement en frottant sa jambe boiteuse. Ça te plairait de venir avec moi, Espoir ? Mais tu as peut-être les pattes trop fatiguées pour affronter les escaliers. Je crois qu'on ferait mieux d'attendre une minute ou deux en mangeant des fraises. Cela redonne des forces, tu sais.

Sur le rivage, des animaux s'étaient rassemblés pour regarder le bateau approcher avec ses voiles déchirées ; sa lente progression était entrecoupée d'arrêts. Des loutres nageaient dans les flaques et couraient en tous sens sur la plage, désireuses de l'aider à accoster. Des écureuils et des hérissons étaient massés par petits groupes sur les rochers, la patte au-dessus de leurs yeux pour se protéger du soleil. On n'avait pas l'habitude de voir arriver un bateau, encore moins dans cet état. Le spectacle valait vraiment la peine, surtout pour de jeunes animaux qui en avaient assez de récolter des baies. De temps à autre, une taupe émergeait d'un tunnel, jetait un coup d'œil, reniflait et, peu intéressée par les bateaux en général, disparaissait à nouveau. Oursin, Finaiguille et Juniper se tenaient assez près du bord de l'eau pour laisser les vagues leur lécher les pattes et Pomme, la mère adoptive d'Oursin, arrivait en bondissant sur le sable pour se joindre à eux. Pomme, vraiment ronde pour une femelle écureuil, laissait sur le sable de larges empreintes. Longtemps avant de les avoir rejoints, elle leur disait déjà ce que lui inspirait ce bateau :

– Oooh, regardez-moi ça, ou je devrais plutôt dire regardez-le, n'est-ce pas ?

Elle s'arrêta pour respirer à fond.

– Il n'a pas l'air trop gros, pas en trop bonne forme non plus. Il a dû être pris dans la tempête, je me demande bien qui est à bord, ah, les pauvres gens !

– Je vois quelqu'un bouger sur le pont, dit Finaiguille.

Elle se hissa sur un rocher et se dressa sur l'extrême pointe de ses griffes.

– Attendez une minute... Oui, il y a un hérisson.

Oursin bondit à côté d'elle et se dressa aussi de toute sa hauteur pour regarder.

– Et aussi un écureuil à la barre, dit-il. Je vois les touffes de poils de ses oreilles.

Un clapotis détourna son attention du bateau et il vit Fingal surgir à la surface de l'eau juste devant lui, les yeux brillants et les moustaches dégoulinantes. Tout cela lui plaisait beaucoup.

– Tu veux qu'on aille à leur rencontre à la nage pour leur proposer de les remorquer ? demanda-t-il.

Oursin se retourna pour voir à qui Fingal s'adressait, puis il se rendit compte que c'était à lui. Ce n'était pas comme s'il était capitaine ou membre du Cercle. Il n'était toujours que page, mais aussi Compagnon du Roi et les autres jeunes animaux avaient l'air de penser qu'il devait savoir quoi faire. En de tels moments, il se demandait toujours ce qu'aurait fait Pastor.

– Oui, allez-y donc, dit-il.

Fingal enrôla quelques autres loutres en les aspergeant et, avec force contorsions, virages et culbutes, tous nagèrent vers le navire.

– Quels cabotins, lâcha Finaiguille.

Oursin se retourna pour sourire à Juniper mais son sourire se figea quand il vit l'expression de son visage. Il avait les sourcils froncés, l'air anxieux et crispé.

– Tu vas bien ? lui demanda-t-il.

Sans quitter le bateau des yeux, Juniper hocha la tête. Un écureuil et un hérisson se penchaient au-dessus du bastingage, tendant le cou pour scruter l'île, et quelque chose étincela au soleil, si fort qu'Oursin cligna des yeux. Un des deux animaux devait porter une sorte de bijou d'argent. À moins que ce ne soit la poignée d'une épée ? Cela brilla à nouveau quand un hérisson coiffé d'un bonnet rouge sombre se pencha par-dessus bord en mettant ses pattes autour de sa bouche et qu'Oursin put voir la grosse chaîne d'argent qu'il portait autour du cou. Il était encore trop loin pour que sa voix soit clairement audible mais le jeune écureuil saisit quelques mots.

– Qu'est-ce qu'il raconte ? s'enquit Pomme avec anxiété. Je comprends pas un mot. Il parle une drôle de langue, non ?

– Quelque chose à propos de « mine » et de « bouleau », lui répondit Oursin. Je n'ai pas compris le reste.

– Qu'est-ce que ça veut dire ? demanda Finaiguille qui se balançait de droite à gauche pour essayer de voir le mieux possible. Ils ont l'air bien esquintés, non ? Les piquants de ces hérissons ont besoin d'être nettoyés et l'écureuil a l'air tout... tout délavé, quoi.

– Mon Dieu, il s'est bien fait rincer, dit Pomme.

– Oui, il m'a tout l'air d'un écureuil trempé des pieds à la tête, acquiesça Oursin qui, ayant été lui-même pris dans une tempête en mer, en gardait un souvenir cuisant.

Les loutres s'étaient emparées des bouts lancés du bateau qu'elles remorquaient à présent, l'air ravi. Le hérisson au bonnet de velours et à la chaîne d'argent se penchait en avant, mettant à nouveau ses pattes en coupe autour de sa bouche, et Oursin s'avança dans l'eau en pataugeant pour entendre ce qu'il disait.

– Nous venons de la part du roi Bois d'Argent, qui règne sur l'île de Grisemine, criait le hérisson. Nous sommes dans une situation désespérée et nous demandons à être conduits de toute urgence auprès du roi Crispin.

Oursin eut l'impression qu'il devait dire quelque chose, sans savoir vraiment quoi.

– Le navire du roi Bois d'Argent est le bienvenu, cria-t-il en retour.

C'était une politesse sans conséquence qui lui donnait le temps de réfléchir. Il y eut un chuintement bref dans l'eau à sa gauche et son regard capta, à son grand soulagement, l'éclat d'un bandeau d'or.

– Capitaine Pastor, mon capitaine, dit-il. Ils viennent juste de nous saluer. Ils viennent d'une île qui s'appelle Grisemine, ils sont envoyés par le roi Bois d'Argent.

– Et ils se sont fait sacrément démolir en chemin, remarqua Pastor en relevant la tête, qu'il secoua pour vider l'eau de ses oreilles. J'ai entendu parler de Grisemine, nous avons fait du commerce avec eux autrefois. C'est Fingal, là, avec les cordages ?

Il bondit hors de l'eau pour se dresser à côté d'Oursin.

– Fingal, amène-le plus droit que ça !

– Le bateau a l'air encore plus abîmé quand on le voit de près, dit Finaiguille.

– Pas la peine, en plus, que Fingal aille le drosser sur la jetée, lâcha Pastor. Il ne regarde jamais où il va. Prêt à les accueillir, Oursin ? Oh, je vois que tu as fait la connaissance de Juniper.

Il se tourna vers le jeune écureuil avec un grand sourire qui se figea aussitôt.

– Quelque chose ne va pas, Juniper ?

Malgré la chaleur de ce matin d'été, Juniper frissonnait. Il cligna des yeux, avala sa salive et prit une profonde inspiration, comme si respirer lui était soudain devenu très difficile.

– Tout va bien, capitaine Pastor, mon capitaine, répondit-il, mais d'une voix faible et tremblante. Je crois que c'est le soleil, tout simplement, mon capitaine. Je regrette, mon capitaine.

– Trouve-toi un coin à l'ombre, ou une flaque d'eau, lui dit gentiment Pastor. Par un temps pareil, tout animal raisonnable reste dans les bois, ou dans l'eau. Je ne serais pas dehors s'il n'y avait pas ce couronnement à préparer. Viens avec moi, Oursin, on va leur souhaiter la bienvenue. Et fais quelque chose pour le bout de ta queue.

Oursin pivota sur lui-même pour regarder par-dessus son épaule et trouva quelques bardanes et framboises sauvages collées à sa queue. Il les arracha avec ses dents. Puis il s'engagea à la suite de Pastor sur la jetée en restant un pas en arrière.

– Est-ce qu'il ne faudrait pas fouiller le bateau, mon capitaine ? chuchota-t-il.

– J'ai donné des ordres pour ça, lui répondit Pastor à voix basse.

Puis il haussa le ton pour accueillir le hérisson à l'allure seigneuriale qui se tenait à la proue.

– Le capitaine Pastor souhaite la bienvenue aux envoyés du roi Bois d'Argent, de la part de Crispin, roi d'Outrebrume, cria-t-il. Si vous venez en amis, soyez les bienvenus.

Avec quelques craquements et chocs sourds, on abaissa la passerelle. Le hérisson la descendit d'un air solennel, la tête haute, sa chaîne d'argent lançant des éclairs dans le soleil. Derrière lui arrivaient côte à côte un hérisson mâle plutôt petit et trapu avec des piquants courts et une femelle écureuil à l'air sévère. Tous deux paraissaient un peu plus vieux qu'Oursin. Une petite femelle écureuil, à peu près du même âge qu'Oursin, fermait la marche, l'air de ne pas apprécier du tout la situation. Oursin se dit qu'elle devait avoir le mal de mer. Ils portaient tous des sacs gris argent, étaient vêtus de capes jaune pâle tachées d'eau de mer, ils avaient les traits tendus et l'air épuisé. En s'engageant sur la jetée, le hérisson de tête regarda Pastor dans les yeux... mais il eut un coup d'œil furtif vers Oursin qui le mit mal à l'aise. Quant aux autres animaux de Grisemine, Oursin sentit qu'ils faisaient de grands efforts pour ne pas le regarder.

– Vous voulez être conduits au roi Crispin ? leur demanda Pastor.

– De toute urgence, lui répondit le hérisson.

Il avait une voix grave et dégageait une impression de stricte autorité.

– Nous sommes dans une situation extrêmement alarmante.

– Dans ce cas, je vais vous escorter moi-même jusqu'à la Tour, lui dit Pastor.

Se tournant vers les jeunes animaux rassemblés sur le rivage, il ajouta :

– Criquette, Sépia, filez à la Tour immédiatement. Prévenez le roi, puis les cuisines. Nos visiteurs ont eu gros temps, et ont besoin de notre hospitalité. Il faudrait leur préparer des appartements.

Les écureuils ne demandèrent pas leur reste. Pastor se retourna vers les émissaires.

– Excusez-moi, mais nous devons fouiller votre bateau. C'est le capitaine Traînelapatte qui va s'en charger. Je le regrette mais, il n'y a pas si longtemps, des bateaux sont arrivés en Outrebrume avec des visiteurs indésirables, et nous inspectons désormais tous les vaisseaux. Finaiguille va porter vos sacs. Voulez-vous que nous vous débarrassions de vos capes mouillées ?

Oursin découvrit ce que signifiait « vous débarrasser de vos capes » quand Pastor dépouilla les animaux de leurs quatre vêtements humides et gorgés de sel et les lui donna à porter pendant qu'ils traversaient la plage en escortant leurs visiteurs. C'étaient de longues capes, lourdes, aussi était-ce toute une affaire de les tenir assez haut pour qu'elles ne traînent pas sur le sable, mais pas trop pour voir devant soi. Accompagnées de hérissons, les taupes de Traînelapatte trottinaient sur la plage en direction du bateau, mais il n'y avait pas trace de Juniper. En tout cas jusqu'à ce que la voix forte et inimitable de Pomme leur parvînt à travers la plage :

– T'en fais pas, fiston, tu vas te sentir mieux après ça, disait-elle.

Jetant un coup d'œil par-dessus son épaule, Oursin l'aperçut penchée sur Juniper qui était en train de vomir dans une flaque d'eau.

– Là, voilà, fiston. C'est mieux quand c'est sorti, tu as sans doute eu trop de soleil, trop d'excitation, tout ça, et puis voilà.

Oursin espéra que les visiteurs n'auraient rien remarqué.

CHAPITRE 3

Espoir avait dardé son regard de myope par chaque fenêtre, une à une, et il arpentait à présent la tourelle de Sapin en humant partout avec délices. La petite pièce claire sentait le cordial de baies, les framboises fraîches, les pommes de pin, les herbes et la bougie, toutes choses qu'il parvint à discerner. C'était une chambre dépouillée qui évoquait une douce brise, la mer et la prière, avec très peu d'obstacles contre lesquels se cogner. Non sans difficulté, il se hissa sur un tabouret sous une fenêtre pour humer la lavande et les hélianthèmes qui poussaient dans une jardinière et lui chatouillaient le visage.

– J'ai des cailloux à côté de la cheminée, lui dit Sapin. Tu aimerais peut-être jouer avec.

Il se baissa avec raideur et ramassa un panier où brillaient des pierres lisses, des galets délavés par la mer, certains blancs et mouchetés d'argent, d'autres couleur de marbre vert, ou du rose le plus pâle, d'autres enfin couleur de pêche ou d'abricot. Espoir les huma, pressa son visage contre la fraîcheur des pierres et plongea les pattes dans le panier, retournant les galets et les appuyant contre sa joue. Il les sortit et les disposa sur le sol de différentes manières puis tenta, sans grand succès, d'en faire des constructions.

– Nous allons avoir des visiteurs, lui annonça Sapin en regardant par la fenêtre. Hum. Les brumes les ont sans doute retardés. Il faut qu'ils aient été bien décidés pour arriver jusqu'ici, et je ne sais pas comment les brumes les ont laissés passer. Oursin porte leurs capes. Il y a aussi cette chère Pomme, avec un jeune écureuil qui ne semble pas dans son assiette. Hum.

Il arracha quelques brins de thym épars dans la jardinière, en enveloppa un petit bouquet de fleurs fraîchement coupées pour la mère d'Espoir et posa un regard très attendri sur celui-ci qui était en train de déplacer les cailloux en tous sens. Il lui semblait que le petit hérisson myope trouverait son bonheur à jouer toute la matinée, et Sapin ne tenta pas le moins du monde de le bousculer.

– Monsieur, s'il vous plaît, dit Espoir en rompant le silence qu'il observait depuis un moment, j'ai entendu quelqu'un parler de la Pierre du Bourdonnement d'Outrebrume. Je ne sais pas ce que c'est, et j'y repense à cause des cailloux.

Sapin eut un petit rire discret.

– La *Pierre du Couronnement*, Espoir, le reprit-il. La Pierre du Couronnement d'Outrebrume. Elle ressemble à n'importe quel vieux caillou, exactement comme ceux-là, mais elle a une qualité très particulière. C'est un cadeau que le Cœur a fait à l'île. La pierre ne peut être prise en main que par le souverain légitime ou par un prêtre d'Outrebrume. Personne d'autre ne peut la tenir, à moins de la transporter dans un sac ou dans un coffret, bien sûr. C'est ce qui en fait un élément essentiel du couronnement. Au moment du sacre du roi Crispin, je la déposerai dans sa patte afin que toute l'île sache qu'il en est le roi légitime.

On frappa à la porte.

– Ça, c'est la façon de frapper d'Oursin, dit Sapin. Entre, Oursin.

Il lui adressa un sourire de bienvenue étincelant, mais l'écureuil lui trouva l'air vieux et fatigué. Sapin n'avait cessé de paraître toujours plus vieux et lent dans ses gestes depuis l'affrontement avec Bogue, comme si ce combat l'avait vidé de toute force.

– Le roi vous demande de vous rendre à la Salle du Trône, Frère Sapin, lui dit Oursin avec une révérence.

– Alors, rangez-moi ces cailloux, vous deux, ordonna Sapin. Fourrez-les dans le panier. Oursin, verse un peu d'eau dans ce bol pour qu'Espoir puisse se laver la figure. Rien de tel qu'un petit hérisson au milieu des baies pour semer du désordre. Au fait, je note, Oursin, lui dit-il en lui jetant un coup d'œil, les sourcils levés, que le roi Crispin garde ses visiteurs à l'intérieur par une si belle journée de soleil.

– Oui, Frère Sapin, lui répondit Oursin.

Sapin pouvait bien avoir l'air vieux, rien ne lui échappait. Il savait que si Crispin gardait ses visiteurs à l'intérieur, c'était qu'il voulait les recevoir discrètement.

– Hum, je vois, dit Frère Sapin. Tout est rangé, maintenant, Espoir ?

*

Gorsen, de la Brigade des Hérissons, se tenait au garde-à-vous devant l'entrée de la Salle du Trône, le poil brillant, et s'inclina profondément devant Frère Sapin avant de lui ouvrir la porte. La Salle du Trône était une pièce plus simple et plus claire que dans les derniers temps du roi Cœurdepique. Le soleil l'éclairait généreusement. Crispin se tenait près de la fenêtre, sa fourrure d'un rouge sombre brillant dans la lumière, Pastor à son côté. Le soleil était si éblouissant qu'Oursin se surprit à cligner des yeux, distinguant à peine les traits de Crispin. Il discernait beaucoup plus nettement les animaux de Grisemine, dont la mise était à présent parfaitement soignée. Sur une table, on avait disposé pour eux de quoi boire et manger, mais ils avaient encore l'air si compassé qu'Oursin eut l'impression, dès son irruption dans la pièce, d'avoir fait quelque chose de mal.

Finaiguille se tenait aux ordres à côté de la cheminée vide, les pattes croisées et les sacs des visiteurs bien rangés en une pile derrière elle. Oursin s'inclina devant le roi et, comme toujours quand il ne savait pas trop ce qu'il fallait faire, lança un coup d'œil en direction de Pastor, quêtant une indication.

– Frère Sapin, Oursin, dit Pastor en tendant la patte vers eux, venez faire connaissance avec nos visiteurs. Voici Lord Crockenpique de Grisemine.

Le hérisson à l'air arrogant, paré de sa chaîne d'argent, s'inclina avec raideur devant Sapin et eut un signe de tête en direction d'Oursin.

– Oursin, Compagnon du Roi ? s'enquit-il d'un air grave.

Oursin s'inclina.

– Oui, monsieur, répondit-il.

– Lord Crockenpique est un distingué seigneur de Grisemine, et l'ambassadeur du roi Bois d'Argent, continua Pastor. Pour l'assister dans son ambassade, il est accompagné de ses auxiliaires de toute confiance, Bronze...

Le hérisson trapu aux courts piquants fit un bref signe de tête à Oursin avec une mimique qui tenait à la fois du sourire et de la grimace. Il apparut au page comme un animal qui n'avait sans doute rien à craindre dans un combat.

– ... Filoche, poursuivit Pastor.

La vieille femelle écureuil esquissa une révérence très raide en gardant la tête haute. Oursin eut l'impression qu'elle le détaillait pour voir s'il avait les griffes propres.

– Et enfin Étournelle, conclut Pastor.

La petite femelle écureuil parvint à exécuter une révérence un peu bancale et tenta bravement de faire bonne figure, à quoi Oursin répondit par un sourire de sympathie. Elle avait l'air encore en proie au mal de mer.

– Lord Crockenpique, dit Crispin, votre histoire nous préoccupe tous, mais elle concerne tout particulièrement Oursin. Puis-je vous demander de la répéter ? Veuillez tous vous asseoir.

Les visiteurs s'installèrent sur des tabourets, Oursin et Finaiguille par terre. Levant les yeux, Oursin vit qu'à présent Crispin était assis ; le dossier du trône le maintenant à l'ombre, il voyait très clairement ses traits. Il avait l'air plus concentré, plus attentif que jamais. Avec beaucoup de dignité, Lord Crockenpique se redressa, posa sa tasse vide sur la table et commença son récit :

– Grisemine a toujours été une île pacifique et belle. L'éclat de l'argent étincelle dans ses cascades, reluit dans ses cours d'eau, et son sous-sol recèle des mines d'argent. Des cygnes vivent sur nos lacs et nos rivages. En de rares occasions où nos navires ont été à même de franchir la barrière de vos brumes, nous avons eu le bonheur de faire commerce avec Outrebrume. Autrefois, des animaux d'Outrebrume sont venus se marier sur Grisemine.

«Soudain, au printemps de cette année, nous avons dû faire face à un afflux de réfugiés en provenance d'Outrebrume, qui cherchaient à s'établir à Grisemine. Ils nous ont parlé d'une guerre qui les aurait forcés à fuir Outrebrume pour sauver leurs vies, et nous les avons laissés entrer. J'ai le regret de devoir admettre que nous avons eu des motifs de le regretter. Nous les avons accueillis et installés de notre mieux sur notre île, nous attendant à ce qu'ils soient comme tous les animaux d'Outrebrume que nous avions rencontrés jusque-là : agréables, serviables et de bon caractère. Mais ces animaux-là ne ressemblaient en rien à aucun de ceux qui étaient venus de chez vous. Vantards et forts en gueule, ils plastronnaient dans toute l'île, n'acceptant de travailler que pour leur seul profit personnel. Ils se montraient inamicaux, se regroupaient entre eux et ne supportaient que la compagnie des leurs, évitant le reste des insulaires.

Oursin sentait le regard de Filoche posé sur lui comme s'il avait été responsable de tout cela, et ne savait plus où se mettre.

– C'en était déjà assez, poursuivit Lord Crockenpique. Quand plusieurs d'entre eux ont été surpris en train de voler dans nos magasins, nous les avons mis pour quelque temps en prison, pour leur faire comprendre que nous ne tolérions pas les chapardages. Quand on les a relâchés, ils ont comploté avec leurs compagnons et se sont mis à semer la désolation sur notre île. Ils vivent comme des hors-la-loi, nous faisant la guerre.

Il se retourna pour porter sur Oursin un regard sévère. En fait, dans la pause qui suivit, ils eurent tous l'air de le regarder.

– Je suis désolé de l'apprendre, monsieur, balbutia le page en se demandant ce qu'il avait à voir là-dedans.

– À présent, continua Lord Crockenpique, nous nous sommes rendu compte que ces animaux avaient été exilés d'Outrebrume à la suite de la chute du capitaine Bogue. Ces exilés ont importé avec eux la violence et l'agitation, mais aussi quelque chose d'extrêmement précieux. Ils nous ont apporté l'espoir. Ils nous ont apporté la plus grande nouvelle qui soit.

Il se tut de nouveau. Subjugué par la solennité de cet instant, Oursin resta silencieux.

– Il y a dans notre île une prophétie, dit Lord Crockenpique, si ancienne que personne ne sait plus quand elle fut énoncée, mais qui s'est transmise de génération en génération. Il y a très, très longtemps, on a dit qu'un temps viendrait où les animaux de Grisemine affronteraient une grande adversité. Un écureuil nous viendrait en aide, et serait le libérateur de l'île. Ce libérateur serait...

Il s'arrêta de nouveau, comme s'il tenait à s'assurer que tous l'écoutaient avec la plus grande attention.

– ... un Écureuil Marqué, précisa Lord Crockenpique. Nous voulons dire par là un type d'écureuil très rare, que l'on ne voit presque jamais dans nos îles.

Oursin savait déjà ce que Lord Crockenpique allait dire. Il avait le visage en feu.

– Un écureuil pâle comme le miel, continua Lord Crockenpique. Un écureuil comme vous, Oursin. Quand les animaux d'Outrebrume nous ont parlé d'un tel écureuil présent sur leur île – un Écureuil Marqué qui avait déjà traversé la mer pour ramener chez lui le roi Crispin – nous avons repris espoir. Les exilés d'Outrebrume nous avaient apporté le chaos, mais aussi montré d'où pourrait venir notre délivrance.

Il ne regardait plus Oursin. Son regard se portait plus loin, vers Crispin, comme si ce problème devait se régler entre le roi et l'ambassadeur.

– C'est pourquoi, acheva Lord Crockenpique dont la voix grave résonnait dans toute la Salle du Trône, le roi Bois d'Argent supplie le roi Crispin de lui accorder son aide. Nous savons que vous êtes un roi honorable. Nous avons entendu vanter votre courage et votre noblesse. Nous vous implorons d'envoyer une expédition, rien qu'un petit groupe de guerriers pour nous venir en aide. Mais en même temps, dans ce besoin extrême qui est le nôtre, compte tenu du fait qu'un animal et un seul est à même de nous aider, nous demandons que l'Écureuil Marqué vienne avec eux. Le roi Bois d'Argent vous envoie ces témoignages de sa haute estime.

Il fit un signe de la patte à Filoche et à Bronze, qui ouvrirent les grands sacs. Les coffrets qu'ils en sortirent étaient peints d'une couleur violette rehaussée d'argent et, quand ils soulevèrent les couvercles, quelque chose étincela. Oursin faillit s'étrangler devant la beauté des cadeaux. Il y avait des filets d'argent et d'or emplis de pommes minuscules et de noisettes, un baudrier vert brodé d'écarlate et des bracelets tressés faits des brins d'argent les plus fins qui se pussent voir.

Pour finir, d'entre les plis d'un nid de velours cramoisi, il tira une épée étincelante et l'éleva entre ses deux pattes.

Les yeux d'Oursin s'agrandirent. La poignée de l'épée était si finement ouvragée qu'on l'aurait crue faite de brins d'herbe, à ceci près que chaque torsade, chaque fibre était un brin d'argent pâle. Lord Crockenpique se tourna vers lui et, sous les yeux écarquillés d'un Oursin qui n'en revenait pas, lui tendit l'épée.

– Cadeau pour l'Écureuil Marqué, dit-il. Puissiez-vous la mettre au service de votre roi et du nôtre.

Elle était si belle, cette épée, qu'Oursin pouvait à peine en détacher les yeux mais, bien qu'il la désirât de tout son cœur, il fut incapable de tendre une seule de ses griffes pour la prendre. « Elle ne peut pas m'être destinée. Je ne suis pas censé l'accepter. » Pastor avait posé la main sur son bras.

– Capitaine Pastor, veuillez prendre l'épée d'Oursin à sa place, intervint Crispin. Lord Crockenpique, je fais toute confiance à Oursin pour ne jamais se servir d'une épée de façon déshonorante.

– Merci, Lord Crockenpique, dit Oursin qui parvint, non sans effort, à détacher ses yeux de l'épée.

Quelque chose dans l'expression de Crispin le garda d'en dire plus.

– Les taupes vont vous escorter jusqu'à vos appartements, dit Crispin, faisant ainsi comprendre clairement que la discussion était terminée. Vous éprouverez sans doute le besoin de vous reposer après ce voyage, et vous dînerez ici avec moi ce soir. Finaiguille, mon Compagnon, appelez Gorsen et dites-lui de venir, s'il vous plaît.

Gorsen entra d'un pas si martial que Finaiguille dut s'écarter sur son passage. Il fit une révérence impressionnante.

– Gorsen, assurez-vous que nos hôtes ont tout ce dont ils ont besoin, lui dit Crispin. Et envoyez-moi Docken.

Avec une grande courtoisie, Gorsen conduisit les visiteurs hors de la pièce. La petite femelle écureuil, Étournelle, semblait toujours mal en point, et Oursin se sentit désolé pour elle.

Docken arriva à son tour. Il était un peu échevelé, mais il avait toujours cette allure-là. Mme Triboulette pouvait réaliser des merveilles avec des fibres ou des tissus en tous genres, mais même elle ne pouvait obtenir de son mari qu'il ait une tenue soignée.

– Prenez le tour de garde à la porte, Docken, s'il vous plaît, lui ordonna Pastor. Vous ne devez laisser passer absolument personne.

– Compris, mon capitaine, répondit Docken qui alla se mettre en place à l'extérieur.

Pastor ferma le battant derrière lui et s'y appuya en regardant Crispin dans les yeux, à l'autre bout de la salle.

– Oui, c'est bien ce que je pense, lui dit Crispin. Mais laissons chacun de vous s'exprimer. Frère Sapin ?

CHAPITRE 4

Sur le rivage, les jeunes animaux traînaient encore autour du bateau et, en attendant de voir si les taupes trouveraient quelque chose d'excitant, passaient le temps en jouant avec les galets, en faisant des ricochets, en sautant du haut de la jetée ou en jouant au couronnement, chacun d'eux incarnant Crispin à tour de rôle. On entendait psalmodier de temps à autre « trouve le roi, trouve la reine, trouve l'héritier d'Outrebrume », jeu traditionnel de l'île, dans lequel trois animaux devaient aller se cacher pendant que les autres se masquaient les yeux en répétant la comptine dix fois de suite avant de partir en courant à leur recherche. Comme les animaux pourchassés s'amusaient beaucoup à détourner l'attention les uns des autres et que les écureuils grimpaient sur tout ce qui ne bougeait pas, il y avait beaucoup de courses-poursuites et de cris perçants. Finaiguille tenait la patte de Pantouflet, son petit frère, qui pataugeait dans les vagues avec de petits cris excités. Sépia, la jeune femelle écureuil dont la voix magnifique avait captivé toute l'île au Festival de Printemps, se tenait un peu en retrait, tantôt les observant, tantôt portant son regard au-delà d'eux.

Au cours de ces derniers mois, la vie n'avait pas ménagé ses surprises à Sépia. Elle avait grandi dans un bois de bouleaux proche d'une cascade. Elle était la petite dernière d'une famille toujours très occupée et très organisée, toujours en train de ramasser des noisettes et de les emmagasiner en bon ordre, de préparer du cordial et des médicaments, de transmettre des messages à toute vitesse – son frère Longuepattes était un des plus rapides messagers de l'île et portait les messages du roi. Sépia s'était toujours sentie le plus petit membre et le moins important de sa famille comme de la colonie. Elle n'était bonne à rien pour les choses qui comptaient vraiment, comme ramasser ou stocker des noisettes, et elle ne pouvait jamais se montrer vraiment au niveau des autres écureuils. Tout le monde avait tant à dire à propos de tout et n'importe quoi que Sépia qui, déjà, était d'un tempérament silencieux, s'accoutuma au fait que personne ne l'écoutait. Aussi s'était-elle forgé un monde bien à elle, composant des chansons dans sa tête, dansant quand personne ne la regardait et, quand elle pouvait être seule, se précipitant dans les grottes derrière la cascade. Elle y avait son coin favori, où les parois humides brillaient en lui renvoyant l'écho de sa voix et de ses chants, où personne ne lui disait de cesser de chanter pour faire quelque chose d'utile.

Puis, un jour de printemps, Arane la loutre était venue lui rendre visite. Sépia avait l'habitude des loutres – il y en avait toujours quelques-unes près de la cascade – mais elle n'avait jamais encore rencontré Arane qui, membre du Cercle, était une loutre très importante. Celle-ci lui avait apporté un message d'une loutre encore plus importante, le capitaine Pastor. Le capitaine l'avait entendue chanter et aurait aimé qu'elle donne un récital pour le roi Cœurdepique au Festival de Printemps.

Au Festival de Printemps, elle était si nerveuse que, quand arriva son tour de chanter, elle avait la bouche sèche et, si ses jambes n'avaient pas tremblé autant, elle se serait sauvée à toute vitesse. Mais quand le moment avait été venu pour elle de s'avancer, Arane lui avait chuchoté : «Tout va bien, contente-toi de chanter comme tu le fais dans ta grotte», et le capitaine Pastor en personne lui avait adressé un si gentil sourire d'encouragement qu'elle avait fixé les yeux sur lui et chanté rien que pour lui, parce qu'il lui donnait confiance en elle. Puis elle s'était trouvée entraînée dans la bataille d'Outrebrume, où elle avait aidé à sauver Pastor, Arane et toute l'île. Et voilà que, soudain, elle avait acquis de l'importance.

Tout aussi soudainement, elle avait de nouveaux compagnons. Fingal, Criquette l'écureuil et la hérissonne Finaiguille étaient tous devenus ses amis. Oursin aussi, bien qu'il l'impressionnât un peu, lui qui avait traversé la mer pour ramener Crispin chez lui. Mais les animaux qui avaient vécu ensemble ce jour exceptionnel restaient ensemble. Peu importait que Fingal ne prît jamais rien au sérieux, que Criquette fût l'amie de n'importe qui par peur d'être impopulaire, et que Finaiguille eût l'air autoritaire. Ils étaient ses amis. Qu'elle veuille s'évader dans un monde de rêves, ou bien rester tranquillement dans son coin pendant un moment, aucun d'entre eux ne le lui reprochait. Mais à présent que tous les jours elle était dans la Tour pour apprendre à devenir une vraie musicienne, elle n'avait plus vraiment besoin de rêver autant.

Fingal plongeait dans les flaques et en ressortait, apparaissant par à-coups et jouant à cache-cache avec une petite loutre femelle qui s'appelait Skye et apprenait tout juste à nager. Quand le capitaine Traînelapatte finit par sortir du navire, suivi de sa troupe de taupes et de hérissons, les animaux cessèrent aussitôt de jouer et coururent l'entourer. Pomme sauta sur la jetée, qui craqua. Skye retourna à toute vitesse se réfugier auprès de sa mère.

– Trouvé quelque chose, capitaine Traînelapatte ? demanda Pomme.

– Des espions et des armes ? demanda Fingal avec une lueur d'espoir.

Et les petits poussèrent des exclamations pour savoir s'il y avait un chargement intéressant, et à quoi ça ressemblait là-dedans, demandant s'ils pouvaient monter à bord pour s'essayer à jouer avec la barre.

– Certainement pas ! s'exclama Traînelapatte. C'est un vaisseau royal. Pas d'armes. Pas de soldats dissimulés à l'intérieur. Équipage peu nombreux et non armé. Je vais faire mon rapport à la Tour. Mais, continua-t-il avec un clin d'œil en direction de Finaiguille, il y a un canot annexe. Un petit bateau de sauvetage. Surprenant qu'ils n'en aient pas eu besoin. L'équipage a la permission de le mettre à l'eau, juste pour le cas où des petits aimeraient jouer dedans.

Il y eut des cris et des acclamations ravies, et le canot fut immédiatement descendu en cahotant par-dessus bord. Tandis que tous les petits animaux s'y entassaient, Pomme s'assit lourdement.

– C'est une grande déception, laissa-t-elle tomber en soupirant. Je ne pouvais pas m'empêcher de me demander s'ils n'auraient pas amené une jeune princesse avec eux. Ou plusieurs pour qu'il y ait le choix. Remarquez, pas besoin que ce soit une princesse, le plus important, c'était que ce soit une gentille...

Fingal, qui avait admiré le bateau, surgit hors de l'eau.

– Tu n'es pas en train d'essayer de marier Crispin, par hasard ? demanda-t-il.

– Eh bien, pourquoi pas, et c'est le roi Crispin, pour ta gouverne, lui répondit Pomme, sur la défensive. Comme boulot, c'est pas facile d'être roi, on est bien seul et on a besoin de quelqu'un à ses côtés. Jamais meilleur écureuil que Crispin n'a posé sa patte sur une branche et, en plus, c'est du gâchis qu'un bel écureuil comme lui n'ait pas d'épouse. Il doit bien y avoir quelqu'un sur l'île, bien que j'aie pas entendu dire qu'il ait posé les yeux sur l'une ou l'autre.

Elle hocha à nouveau la tête en soupirant.

– Si j'étais plus jeune ou lui plus vieux, j'y serais bien allée moi-même.

Fingal plongea. De grosses bulles provoquées par son fou rire montèrent à la surface.

– Mais, madame Pomme, dit doucement Sépia, il n'y a pas longtemps que Murmure est morte. Il doit encore la pleurer.

– Qui c'est, Murmure ? demanda un petit hérisson.

Sépia souleva le hérisson avec mille précautions pour le déposer sur ses genoux.

– « Qui c'était », tu veux dire. Quand Crispin a été obligé de partir, lui raconta-t-elle, il a vécu sur une île avec des cygnes et des écureuils. Il a épousé une jeune femelle écureuil qui s'appelait Murmure. Oursin, qui l'a connue, dit qu'elle était jolie et gentille et que Crispin l'adorait. Mais elle est morte, et Crispin n'a sans doute pas encore envie d'épouser quelqu'un d'autre.

– Tout de même, il devrait fonder une famille, affirma Pomme. Et le plus tôt sera le mieux. Une famille comme il faut dans la Tour, plein de petits écureuils courant et grimpant dans tous les sens, c'est de ça qu'on a besoin.

Fingal refit surface pour tenter d'intervenir, mais il riait encore trop. Il se roula par terre en tapant sa queue dans les flaques.

– Je vois ce que tu veux dire, murmura pensivement Sépia. Les loutres sont des animaux aquatiques, et je suis sûre que Pastor n'a pas envie d'être roi.

– Notre Pastor ? s'enquit Fingal en cessant de rire d'un seul coup. Enfer et damnation, c'est lui qui devrait devenir roi, c'est bien ça ?

– Tu ne t'en es jamais rendu compte ? lui demanda Pomme. Si Crispin n'a pas de descendants, le capitaine qui vient ensuite par ordre d'ancienneté devient roi, ou reine, c'est selon. Et je suis sûre qu'il ferait un très bon roi, ton Pastor, mais les loutres aiment pas s'écarter de l'eau, tout comme les taupes préfèrent rester sous terre.

– Je ne peux pas m'imaginer non plus Arane avec une couronne sur la tête, dit Fingal. Elle n'arrive même pas à garder son bandeau en place.

– Eh bien voilà, donc, c'est comme je vous disais, conclut Pomme. Il faut qu'on marie le roi et, en attendant, qu'on fasse bien attention à lui, qu'on soit sûrs qu'il va pas tomber malade, être blessé ni rien d'autre. Sépia, tu n'aurais pas une grande sœur, par hasard ?

Dans la Salle du Trône, Oursin regardait les visages graves de Pastor, Crispin et Frère Sapin. Il avait des fourmis dans les pattes. C'était énervant de se dire que, tôt ou tard, Crispin allait lui demander son opinion. Il espérait seulement ne rien dire de stupide. Pastor avait déjà parlé.

– Donc, dit Crispin, trois d'entre nous sont d'accord pour estimer que nous devons aider Grisemine, puisque ce sont les animaux que nous avons exilés qui leur posent des problèmes. Mais mettre Oursin en danger, c'est une autre affaire. Alors, Oursin ?

Les oreilles du jeune écureuil furent agitées d'un tic nerveux. Souriant, Crispin se penchait en avant sans façons sur son trône, les pattes croisées comme s'il était en train de bavarder avec lui dans le Bois des Anémones, et non de tenir une réunion solennelle dans la Salle du Trône.

– Je ne t'ai pas laissé dire un mot jusqu'à présent, fit-il remarquer, parce que j'étais bien certain que tu me dirais : « Oui, Majesté, envoyez-moi là-bas. » Même si tu n'avais pas envie d'y aller, si tu préférais rester ici avec nous autres, ou si tu étais terrifié, tu le ferais quand même.

– J'allais vous demander si cela pouvait attendre après le couronnement, admit Oursin.

– *Tout* peut attendre jusqu'après le couronnement, déclara Crispin d'une voix ferme. Tu es peut-être l'Écureuil Marqué qui va libérer cette île. Tu peux tout aussi bien ne pas l'être – ou, en tout cas, pas encore.

Oursin baissa la tête et regarda ses griffes. Il devait y avoir quelque chose de passionnant dans l'idée d'être l'Écureuil Marqué désigné par une prophétie. Mais il ne savait rien de Grisemine ni de la façon dont il était supposé délivrer l'île ni même où c'était, ni s'ils le laisseraient garder l'épée s'il n'y allait pas.

– Comment savoir si c'est de moi que parle la prophétie? demanda-t-il.

Crispin se tourna vers Sapin.

– Comment peut-il savoir?

– Il ne peut pas, assura Sapin. Les prophéties sont toutes très utiles à leur façon, mais il faut les manipuler avec précaution. Elles peuvent être à l'origine de toutes sortes de suppositions erronées.

– Est-ce qu'il existe une telle prophétie, Frère Sapin? s'enquit Pastor.

– Oh, oui. Hum. Oui, lui répondit Sapin. Un Écureuil Marqué libérera Grisemine quand elle en aura besoin. Les écureuils de la même couleur que toi sont extrêmement rares, mais je crois que Grisemine est l'un des endroits où l'on peut en voir, à l'occasion. Enfin, c'est ce qu'on dit.

– On dit ça? insista Oursin. On dit ça?

Un frisson le parcourut, le frisson d'une excitation et d'un espoir tels qu'il n'en avait jamais connus. Les paroles de Sapin avaient réveillé quelque chose de si profondément enfoui au fond de lui qu'il ne l'avait jamais admis auparavant.

– S'il vous plaît, Frère Sapin, demanda-t-il en se surprenant à bafouiller, s'il y a des écureuils comme moi à Grisemine, est-ce que ça ne pourrait pas être de là que je viens?

– J'ai dit «à l'occasion», Oursin, précisa Sapin, et les espoirs d'Oursin s'effondrèrent. Très occasionnellement, il y a un écureuil comme toi à Grisemine. Mais c'est très rare. Je crois que ta mère doit être venue de plus loin encore. Oursin, tu es quelqu'un d'exceptionnel, tu sais, quel que soit l'endroit d'où tu viens.

– Merci, Frère Sapin, s'empressa de répondre Oursin en baissant la tête pour cacher sa déception.

Parfois, quand il apercevait son reflet à la dérobée, il se demandait ce que cela lui ferait si cet autre écureuil qu'il voyait dans l'eau ou sur la vitre était réel, un écureuil comme lui, si bien qu'il ne serait pas le seul écureuil à la fourrure pâle. En général, personne ne prêtait plus attention à sa différence. Lui-même oubliait qu'il faisait tache dans une foule. Mais cela lui aurait fait tant de bien de pouvoir, un instant, penser qu'il allait découvrir d'où il venait et qui il était ! Quand il s'était dit qu'il était peut-être originaire de Grisemine, son cœur l'avait poussé à entreprendre le voyage. Il avala sa salive en rentrant les griffes.

– Tu n'as pas besoin d'y aller, lui dit Crispin d'une voix ferme. Ils t'ont offert une épée, mais Pastor s'est interposé. Si tu l'avais prise, cela aurait signifié que tu acceptais de te battre pour eux.

– Oh ! s'exclama Oursin. Ça, je ne le savais pas.

– Précisément, observa sèchement Pastor. J'espère qu'ils n'essayaient pas de te rouler en t'offrant un cadeau si difficile à refuser. Tu dois vraiment garder ça à l'esprit, Oursin. En réalité, ils n'auraient jamais dû t'offrir cette arme.

Oursin fit un petit signe de tête pour indiquer qu'il avait compris. Il ne s'était pas trompé à propos de l'épée. C'était vraiment trop beau pour être vrai.

– Mais, s'il vous plaît, dit-il, son regard allant et venant sans cesse de Crispin à Pastor, quand j'ai cru un instant que cela pourrait être l'endroit d'où je viens, j'ai vraiment eu envie de partir. C'était pour moi que j'en avais envie. Alors, je suppose que je dois être prêt à y aller pour eux. Je ne sais pas si je suis l'écureuil de la prophétie, ni ce que je suis censé faire en arrivant sur place mais, si je n'y vais pas, Majesté, je ne cesserai jamais de me demander ce qu'il se serait passé si je l'avais fait. Alors, je suis partant, si vous le voulez bien – en tout cas aussi partant qu'on peut l'être quand on ne sait pas où on met les pieds.

– Bien parlé, Oursin, l'encouragea Pastor.

Et, sachant qu'il l'avait impressionné, Oursin se sentit mieux à tout point de vue.

Crispin hocha la tête.

– Attends dehors, Oursin, s'il te plaît, pendant qu'on en discute tous les deux. Toi aussi, Finaiguille – à moins que tu ne veuilles ajouter quelque chose ?

Pendant tout ce temps, Finaiguille était restée à côté de la cheminée sans rien dire. Oursin remarqua qu'elle avait les piquants hérissés et le visage préoccupé.

– Cela ne me regarde absolument pas, intervint-elle brusquement. Mais puisque vous m'interrogez, Votre Majesté, je crois que, tout comme cet écureuil qui s'appelle Filoche, Lord Crockenpique nous regarde de bien haut. Quant à Bronze, il m'a tout l'air d'un dangereux voyou. Si j'étais Oursin, je n'aurais guère envie de partir avec eux mais s'il le faut, j'irai avec lui.

– C'est très noble de ta part, Finaiguille, lui répondit Crispin, mais si Oursin part, il aura des gardes et des guerriers pour le protéger. Il ne faut pas qu'il coure de risques avec les exilés d'Outrebrume ni avec les mercenaires qui se sont battus pour le compte de Bogue.

– Oui, Majesté, mais je crois qu'il faudrait quand même que je l'accompagne, dit-elle.

Elle s'inclina avec, aux lèvres, une petite moue, et quitta la Salle côte à côte avec Oursin. Ils trouvèrent Docken toujours de faction à la porte, les piquants en désordre. Par contraste avec la Salle du Trône, ils apprécièrent la fraîcheur du couloir de pierre désert et se précipitèrent tout droit vers la fenêtre ouverte. Trois hérissons remontaient à grand-peine la pente de la plage en transportant une malle-cabine en bois sombre.

– Les affaires de Lord Crockenpique, probablement, remarqua Docken qui regardait par-dessus leurs épaules. Il prévoit sans doute de rester longtemps. Ce coffre doit être plein de robes de cérémonie.

– Il a l'air d'être le genre d'animal qui aime bien s'habiller, ajouta Finaiguille en se penchant un peu plus pour regarder. Je m'y perds toujours dans la Brigade des Hérissons. Le grand, là, c'est Lumberen, ça, je le sais.

– Oui, c'est Lumberen. Pas génial, mais travailleur, confirma Docken.

Pendant qu'il parlait, le très grand hérisson qui marchait en tête mit la patte dans un trou de rocher rempli d'eau, ce qui fit tanguer dangereusement le coffre. Oursin ne pouvait pas entendre ce que crièrent les autres hérissons, mais il se doutait bien que ce n'était pas vraiment poli.

– Et les deux, là, derrière, qui n'ont pas l'air content, ce sont Sluggen et Crammen, continua Docken en montrant deux hérissons qui avaient l'air de bougonner sous l'effort. Ils ont toujours cet air-là. Ces temps-ci, ils n'ont eu aucune raison de se plaindre, mais je crois que c'est devenu pour eux une habitude. Et, dit-il en se retournant vers quelqu'un qui arrivait dans le couloir, voilà Gorsen. Tu as réussi à caser tous ces visiteurs, alors ?

Gorsen, qui était en train de frotter quelque chose entre ses pattes, avait l'air encore plus soigné qu'avant. Oursin supposa qu'il voulait faire impression sur les membres de la délégation.

– C'est une tâche beaucoup plus agréable que de travailler sous terre comme un esclave, jour et nuit, pour le capitaine Bogue, dit Gorsen. Jamais le roi Cœurdepique n'aurait permis ça s'il avait su la moitié de ce qu'il se passait. J'ai installé Lord Crockenpique dans l'ancien boudoir de Lady Belle. C'était beaucoup trop bien pour elle.

Il s'éloigna rapidement, d'un pas martial, laissant derrière lui un sillage parfumé d'huile de résine.

– Même sur ses pattes, il met un truc qui sent, remarqua Finaiguille.

– Gorsen pense à tout, dit Docken. Il sera membre du Cercle un de ces jours. C'est le genre à décrocher des places.

En pensée, Oursin était toujours de l'autre côté de la porte, dans la Salle du Trône. Il se disait que ce serait sans doute très bien d'aller à Grisemine, sauf que… eh bien, sauf qu'il n'avait pas encore achevé son apprentissage d'écureuil de cour et qu'il était en train de se faire de nouveaux amis, comme Juniper. Celui-ci pourrait être pour lui comme un petit frère, et il avait souvent eu envie d'avoir un petit frère. D'un autre côté, si Juniper devait vomir chaque fois qu'il apercevait un bateau, ce pourrait bien être le genre de petit frère dont on finit par se lasser. Quand la porte de la Salle du Trône s'ouvrit, il se redressa.

– Entre, Oursin, lui cria Pastor.

Et il s'avança, s'inclina, toute sa fourrure parcourue de picotements. Pastor lui souriait d'un air rassurant mais, bon, Pastor était toujours comme ça.

– Oursin, nous sommes arrivés à une décision, dit Crispin. Les envoyés et leurs hommes d'équipage peuvent rester jusqu'à la fin du couronnement. Cela ne fera pas plaisir à Lord Crockenpique – il est impatient de t'emmener loin d'ici – mais il lui faudra bien s'en accommoder. Quand le couronnement sera terminé, je dépêcherai un petit groupe de nos taupes en reconnaissance, par les tunnels, pour se faire leur propre idée de la situation et revenir nous l'exposer. *Si* elle correspond à ce que nous a raconté Lord Crockenpique, nous enverrons une petite force armée mettre au pas ces quelques animaux d'Outrebrume qui ont besoin d'apprendre à mieux se conduire et si ces taupes l'estiment souhaitable, tu iras avec elles, mais seulement quand je me serai assuré que, par un tunnel ou sur le dos d'un oiseau, tu puisses rentrer.

– Est-ce qu'il y a vraiment des tunnels de taupes sous la mer ? demanda Oursin.

Il en avait toujours douté.

– Pour ça, oui, lui répondit Crispin. Les taupes n'aiment pas beaucoup en parler, sauf pour jurer solennellement qu'ils existent. Mais apparemment, ils ont été creusés il y a des milliers d'années, quand le fond de la mer n'était pas du tout le fond de la mer et ces îles pas encore des îles. Je suppose qu'elles pourraient y faire passer un écureuil de petite taille si c'était nécessaire.

Oursin n'aimait pas beaucoup les tunnels, mais s'il devait en emprunter un pour rentrer, il ferait avec. Et, non seulement il se pourrait bien qu'il n'ait pas à faire le voyage, mais en plus ce n'était pas pour tout de suite. Il pouvait oublier tout ça jusqu'au lendemain du couronnement.

– Et maintenant, conclut Crispin, nous avons des hôtes à honorer. Lord Crockenpique dînera ici avec les capitaines, Sapin et moi-même, et je vais faire dresser une table dans la pièce voisine pour toi et Finaiguille, ainsi que pour les jeunes assistants de Grisemine. Oursin, tout ce qui s'est dit ici est de la plus haute confidentialité. Pas un mot à quiconque. Même à Finaiguille. Tout ce qu'elle a à savoir, c'est qu'elle doit se montrer agréable avec les envoyés de Grisemine.

– Oui, Monsieur, répondit le page qui perçut le regard rieur de Pastor.

Tout ce qu'il lui restait à faire était de convaincre Finaiguille d'être gentille avec des animaux qu'elle n'aimait pas. Libérer une île, ce n'était rien en comparaison.

CHAPITRE 5

On avait très joliment décoré la petite chambre pour les jeunes assistants de Grisemine. Des arrangements de fleurs d'été de toutes les couleurs, violet foncé pour les iris, crème pour les roses et rouge sombre pour les pivoines, débordaient des appuis de fenêtre et couronnaient les tables. On avait disposé des coussins sur les banquettes et par terre. Dans la lumière du couchant, par toutes les fenêtres ouvertes, on voyait scintiller la mer. Les rideaux blancs au décor de feuillage flottaient dans la douce brise océane.

La soirée se passait mieux qu'Oursin ne s'y était attendu, à souper ensemble et à se raconter des histoires. Bronze, Filoche et Étournelle étaient à présent beaucoup plus amicaux que dans la Salle du Trône. Bien qu'elle parût encore fragile et intimidée, Étournelle avait l'air de s'être remise. Elle portait au poignet un petit anneau de baies d'aubépine et restait collée à Filoche, qui ne cessait de lui demander ce qu'elle aimerait manger et si elle se sentait bien.

Qu'elle s'amuse ou pas, Finaiguille se tenait mieux que jamais. On avait monté du cellier des coupes de cordial glacé avec des baies et des corolles de fleurs flottant à la surface, et il y avait des gâteaux de noisette, du fromage, de minuscules pâtisseries de légumes et des mousses sucrées faites avec des fruits, de la crème et du miel. Oursin cessa de se demander s'il irait à Grisemine et comment il en reviendrait.

Bronze lui avait fait l'impression d'être le genre de hérisson avec lequel personne n'oserait discuter, mais il se révéla un bon compagnon. Quand Finaiguille, avec une politesse glacée, lui demanda comment s'était passé leur voyage, il se mit à raconter avec force détails que, dès que la tempête avait commencé, Lord Crockenpique s'était réfugié dans sa cabine avec un oreiller sur la tête et n'en avait plus bougé (« En plus, il avait une cabine rien que pour lui ! » s'indignait Étournelle), et que, quand il était ressorti sur le pont, il avait oublié qu'il avait toujours l'oreiller sur la tête, empalé sur ses piquants : quand ils eurent réussi à arracher l'oreiller, Sa Seigneurie disparaissait sous les plumes.

Étournelle pouffait de rire. Elle interrogea Oursin et Finaiguille sur leur rôle dans la bataille d'Outrebrume et les écouta avec fascination. Elle suça le bout de ses griffes qui étaient poisseuses, Bronze raconta encore une histoire amusante, Finaiguille et lui eurent le hoquet, et Filoche leur dit comment Lord Crockenpique avait voulu se montrer héroïque en aidant à carguer les voiles et avait fini agrippé au mât des quatre pattes en attendant qu'on vienne le secourir.

Oursin en rit poliment, mais un sentiment de malaise le gagnait peu à peu. Quelque chose n'allait pas. Il n'aurait jamais raconté sur Pastor des histoires telles que ces animaux en débitaient sur Lord Crockenpique. Mais il fallait bien admettre, surtout, que Pastor ne se serait jamais comporté de façon aussi stupide.

Finaiguille se dirigea vers la fenêtre. Oursin se rendait compte qu'elle en avait assez des gloussements d'Étournelle et des histoires que racontait Bronze mais, malheureusement, le hérisson la suivit.

– La nuit tombe plus tôt, en ce moment, lui dit-il. Déjà le coucher du soleil.

Des filaments d'or s'infiltraient dans la lumière bleue du soir.

– Oooh, vous croyez qu'on va voir ces fameuses étoiles filantes ? demanda Étournelle tout excitée. Quand les étoiles se mettent à danser autour du ciel ? Cela vous arrive, en Outrebrume ? J'adorerais voir ça.

– Ce ne sera pas pour ce soir, lui dit Finaiguille.

Et elle se lança dans de patientes explications, comme si elle s'adressait à un petit enfant.

– Frère Sapin nous aurait prévenus. Ce n'est pas souvent qu'on voit les étoiles filantes et, chaque fois, cela signifie quelque chose, en bien ou en mal. Du mal, on en a eu assez comme ça, en Outrebrume.

– Mais ça va être un superbe coucher de soleil, ajouta Filoche. On le verrait mieux de l'autre côté de la Tour. Et si on allait voir *La Flèche du roi* au soleil couchant ?

– Quoi, au soleil couchant ? demanda Finaiguille.

– C'est le nom de notre bateau, lui répondit Filoche. *La Flèche du roi*. Il a une allure magnifique dans ce genre de lumière. On va le voir ?

– Est-ce qu'il ne faudrait pas prévenir quelqu'un ?

demanda Étournelle avec nervosité en se tournant vers Finaiguille pour quêter son aide du regard. On devrait le dire à Lord Crockenpique, mais on ne peut pas les interrompre pendant qu'ils sont dans la Salle du Trône. Il serait furieux.

– Je vais le leur dire, la rassura Finaiguille.

Et elle ne put résister à la tentation d'ajouter :

– Notre roi ne sera pas furieux. Je vous rejoindrai ensuite.

Oursin se doutait bien qu'elle n'allait pas se presser. Elle en avait sûrement assez de leur compagnie et il préférait la savoir en dehors de leur chemin avant qu'elle n'oublie de rester polie. Il ramassa les capes des visiteurs et, en trottinant, ils descendirent les escaliers qui conduisaient à l'extérieur de la Tour. L'air du dehors était encore agréablement tiède, cette soirée d'été fleurait le thym et la camomille et, se détachant sur le ciel flamboyant, le bateau semblait reposer dans le calme après sa terrible traversée. À demi cachée par le navire, sa petite chaloupe se réfugiait derrière lui comme un enfant timide dans les jupes de sa mère.

– On aurait dû remonter cette chaloupe sur le pont, remarqua Bronze.

– Elle est superbe, en tout cas ! s'exclama Oursin en contemplant, admiratif, le petit bateau de sauvetage.

Il avait une ligne élancée, sa voile était roulée et il y avait même un dais de toile replié contre le bastingage à tribord.

– Il n'est pas grand, précisa Filoche, mais on a voulu que ce soit le genre de bateau où l'on peut survivre après un naufrage, même sur une longue traversée. Cette tente peut servir d'abri et, sous les bancs de nage et les sièges à la proue, il y a des coffres pour ranger des vêtements et des provisions. Tu veux qu'on te montre ?

– J'y vais la première ! s'écria Étournelle en s'élançant le long de la jetée et en trébuchant un peu sur les planches de bois. Quelqu'un pour me tendre la patte ?

Bronze soupira.

– Je ne sais pas pourquoi on a été obligés de l'emmener, dit-il. Bonne à rien. Ne peut même pas monter ou descendre d'un bateau sans tomber dedans. Tendez-lui la patte, vous voulez bien, Oursin ?

Juniper fonça ventre à terre sur le sentier qui zigzaguait en partant des Falaises des Chutes et grimpa à toute vitesse sur le premier grand arbre qu'il rencontra. Le plus rapide pour rejoindre la baie, c'était de passer par la cime des arbres de la pinède jusqu'au Bois des Anémones et au-delà. Alors, il se mit à bondir d'arbre en arbre, faisant ployer sous lui de plus en plus vite leurs cimes élastiques. Il fallait qu'il aille jusqu'à la baie, bien qu'elle ait servi de décor à l'un des pires moments de sa vie.

Il ne comprenait pas ce qu'il lui était arrivé quand le bateau de Grisemine s'était approché. Tout ce qu'il savait c'était que, à son arrivée, il avait eu l'impression que quelque chose de gris et d'oppressant l'étouffait, comme si de la fumée s'était infiltrée dans ses yeux et dans sa gorge. Un sentiment d'horreur lui avait donné la nausée, son cœur s'était emballé, il avait soudain eu chaud et froid en même temps – puis il ne lui était resté rien d'autre à faire que de chercher un trou de rocher où aller vomir.

Il était déjà arrivé à Juniper de connaître des moments pareils. Des instants rares et terribles, mais jamais à ce point. Il se rappelait avoir ressenti une fois cette anxiété, cette terreur, cette horreur, quand il était tout petit, et une autre fois juste avant qu'on vienne chercher un bébé pour l'euthanasier. C'était comme s'il avait su à l'avance que quelque chose de terrible allait se produire.

Cette matinée avait été si merveilleuse avant que l'arrivée de ce vaisseau en piteux état le plonge dans l'horreur. Ce n'était déjà pas drôle d'avoir été aussi lamentablement malade, mais cela s'était produit devant tous ses nouveaux amis. Devant Oursin des Étoiles, son héros! Ce jour-là, son héros était devenu un ami pour lui, et il avait aussitôt tout gâché en vomissant dans une flaque d'eau pendant qu'Oursin escortait des hôtes distingués jusqu'à la Tour. Il n'avait pas pu s'empêcher d'être malade. L'horreur l'avait submergé. Mais c'était ce sentiment de terreur que lui avait inspiré le bateau, c'était cela même qui le poussait maintenant à revenir à toute vitesse dans la baie, les oreilles couchées en arrière, les pattes jetées en avant, la queue flottant comme un étendard derrière lui. Oursin avait besoin d'aide. C'était comme si on l'avait libéré de l'obscurité qui l'oppressait pour y plonger Oursin, et il aurait fait n'importe quoi, n'importe quoi pour le sauver.

Dans la Salle du Trône, les reliefs d'un repas couvraient la table et du vin brillait dans les verres. Finaiguille se tenait poliment debout, le dos droit, les piquants rabattus et les pattes croisées pour répondre patiemment, encore et encore, à de nouvelles questions de Lord Crockenpique. Elle avait eu l'intention de transmettre son message et puis de s'en aller aussitôt – elle avait envie de retrouver sa famille, et il pourrait bien y avoir des restes du dîner à rapporter au petit Pantouflet – mais Lord Crockenpique tenait à s'intéresser à elle. Il lui posait tant et tant de questions sur sa famille et sur les autres hérissons d'Outrebrume qu'elle lançait à Crispin des regards implorants pour qu'il vienne à son secours. Il se leva.

– Finaiguille, vous rentrez ce soir dans votre famille ? lui demanda-t-il.

– J'espérais pouvoir le faire, Monsieur, répondit-elle.

Il glissa quelques gâteaux dans un panier.

– Prenez ceci, lui dit-il, avec mes salutations pour vos parents. Capitaine Traînelapatte, voulez-vous escorter Finaiguille jusque chez elle ?

– Ce n'est pas nécessaire, Monsieur, dit-elle, se sentant déjà mieux. Elle esquissa une révérence en prenant le panier. Est-ce que je… ?

Elle s'arrêta. Venant du dehors, un bruit de pas traînants se faisait entendre, ainsi qu'une voix aiguë, larmoyante, et on frappa fort à la porte, de façon pressante.

– Qu'est-ce que c'est que tout ce raffut ? s'enquit Traînelapatte, la main sur la poignée de son épée.

– Entrez ! cria Crispin.

Quand la porte s'ouvrit à la volée, on entendit plus fort les sanglots d'un écureuil.

Gorsen s'avança, le visage sévère. Il donnait la patte à Étournelle, qui s'essuyait les yeux.

– Il ne va rien vous arriver de grave, mademoiselle Étournelle, lui disait Gorsen d'un air sombre. Répétez au roi ce que vous venez de me dire.

Étournelle essayait de sécher ses larmes, mais n'arrivait pas à parler. Crispin s'agenouilla devant elle.

– Respirez un grand coup, lui dit-il. N'ayez pas peur de moi.

Les lèvres d'Étournelle tremblaient.

– Il est parti, Majesté, bredouilla-t-elle.

– Qui donc est parti, Étournelle ? interrogea Crispin.

Finaiguille se sentit tout d'un coup la peau moite, les membres affaiblis, et elle serra les pattes.

– Oursin, murmura-t-elle, et sa voix monta pour se muer en un gémissement. Il est parti dans le petit bateau...

Et, se cachant le visage contre Gorsen, elle se mit à sangloter désespérément.

Transpirant, à bout de souffle dans la lumière déclinante, Juniper arriva sur le rivage, renifla l'air du soir et regarda autour de lui. Il n'y avait personne en vue.

Le vaisseau était à l'ancre et Juniper s'efforça de le regarder avec attention. Ce navire n'aurait pas le pouvoir de le terrifier s'il le regardait bien en face. Avec sa voile en loques, il paraissait sans défense et inoffensif. Puis, Juniper remarqua un petit bateau qui s'éloignait rapidement sur l'eau, se rapprochant régulièrement des brumes.

– Pastor, prends des gardes avec toi et essaie de le rattraper, ordonna Crispin. Mais pas plus loin que les brumes.

Pastor se rua hors de la pièce. Finaiguille s'apprêtait à le suivre quand, d'un regard, Crispin lui intima de rester.

– Maintenant, Étournelle, continua-t-il, racontez-moi exactement ce qu'il s'est passé.

Étournelle suffoquait et s'étranglait encore en essayant de parler. Il y avait des fleurs sur la table, Crispin prit une pleine patte de doux pétales pour lui sécher les yeux, et elle finit par se calmer un peu.

– Le canot de sauvetage du bateau était encore descendu, dit-elle en reniflant. Il n'aurait pas dû être là, et si seulement il n'avait pas été descendu, Oursin ne serait jamais parti. Mais, dès qu'il l'a vu, il nous a dit qu'il allait partir tout de suite pour Grisemine. Il a dit que c'était à ses risques et périls et qu'il ne mettrait personne d'autre en danger s'il partait tout seul et que V... V... Votre Majesté n'aurait pas à lui en donner l'ordre. S'il vous plaît, *s'il vous plaît*, Majesté, nous avons tous essayé de le faire changer d'avis, mais il était tellement décidé qu'il a embrassé le sol et levé la patte en faisant un serment. Il serait parti tout seul, et il se serait perdu, alors Filoche et Bronze sont allés avec lui, et il... il... il a dit...

Elle éclata de nouveau en sanglots et Gorsen la serra étroitement contre lui.

– Il a dit que Votre Majesté comprendrait, sanglota-t-elle. Il a dit que s'il était l'Écureuil Marqué – cet écureuil-là – c'était la seule chose honorable à faire.

Elle enfouit son visage dans les bras de Gorsen.

– Oh, Majesté, dit Lord Crockenpique d'un ton accablé. Que puis-je dire ? Nous n'aurions jamais mis sciemment votre Compagnon en danger.

Les piquants de Finaiguille se hérissèrent quand elle dévisagea Lord Crockenpique. Il arborait un air soucieux et désolé, mais elle eut l'impression qu'il s'agissait d'un masque. Elle glissa sa patte dans celle d'Arane, pas pour se réconforter, mais pour s'empêcher de se jeter sur Lord Crockenpique toutes griffes dehors.

« Majesté, il ment. » Elle pensait ces paroles de toutes ses forces en souhaitant que Crispin pût lire dans ses pensées. « Ils mentent tous les deux. » C'était vraiment trop commode, ce départ d'Oursin au moment où Grisemine avait tellement besoin de lui.

– Ils vont veiller sur lui, dit Étournelle avec un reniflement.

– Oh, Bronze et Filoche vont veiller sur lui, dit Lord Crockenpique. Ce sont les meilleurs de nos jeunes gens. Braves, qualifiés, et des marins expérimentés. Avec eux, il est en sûreté.

Un silence s'ensuivit, un silence tendu, glacial. Finaiguille n'avait jamais redouté Crispin mais, là, elle avait trop peur pour seulement lever les yeux sur lui. « Le roi Crispin le sait, se dit-elle. Il sait qu'ils lui mentent. »

– Gorsen, prenez un détachement de la garde, ordonna Crispin d'un ton brusque. Arane, envoyez toutes les loutres disponibles se joindre à Pastor pour fouiller les eaux jusqu'aux brumes, mais pas au-delà.

Arane se glissa hors de la pièce, et Gorsen lança des ordres par la porte ouverte. Des pattes se hâtèrent dans le couloir et, quand un détachement de taupes et de hérissons s'aligna devant lui, Crispin se tourna sans sourire vers Lord Crockenpique.

– Ces animaux vont vous conduire, vous et Étournelle, jusqu'à vos chambres, lui dit-il. Capitaine Traînelapatte, accompagnez-les. Nous reparlerons de tout cela demain matin. Frère Sapin, Finaiguille, venez avec moi, s'il vous plaît.

Au-dehors, l'air avait fraîchi. Debout sur le sable froid et mouillé, Crispin, Sapin et Finaiguille sentaient la brise hérisser leur fourrure. Sur l'eau, on ne voyait aucune lumière. Il se passa un long moment avant que la tête humide et lustrée de Pastor émerge des basses eaux et qu'il s'avance en titubant sur le rivage.

– Pas le moindre signe, dit-il.

Il avait la voix grise des vaincus et ses yeux flamboyaient de colère.

– Rien. Désolé, Crispin.

Finaiguille fixait sur la mer vide un regard désespéré. Elle savait que Pastor s'en voulait de ne pas avoir rattrapé et ramené Oursin. Elle savait ce qu'il ressentait.

« Si seulement je les avais accompagnés à la plage. Si seulement, après avoir transmis mon message au roi, j'étais partie tout droit les rejoindre. J'en avais assez de ces gens de Grisemine et j'étais trop contente d'en être débarrassée. J'aurais dû rester avec lui. Si seulement je pouvais revenir en arrière jusqu'à l'heure du dîner et changer la façon dont les choses se sont passées. Si seulement je pouvais tout reprendre à zéro. »

– Tu as fait tout ce que tu pouvais, Pastor, assura Crispin. Viens à la Salle du Trône et je vais te raconter tout ce que nous a dit Étournelle.

L'air misérable, Finaiguille se rapprocha de Crispin.

– S'il vous plaît, Majesté, lui dit-elle, Oursin est le page de Pastor et votre Compagnon. Il ne serait pas parti sans votre permission.

Parlant à toute vitesse pour en finir, elle ajouta :

– S'il vous plaît, roi Crispin, je suis désolée. C'est de ma faute, si j'étais restée avec lui, il serait encore là.

Crispin prit ses pattes dans les siennes.

– Ce n'est évidemment pas de ta faute, Finaiguille, lui dit-il.

Mais elle ne se sentit pas soulagée. Elle chercha Frère Sapin du regard. Elle l'aperçut seul au bout de la jetée, où la brise faisait flotter sa tunique blanche, une patte levée vers le vide de la nuit, sous les étoiles.

CHAPITRE 6

– Je ne crois pas un mot de ce qu'ils racontent, grommela Traînelapatte. Il n'est pas parti de son plein gré. Il s'est fait enlever.

Les capitaines étaient réunis dans la Salle du Trône. Finaiguille les avait suivis et, comme personne ne lui avait dit de s'en aller, elle était restée.

– Finaiguille, est-ce que les autres animaux de Grisemine ont essayé de le convaincre de s'en aller ? lui demanda Crispin.

– Pas tant que j'étais là, répondit-elle. Nous avons juste bavardé en nous amusant, et l'un de nous a suggéré de retourner à la jetée pour voir le coucher du soleil. Je ne me rappelle pas qui a eu cette idée, mais Étournelle a pensé qu'il fallait que quelqu'un aille vous dire où nous étions. J'en avais assez du numéro de Bronze et des gloussements d'Étournelle, et Oursin était prêt à s'occuper d'eux, alors, j'ai pensé que je pourrais aussi bien… pourrais aussi bien… le laisser se débrouiller. Je suis désolée. Traînelapatte a raison. Il ne serait pas parti sans votre permission.

– Finaiguille, la rassura Crispin en s'agenouillant à côté d'elle, rien de tout cela n'est de ta faute. Peux-tu me rappeler pourquoi tu es restée si longtemps avec nous dans la Salle du Trône ? C'était bien parce que Lord Crockenpique n'arrêtait pas de te faire parler ?

– C'était un piège, intervint Traînelapatte. Cela leur donnait le temps d'emmener notre Oursin. Si tu étais restée avec eux, ils t'auraient enlevée aussi, Finaiguille.

Crispin s'écarta pour aller s'appuyer à l'embrasure d'une fenêtre et leur fit face.

– Nous pouvons espérer que tout ira pour le mieux, mais nous devons faire comme si le pire devait arriver, dit-il avec fermeté. Nous ne pouvons faire confiance ni à Lord Crockenpique, ni à Étournelle, mais ils pourraient bien être innocents et ce sont encore nos invités. Il faut qu'ils restent dans leurs chambres sous bonne garde jusqu'à ce que nous ramenions Oursin. Faites garder aussi l'équipage du bateau.

– Bizarre, tout cela, remarqua Pastor. Lord Crockenpique est un animal très important. S'il s'agissait d'un complot pour enlever Oursin, pourquoi l'a-t-on abandonné ?

– Pour faire des histoires, répondit Traînelapatte.

– Il n'en aura pas l'occasion, dit Crispin. Nous allons charger Gorsen de le garder. Puisque nous ne pouvons partir par voie de mer et revenir de même, il nous est impossible de les suivre en bateau. Traînelapatte, qu'est-ce que vous pouvez me dire à propos des tunnels ?

– Possible d'aller à Grisemine par là, Majesté, répondit Traînelapatte. Y suis allé moi-même. Pas tout à fait jusqu'à

Grisemine, mais mon père m'a emmené là-dessous et m'a montré les chemins. Un long voyage, quand même.

– Combien de temps ? demanda Crispin.

– Six jours et six nuits. P'têtre sept, ou même huit. Dépend des taupes et de l'itinéraire, Majesté. Y en a deux.

– Je pense que, par bateau, c'est seulement trois à quatre jours, intervint Pastor, alors Oursin et ses ravisseurs arriveront avant eux.

– Dans ce cas, Traînelapatte, envoyez tout de suite des taupes, conclut Crispin. Des taupes fidèles et sûres, six par chaque chemin.

– Peux pas attaquer Grisemine avec une douzaine de taupes, sauf votre respect, Majesté.

– Vous n'aurez pas à attaquer, rectifia Crispin. J'ai besoin d'éclaireurs discrets pour aller voir ce qu'il se passe vraiment, et revenir me le dire. Et si Oursin a besoin de secours, ce qui est sûrement le cas, soyez rapide et ne prenez pas de risques, mais sauvez-le. Prenez à l'armurerie tout ce dont vous aurez besoin, mais sans trop vous charger. Et dites-leur, Traînelapatte, que je ne me ferai pas couronner avant leur retour, si bien qu'ils n'auront rien manqué.

– Cela suppose qu'Oursin puisse être ramené en passant par des tunnels de taupes, fit remarquer Pastor.

– Pourrait bien être un peu serré par endroits, mais il n'a pas encore fini sa croissance, dit Traînelapatte. Et on pourra toujours les élargir un petit peu si c'est nécessaire. Il nous ralentira un brin, mais on va le tirer de là. Permission de me retirer, Majesté ? Pour le sortir de là avant qu'il ne continue à grandir ?

– Allez-y, Traînelapatte, approuva Crispin.

Après une brève révérence, le capitaine s'éloigna en trottinant.

– Avant que qui que ce soit d'autre ne s'en aille, dit Crispin en se levant, j'ai une promesse solennelle à faire devant témoins.

On entendit un bruissement métallique et froid quand il tira son épée pour la poser devant lui sur le sol. Arane se leva et croisa les bras. Finaiguille l'imita.

– Je jure devant vous tous, clama Crispin, sur ce qui m'est le plus cher et sur mon honneur de roi, que je ne serai pas couronné avant qu'Oursin des Étoiles ne soit revenu parmi nous vivant. S'il ne revient pas, je resterai sans couronne jusqu'à ma mort.

Il y eut un instant de silence empreint de solennité, que rompit Sapin :

– À ce propos, je crois qu'il reviendra vivant, dit-il. Mais vous ne pourriez pas être couronné pour autant, Crispin, pas tout à fait, pas dans les règles. La chose la plus extraordinaire qui soit vient juste d'apparaître au grand jour. La Pierre du Couronnement n'est pas la Pierre du Couronnement. C'est un faux.

Oursin sentait l'obscurité lui battre les tempes. En lui, autour de lui, tout se balançait, tout tournait. Ses yeux refusaient de s'ouvrir. Il avait la bouche sèche avec un goût amer, de moisi.

Où qu'il pût se trouver, ce n'était pas le bon endroit pour lui. Trempé et frigorifié, il était couché sur quelque chose de dur. Il aurait dû être blotti au creux d'un nid bien sec, dans sa chambre de la Porte de la Source… Il pensa crier pour appeler à l'aide, mais n'y parvint pas. Même l'effort d'ouvrir ses yeux était au-dessus de ses forces.

– Tu lui en as donné trop, dit une voix féminine. Tu pourrais avoir causé des dégâts définitifs.

– Comme dégâts, il va en avoir de plus sérieux quand le roi Bois d'Argent en prendra livraison, grogna quelqu'un d'autre.

Le tangage continuait. Oursin réussit péniblement à ouvrir les yeux, mais il faisait toujours noir. Dépliant ses pattes raidies par le froid, il tenta d'atteindre son épée.

Il ne portait pas d'épée

– Il bouge, dit la femelle.

Sa voix fit apparaître une image brouillée dans l'esprit confus d'Oursin. Il se souvint de Filoche et de Bronze – c'étaient leurs voix qu'il venait d'entendre. Où était passée Finaiguille ? Et la petite femelle écureuil ? Il se revoyait l'aidant à monter dans le bateau, puis se rappelait comment Bronze l'avait immobilisé en faisant couler un liquide entre ses dents serrées...

Une charnière craqua et le bruit lui fit mal à la tête.

– Qu'est-ce que tu fais ? grogna Bronze.

– J'essaie de lui trouver une couverture, répondit Filoche. Il ne faut pas qu'il tombe malade. On doit le ramener vivant.

– Trouve-m'en une aussi, dit Bronze. Il fait un froid de loup dans ces brumes.

Les brumes ! Oursin tenta de se redresser, luttant contre les bras qui s'emparaient de lui. Il essaya de se remettre d'aplomb, sans y parvenir. Quelque chose lui serrait les pattes quand il se débattait pour bouger, sa queue ne lui permettait plus de tenir en équilibre et, quand son étourdissement se dissipa, il eut une conscience précise et désespérée de la situation dans laquelle il se trouvait. Ses pattes de derrière et sa queue étaient attachées, ses pattes de devant étaient liées à des anneaux de part et d'autre du bateau qui se trouvait au beau milieu des brumes.

S'il parvenait à se dégager tout de suite, il pourrait se sauver à la nage. Il y avait du mou dans les cordes qui attachaient ses pattes de devant. Rassemblant ses forces, il tira dessus, se débattit et ses pieds liés frappèrent Filoche.

– Sale petite vermine ! aboya-t-elle. Aide-moi, Bronze !

En grommelant et jurant, Bronze se leva du banc de nage pour venir lui prêter main-forte. Oursin put discerner la forme d'une épée à son côté.

– Couché, toi, là, grogna Bronze en le repoussant si brutalement qu'Oursin tomba à la renverse – mais sa chute mit l'épée à sa portée.

Oursin lança sa patte dans cette direction, mais ses membres étaient tout raidis et, avant qu'il ait pu l'atteindre, Filoche avait tiré l'épée du fourreau d'un geste vif. Avec le plat, elle lui en donna un coup sur le poignet, et la douleur cuisante remonta jusqu'à son épaule. Le souffle encore coupé par la souffrance, il sentit le froid de l'épée pointée sur sa gorge.

– On a beaucoup de chemin à faire avant d'arriver à Grisemine, et il n'y a personne ici pour t'aider, lui dit-elle. Tu ferais mieux de coopérer.

Elle jeta l'épée aux pieds de Bronze.

– Tu aurais dû le voir venir. Heureusement que j'étais là.

Oursin resta immobile. Filoche avait raison. Il était à leur merci. Il dut la laisser l'envelopper dans une couverture comme un bébé. Bronze s'était remis à ramer, et chaque craquement, chaque plongée des rames dans l'eau l'éloignait encore d'Outrebrume.

– C'est comme ça, lui disait Bronze. Tu es un écureuil de cour, tu es sous les ordres du roi et de cette loutre, et tu leur obéis, d'accord ? Eh bien, nous sommes des animaux de cour, nous aussi, sous les ordres du roi Bois d'Argent et de Lord Crockenpique, et s'ils nous disent d'aller attraper le petit Phénomène et de le ramener à Grisemine, c'est ce qu'on doit faire. Ça te paraît correct ?

Quand il parla, Oursin se sentit la bouche sèche et enflée.

– Mon capitaine et mon roi, dit-il d'une voix rauque, ne me donneraient pas l'ordre de tromper un autre animal et de le kidnapper.

– Oh, ferme-la, le Phénomène, lui dit Bronze. Tu t'es bien laissé avoir, pas vrai ?

« Je me suis bien laissé avoir. » Ça ne lui servait à rien de le savoir. Il se demanda si on aurait déjà remarqué son absence, et une petite lueur d'espoir filtra dans son esprit accablé.

– On va me chercher partout, dit-il. Dès que mon départ sera connu.

– Ils n'en feront rien, le reprit Filoche d'un ton suffisant. À ton avis, pourquoi Étournelle n'est-elle pas là ? Elle est restée pour leur dire que tu es venu de ton plein gré, et elle jouera la comédie comme elle sait si bien le faire. Elle n'est bonne qu'à ça. Alors, ils n'enverront personne à ta recherche, surtout les brumes franchies ! Ils ne voudraient pas prendre le risque de ne jamais revenir, tu ne crois pas ?

Oursin ne répondit rien. Filoche ne savait pas de quoi elle parlait. Elle ne connaissait pas Crispin. L'idée que son capitaine pût ne rien faire était trop aberrante pour seulement l'effleurer. Si Crispin renonçait et s'il ne pouvait pas s'échapper – or, ses chances d'évasion étaient si faibles que c'en était ridicule – il pourrait bien ne jamais revenir.

Peut-être que le roi Bois d'Argent allait seulement lui dire ce qu'ils attendaient de lui ; il s'acquitterait de sa mission et rentrerait chez lui. Malheureusement, cela semblait peu probable. Tout ce bavardage à propos d'un Écureuil Marqué sonnait creux. Ils n'étaient pas en train de le traiter comme un hôte d'honneur, le sauveur de leur île – les paroles de Bronze à propos du roi le mettaient si mal à l'aise qu'il espéra les avoir entendues en rêve.

Il se rappela qu'il avait déjà quitté l'île par mer et qu'il y était revenu, que, cette fois-là, il avait été ballotté par la tempête, qu'il avait failli faire naufrage, sans même savoir où il allait. Le Cœur qui veillait sur Outrebrume avait veillé sur lui aussi. Il trouva un coin paisible dans son propre cœur, et de ce point immobile au fond de lui-même, il appela à l'aide en silence.

« Grand Cœur d'Outrebrume, préserve-moi comme tu m'as préservé jusqu'à présent, même par-delà les brumes. Ramène-moi à la maison. Ramène-moi en Outrebrume. »

Il se tortilla pour regarder l'eau grise derrière lui. Était-ce un animal, glissant dans le sillage du bateau ? Mais ce n'était pas possible. Juste une ombre sur les vagues. Quand il regarda de nouveau, elle avait disparu.

Dans la Tour d'Outrebrume, dans le silence solennel de la Salle des Assemblées, Finaiguille se tenait debout, immobile, un écrin ovale entre les pattes. C'était un objet magnifique, fait d'une pierre rose pâle qui luisait doucement, avec des traînées d'or et d'argent ondulant à sa surface. On l'avait envoyée le chercher dans la tourelle de Sapin, et cet objet avait une telle importance que Heath et Russet, deux écureuils du Cercle, avaient été chargés de l'escorter.

– Merci, Finaiguille, lui dit Frère Sapin en ouvrant le couvercle.

La pierre reposait dans un nid de paille et de mousseline. Elle n'était pas plus grosse qu'un galet, lisse, presque en forme de cœur, de la même couleur que l'écrin qui la renfermait, avec un faible éclat d'or en son centre. Finaiguille regarda Sapin l'extraire de l'écrin.

Il fallait que ce soit la Pierre du Couronnement, il le fallait. Frère Sapin devait se tromper quand il disait que la pierre était un faux. C'était une chose trop sacrée pour qu'on pût la trafiquer.

– Pour moi, cela ressemble à la Pierre du Couronnement, dit Crispin. Mais je ne l'ai vue qu'une fois, quand le roi Cœurdepique a été couronné.

– Hum ! dit Sapin en la lançant dans les pattes de Pastor. Attrapez !

Par réflexe, Pastor l'attrapa. Elle resta dans sa patte sans bouger tandis que son regard allait et venait entre la pierre et Sapin.

– Donnez-la à Finaiguille, lui dit Sapin.

Finaiguille voulut dire non – elle n'oserait jamais toucher la Pierre du Couronnement – mais Pastor arborait une expression si grave qu'elle n'eut pas envie de discuter. Avec mille précautions, elle prit la pierre dans ses deux mains, sentant peser sur elle pendant qu'elle la tenait les regards de

Sapin, Arane, Pastor et du roi. Cela la rendait nerveuse : ses pattes tremblaient un peu mais la pierre, elle, ne bougeait pas.

– Ceci n'est pas la Pierre du Couronnement, dit Sapin. Elle est d'une ressemblance troublante avec la vraie. Cela m'a même trompé, un temps, alors que je suis le seul animal encore en vie ayant jamais touché la vraie. Mais je ne la sentais pas bien dans ma patte. Le poids, l'équilibre, et puis cette... oh... comment pourrais-je appeler ça ? Quelque chose qui m'appelle, de l'intérieur de la Pierre du Couronnement, comme si elle était vivante. Juste pour en être tout à fait sûr, j'ai mélangé celle-ci avec tout un panier de galets, pour que ce délicieux petit hérisson puisse jouer avec. Il l'a transportée dans ses pattes, dans sa bouche, il a construit des choses avec, il s'en est servi pour faire des dessins par terre. Elle ne lui est pas tombée des mains une seule fois. La vraie Pierre du Couronnement se serait retrouvée au milieu de la pièce dès qu'il l'aurait touchée.

– Alors, qu'est-il arrivé à la vraie ? demanda Arane.

– Vous pouvez être sûrs que le coup vint de Bogue, en tout cas, gronda Pastor.

– Sûrement, sûrement, approuva Sapin en se grattant l'oreille. Bogue avait l'intention de se faire couronner, mais il savait bien qu'en réalité, il ne serait pas le roi légitime et que, par conséquent, il ne serait pas capable de garder en main la pierre lors de son couronnement. Imaginez un peu ! Tous ces animaux se pressant dans la Salle des Assemblées, se dressant sur leurs pattes de derrière pour regarder, et la Pierre du Couronnement qui lui aurait sauté de la patte comme une grenouille, hum ? Alors, il en a fait faire une copie, et il s'est débarrassé de la vraie.

– Comment ? demanda Crispin. Et comment la retrouver ?

– J'aimerais bien le savoir, répondit simplement Frère Sapin. Je n'ai connaissance d'aucune force capable de détruire la Pierre du Couronnement, alors elle doit toujours être quelque part. J'espère seulement qu'elle-même nous aidera à la retrouver, car personne ne sait où elle peut être. De toute façon, vous êtes le roi, Crispin. Selon les lois de l'île, vous êtes devenu roi dès la mort du roi Cœurdepique et, le jour même, vous avez été reconnu comme tel. C'est ce que vous êtes, que vous soyez ou non couronné avec l'aide de la Pierre du Couronnement.

– Mais c'est comme ça que je devrais l'être, objecta Crispin. C'est la procédure normale. Il faut qu'on la retrouve.

– Est-ce que cela veut dire qu'on devrait tous partir à la recherche d'une petite pierre qui pourrait se trouver n'importe où ? s'enquit Arane.

Les moustaches de Crispin frémirent.

– Et à la recherche de la personne, qui que ce puisse être, qui a fabriqué celle-là, ajouta-t-il.

Les yeux de Sapin s'allumèrent.

– J'espérais bien que vous auriez pensé à cela, dit-il. Il lui aura fallu une extrême habileté pour réaliser une copie parfaite.

En dépit de la gravité de la situation, Finaiguille se sentit soudain mieux qu'à aucun moment depuis la disparition d'Oursin. À présent, elle avait quelque chose à faire, quelque chose qui valait la peine et qui lui détournerait l'esprit de son inquiétude à propos de son ami. Au fond de son cœur, elle fit un vœu : « Je promets de chercher la Pierre du Couronnement, et de ne cesser de la chercher que quand je l'aurai trouvée. »

Il lui fallait un plan. Et elle aurait besoin que d'autres animaux se joignent à elle. Le moment était venu de s'organiser un peu.

CHAPITRE 7

Dans sa petite chambre de la Tour, Étournelle se hissa sur la pointe des pattes de derrière pour regarder par la fenêtre. Personne ne lui avait jamais dit combien Outrebrume était belle. Comment aurait-elle jamais pu imaginer cela, les bois d'un vert changeant, le bleu des campanules, les bouquets de baies comme des joyaux sur les groseilliers, la plage d'or pâle ? Quel dommage qu'elle n'ait jamais eu l'occasion d'en profiter.

Si c'était là une cellule de prison, c'en était une d'un surprenant agrément. Elle s'était attendue à être jetée dans un trou obscur creusé dans le sol, mais on l'avait enfermée dans une petite pièce avec un lit, un fauteuil, de l'eau et des biscuits sur une table. En regardant en bas, elle voyait des animaux bavarder en ramassant les fruits de l'été à pleins paniers ou en allant chercher de l'eau aux sources. Lord Crockenpique était dans la chambre voisine. Elle l'avait entendu se plaindre auprès des gardes. Il avait aussi parlé d'elle :

– Étournelle est superflue, avait-il dit.

Superflue. Elle ne savait pas ce que ça voulait dire, mais elle se disait que ça devait être quelque chose de bien. Le roi Crispin avait vu clair dans ses mensonges – elle avait toujours su que cela pourrait arriver, mais elle avait quand même joué son rôle jusqu'au bout. S'il la condamnait à mort, elle mourrait pour Grisemine. Alors, « superflue » devait être une belle chose à dire sur quelqu'un. C'était comme « expert » ou « fiable ». Ce ne serait pas si tragique de se faire tuer si elle était vue comme « experte » ou « fiable » par son île. Elle n'aimait pas beaucoup le roi de Grisemine, mais c'était quand même le roi.

Quelqu'un frappa sèchement à la porte. Elle bondit sur ses pieds, glacée et le poil hérissé par la peur. Oh, voilà qu'on venait déjà la chercher ! Allait-elle être exécutée par un peloton d'archers ? Ou poignardée ? Elle espérait que cela serait rapide. Une sévère voix féminine lui parvint de derrière la porte :

– Étournelle de Grisemine, disait la voix, je suis Tay, la loutre, historienne et juriste d'Outrebrume.

Une voix de taupe l'interrompit :

– Vous ne pouvez pas parler à la prisonnière, Tay, lui dit la taupe.

– Je le peux, j'en ai le droit et je vais le faire, répliqua Tay. Vous pouvez me refuser l'accès à sa cellule mais, en tant qu'autorité judiciaire, je dois l'informer de ses droits.

– Pas sans la permission du roi, reprit la taupe. Il faudra que vous lui demandiez audience.

– J'en ai bien l'intention, répondit la loutre avec fermeté. Étournelle de Grisemine, vous êtes accusée de…

Étournelle pressa ses mains très fort contre la porte.

– Oh, s'il vous plaît, cria-t-elle, s'il vous plaît, dites-moi seulement quand vous allez me tuer, et comment !

Étournelle eut l'impression que le silence qui suivit durait une éternité. Puis la loutre répondit, d'un ton légèrement surpris :

– Tuer ? Nous sommes en Outrebrume. Nous n'avons pas de peine de mort. Vous êtes accusée d'avoir trompé le roi et aidé à l'enlèvement d'Oursin, Compagnon du roi. Le roi ordonne que l'on vous donne de la nourriture, de l'eau et un hébergement, mais que l'on vous maintienne sous bonne garde en attendant la décision de Sa Majesté concernant votre mise en examen au titre de la quatorzième règle du Cercle et de la Cour du roi Brooken, et des troisième et quatrième ordres de la garde de la Tour. Mais il n'est absolument pas question que nous mettions à mort nos prisonniers. Je vais à présent me rendre auprès du roi pour solliciter la permission d'entrer dans cette chambre.

Pas de peine de mort ! La vie était si belle ! Sans parler d'Outrebrume !

Quand l'obscurité s'épaissit, Étournelle s'endormit. Au beau milieu de la nuit, dans la chambre voisine, Lord Crockenpique ouvrit avec précaution le couvercle de sa malle-cabine.

– Sors de là, Farfouille, chuchota-t-il. Nous allons bientôt recevoir l'aide de quelqu'un.

Oursin commençait à être franchement écœuré par cette mer à la houle monotone. Même les yeux fermés, il la voyait encore. Il fixa l'horizon pour y guetter le moindre signe d'une terre ou, mieux encore, d'un bateau qui pourrait venir à son secours.

Il ne savait même pas pourquoi, à Grisemine, on avait besoin de lui, ni s'ils comptaient vraiment sur lui pour libérer l'île. Au moins, une fois arrivé là-bas, aurait-il une idée plus précise de ce qu'il s'y passait. Aussi, quand pour la première fois, à peine distinct, le profil d'une terre fut en vue, il ne sut s'il devait en être soulagé ou terrifié.

Il se redressa sur son séant, balayant l'horizon du regard, les oreilles frémissantes. Une fois là-bas, il pourrait préparer son évasion. S'il avait beaucoup de chance, la cour serait pleine de hérissons qu'il pourrait facilement distancer à la course ou à l'escalade. Mais courir où, sur une île inconnue ?

– Cœur, protège-moi, pria-t-il.

Il ne voyait personne d'autre qui pût l'aider.

Bronze remplissait de larges feuilles avec des poignées de baies desséchées.

– C'est pour lui, indiqua-t-il avec un signe de tête en direction d'Oursin qui avait juste assez de liberté de mouvement pour se nourrir. Dis donc, qui a pris de l'eau fraîche ?

Filoche, qui s'était penchée pour donner à Oursin sa nourriture, se redressa.

– Qu'est-ce que tu es en train de suggérer ? lui demanda-t-elle d'un ton glacial.

– Je ne suggère rien du tout, lui répondit Bronze. J'affirme. Il y a moins d'eau fraîche qu'il ne devrait. C'est moi qui l'ai rationnée, je sais ce que je dis.

– Alors, tu ne dois pas la rationner si bien que ça, tu ne crois pas ? laissa tomber Filoche.

– Enfin, si c'était moi qui en avais bu, je ne serais pas en train d'en parler, non ? grogna Bronze. Il n'y a que toi, moi et lui, et il ne peut guère toucher à quoi que ce soit. Il y a aussi une pomme qui manque, et un peu de ce pain d'Outre-brume, et ce n'est pas moi qui l'ai mangé.

Sans rien dire, Oursin les observait avec le plus grand intérêt. S'ils se chamaillaient, ils oublieraient de faire attention à lui. Il se tortilla, plia les pattes, et s'arrêta brusquement quand Filoche se retourna vers lui, le foudroyant du regard.

– C'est toi qui nous voles, n'est-ce pas ? aboya-t-elle.

– Comment s'y prendrait-il, idiote ? jeta Bronze.

– Je ne sais pas comment il a fait, mais c'est lui, insista-t-elle. Tu ne le surveilles pas comme il faut quand c'est ton tour. Il faut que je fasse tout moi-même.

– Et je suppose que tu rames toi-même depuis le début, pendant que tu y es ? lui lança Bronze d'un ton hargneux.

En se retournant pour lui faire front, Filoche cacha Oursin aux yeux de Bronze.

Oursin pouvait amener ses pattes assez près de sa bouche pour manger. Pourrait-il ronger ses liens ? Filoche s'était déplacée, à présent, et Bronze regardait par-dessus son épaule pour continuer à discuter avec elle. En s'étirant et en se tortillant, Oursin rongea la corde sur son poignet.

– Tu es en train de dire que je ne le surveille pas ? reprit Bronze avec insistance.

Filoche se redressa.

– Tu n'es pas en train de le surveiller pour l'instant ! s'exclama-t-elle triomphalement en pivotant pour faire face à Oursin.

Il éloigna son poignet de sa bouche à toute vitesse, mais c'était trop tard

– Qu'est-ce que tu es en train de faire ? lui demanda-t-elle rageusement en enjambant le banc de nage. Qu'est-ce qu'il se passe ici ? Espèce de petite vermine, tu étais en train de me ronger ça !

– Bien essayé, dit Bronze. Écoute, espèce de Phénomène décoloré sorti d'une île d'imbéciles, contente-toi de bien te tenir et on ne te fera pas de mal. Tu es censé être le libérateur, mais pour le moment tu n'as pas l'air de pouvoir libérer grand-chose. Pas même toi. Laisse-le tranquille, Filoche.

Oursin regarda au loin cette terre qui n'en finissait pas d'approcher et se dit qu'il avait manqué de jugeote. S'échapper était impossible. Il aurait dû parler à Filoche et Bronze, tenter d'amener au moins un des deux à sympathiser et les presser de tout lui dire à propos de Grisemine et d'eux-mêmes. Il aurait pu les convaincre qu'ils auraient tous deux une vie beaucoup plus heureuse s'ils le ramenaient en Outrebrume et s'y installaient – c'était le genre de choses qu'aurait fait Crispin. De ses ennemis, il aurait fait ses amis. Qu'aurait dit le roi de sa pathétique tentative de se libérer tout seul ?

Il savait exactement ce qu'aurait dit Crispin, et Pastor aussi : « N'y pense même pas, Oursin. Crois-en notre expérience. »

Dans son cœur, il fit une promesse. « Je reviendrai. Je reviendrai en Outrebrume, retrouver mes amis et mon roi. » La côte de Grisemine se dessinait plus clairement. Il apercevait des falaises et quelques arbres épars. Baissant les yeux pour ne pas être ébloui par la lumière, il vit une patte d'écureuil accrochée au bord du bateau.

Il ferma les yeux, puis regarda de nouveau. Une patte, indubitablement.

– Qu'est-ce que tu regardes ? lui demanda Filoche.

– Un poisson ou quelque chose comme ça, lui répondit Oursin.

D'instinct, il avait senti qu'il ne fallait pas qu'ils soient au courant. Quand il regarda encore, la patte avait disparu.

Dans les tunnels de Grisemine, des taupes se transmettaient en chuchotant un message express par voie souterraine jusqu'à la chambre ronde où Frère Flamme terminait ses prières du matin.

– Pardonnez-moi, Frère Flamme, lui dit une taupe d'une voix basse et pressante. Bateau en vue. Un petit. Bientôt ici. Ce sont eux, j'en suis sûre.

CHAPITRE 8

Longuepattes et le plus rapide des autres écureuils volaient du sommet d'un arbre à un autre, faisant ployer leur cime, secouant les pommes de pin. Dans leurs pattes ou entre leurs dents, ils portaient les feuilles d'arbre arborant la griffe du roi Crispin. Des loutres tourbillonnaient dans l'eau, des murmures parcouraient les tunnels et les terriers, les nids d'écureuils et les creux des racines. Aux fenêtres de la Tour, des trompettes étincelèrent dans le soleil en émettant un appel aigu, strident. Des animaux entendirent le message et allèrent en courant le transmettre à d'autres jusqu'à ce que toute l'île sache qu'Oursin avait été enlevé, que la vraie Pierre du Couronnement avait disparu et que Crispin ne serait pas couronné tant qu'ils ne seraient pas retrouvés tous deux.

Les animaux pleurèrent, ragèrent, coururent à la Tour pour en apprendre plus sur ce qui était arrivé, crièrent des prières au Cœur. Des ondes de colère et d'indignation parcoururent bois, collines et rivages. Des écureuils escaladèrent les arbres les plus hauts pour scruter les brumes du regard.

« C'est NOTRE Oursin, comment osent-ils ? Que le Cœur le protège, où l'ont-ils donc emmené ? Et qui a eu l'aplomb de toucher à la Pierre du Couronnement ? Quoi qu'il ait pu lui arriver, on peut être sûrs que cela avait quelque chose à voir avec Bogue. »

Mais plus encore que pour la Pierre du Couronnement, c'était pour Oursin qu'ils s'inquiétaient. Et tout le monde demandait où était Pomme et qui allait le lui dire ?

Sur l'ordre de Crispin, Pomme avait été l'une des premières à savoir. Longuepattes avait foncé dans les bois à sa recherche et l'avait trouvée en train de regarder un groupe de jeunes écureuils répéter leurs danses pour la fête du couronnement. Pomme, qui s'éventait avec une fougère, venait juste de choisir une sympathique petite femelle écureuil sur laquelle attirer l'attention de Crispin quand Longuepattes lui délivra le message. Les griffes aux hanches, elle se leva, aidée par Longuepattes, et se mit en marche vers la Tour.

Les jours allongeaient. Une ultime lumière dorée tombait sur l'eau où de petits bateaux dansaient près des brumes et, de temps à autre, une tête ronde et luisante faisait surface. Les ordres de Crispin étaient que les loutres continuent à surveiller la mer, tandis que les membres du Cercle se tenaient à l'affût dans les tourelles de la Tour d'Outrebrume. Tenant entre ses pattes le petit Pantouflet en train de s'endormir, Finaiguille était assise, l'air misérable, sur la jetée contre laquelle elle donnait des coups de talon. Sépia, à côté d'elle, gardait le silence car il n'y avait rien à dire. Fingal nageait sans conviction autour des flaques. Chaque fois que Finaiguille donnait un coup de talon dans la jetée, Pantouflet ouvrait les yeux en poussant de petits cris, si bien que Sépia, qui avait toujours rêvé d'avoir un petit frère ou une petite sœur sur qui veiller, finit par le lui prendre des pattes pour le bercer elle-même en lui chantant une comptine.

– Je pense encore à la Pierre du Couronnement, dit Finaiguille.

Pantouflet ouvrit et ferma de nouveau les yeux, et Fingal surgit hors de l'eau à côté d'elles pour voir s'il se passait quelque chose d'intéressant.

– Je sais à quoi elle ressemble, j'en ai vu la copie. Je peux vous la décrire pour que nous sachions tous ce que nous cherchons. Le problème, c'est qu'elle pourrait se trouver n'importe où sur l'île.

– « Nous », ça veut dire qui ? s'enquit Fingal.

– Est-ce qu'elle ne doit pas être emballée dans une boîte ou quelque chose comme ça ? demanda Sépia.

– Peut-être pas, dit Finaiguille en continuant à donner des coups de talon. Si quelqu'un avait trouvé une pierre dans une boîte, il aurait su que c'était quelque chose de spécial. Bogue aura eu besoin d'une boîte ou d'un sac ou de quelque chose comme ça pour la transporter, mais il pourrait bien l'avoir jetée ensuite. S'il voulait qu'on ne la retrouve jamais, il avait intérêt à la laisser sur la plage, où personne n'y aurait fait attention au milieu de toutes les autres pierres. Ou à la laisser tomber là où personne ne pourrait jamais la trouver.

– Difficile, sur cette île, remarqua Fingal. J'aurais tendance à penser qu'il l'aurait jetée à la mer, pour que les vagues l'emportent au large.

Il fit une roulade dans l'eau.

– Mais elle aurait été ramenée par le courant.

– Est-ce qu'elle n'aurait pas pu couler ? interrogea Sépia à voix basse, pour ne pas réveiller Pantouflet.

– Ou se faire avaler par un serpent d'eau ? suggéra gaiement Fingal. Voulez-vous que j'en tue un pour vous et que je regarde s'il a mangé la Pierre du Couronnement ? Oh, mais s'il l'avait avalée, il n'aurait pas pu la garder, pas vrai ? Alors, je suppose que ce pauvre vieux serpent d'eau aurait...

– Oh, Fingal, s'il te plaît ! s'exclama Sépia.

– On devrait commencer par ratisser la plage, proposa Finaiguille qui trouvait qu'ils ne prenaient pas cette tâche assez au sérieux. On va répartir la plage entre nous et entre tous ceux qui voudront nous aider. Criquette, par exemple. Et tous tes copains « musiciens », Sépia, tu peux les rameuter pour donner un coup de main. Fingal, il te faudra amener quelques loutres.

– Quoi, pour tuer des serpents d'eau ? demanda-t-il.

– Non, pour passer la plage au peigne fin, précisa Finaiguille, exaspérée.

Elle se dressa pour regarder une jeune femelle écureuil qui accourait de la Tour.

– Tiens, voilà La Semeuse !

– Oh, alors, dis-lui de nous aider, suggéra Fingal en se jetant dans l'eau à la renverse.

– Certainement pas ! s'exclama Finaiguille. On ne peut pas lui faire confiance ! Elle était la femme de chambre de Lady Belle.

– Et alors ? demanda Fingal.

– Elle était dévouée corps et âme à Belle, et Belle était aussi méchante que Bogue, dit Finaiguille. Depuis toujours, c'est une sale petite intrigante.

– Elle n'est plus si mauvaise, à présent, dit Sépia. Elle est très reconnaissante à Crispin de ne pas l'avoir envoyée en exil ou enfermée pour des années dans un cachot. On pourrait l'inviter à se joindre à nous.

– Non, c'est impossible, trancha Finaiguille. Mais j'aimerais bien savoir où elle va. Je le répète, on ne peut pas lui faire confiance. Je vais organiser des patrouilles pour fouiller la plage et je vais parler à Sapin.

– Organiser, c'est ce que tu préfères, non ? la taquina Fingal.

– Je regarderai dans la grotte où je chante, dit pensivement Sépia. Il y a toujours des cailloux, là-bas. Certains sont très jolis. Peut-être que l'un d'eux est la pierre.

– Comment aurait-elle pu arriver là ? demanda Finaiguille.

– Recrachée par un serpent d'eau ? suggéra Fingal.

– Je n'aurai pas besoin de savoir comment elle est arrivée là, répondit Sépia avec douceur. Il me suffira de la trouver.

Elle disait cela d'un ton rêveur, comme se parlant à elle-même, tout en berçant et en tapotant doucement le bébé hérisson qu'elle tenait dans ses bras.

– C'est un bon endroit où chanter. On dévale les Falaises des Chutes pour y arriver par le côté, à l'endroit le plus sec ; il y a une petite entrée par laquelle on peut se faufiler et on débouche dans une grotte derrière la cascade. La chute d'eau fait du bruit mais, si on va plus loin, on entre dans une salle sublime, haute de plafond, avec un endroit par où entre la lumière et là, c'est... Oh, c'est comme nulle part ailleurs. Les murs brillent et il y a une sorte de petit trou de rocher avec de l'eau dedans et alors...

– Oui ? demanda Fingal.

– … et alors, on chante, conclut-elle avec simplicité.

– Tu veux dire que *tu* chantes, rectifia Finaiguille.

– Et on s'entend si bien, parce que l'écho te renvoie tout en retour ! continua Sépia d'un air concentré. C'est comme… comme un endroit sacré, où tu baignes dans la musique…

Elle s'arrêta. C'était d'une beauté trop rare, c'était trop important à ses yeux pour qu'elle leur raconte comment elle avait l'impression de voyager dans le ciel nocturne quand elle chantait dans sa grotte. C'était tout simplement le genre d'endroit où l'on pourrait s'attendre à découvrir un objet aussi merveilleux, aussi magique que la Pierre du Couronnement. Rien que de penser à cette grotte qui résonnait de ses chants lui donnait le désir ardent d'y aller.

– Trouve-moi des écureuils, lui dit Finaiguille, la ramenant brutalement sur terre. Fingal, tu pourrais…

– Trouver un serpent de mer et lui régler son compte ? demanda-t-il avec espoir.

– Organiser les loutres, lui assena-t-elle. Je vais prévenir Sapin.

Elle reprit Pantouflet des pattes de Sépia et s'éloigna en courant, avec le petit hérisson encore à moitié endormi qui clignait des yeux par-dessus son épaule. Fingal secoua la tête.

– Personne ne le lui a jamais dit ? laissa-t-il tomber. Une loutre qui s'organise, ça n'existe pas.

– Chut ! lui fit Sépia. Il y a quelqu'un qui appelle.

– Fingal ! Fingal !

C'était le cri d'une voix âgée, une voix chargée d'anxiété et de détresse. Sépia bondit sur ses pieds et courut à la rencontre de la vieille femelle écureuil qui venait vers eux en clopinant.

– Madame Damson ! s'exclama-t-elle. Que se passe-t-il ?

– Vous avez vu Juniper ? lui demanda brièvement Damson d'une voix impatiente. Fingal, tu as vu Juniper ? Comme vous vous entendez bien, je me disais que tu saurais peut-être où il est. Il n'est pas rentré du tout la nuit dernière, puis je ne l'ai pas vu de la journée, et personne ne l'a croisé ! Toi, Fingal, tu l'as vu ? Tu l'as vu ?

Elle serrait convulsivement la patte de Sépia, tournant vers elle un regard désespéré.

– Sépia, tu as vu Juniper ?

CHAPITRE 9

Dans un raclement de graviers, le bateau accosta sur le rivage de Grisemine. Des gardes les avaient déjà aperçus : des hérissons et des écureuils armés étaient alignés sur la plage, alors qu'il faisait à peine jour. Il n'y avait personne d'autre dans les parages, hormis deux cygnes qui flottaient sur l'eau, fascinés par leur propre reflet. Ils portaient quelque chose qui ressemblait à un collier d'argent mais, à cette distance, Oursin ne pouvait en être sûr.

Filoche et Bronze le hissèrent sur ses pattes de derrière. Il s'étira et se frotta les poignets quand Filoche trancha ses liens, mais Bronze le tenait fermement.

– N'y pense même pas, grogna Bronze.

Oursin avait déjà évalué du regard ses chances de s'évader : elles étaient nulles. Parmi les gardes, il y avait des archers, et il ne serait pas allé bien loin. Traîné jusqu'au rivage à travers les flaques d'eau, il tendit le cou pour tout voir. « Connaître le terrain », lui aurait dit Pastor. Et quand Filoche et Bronze le confièrent à trois gardes, deux lui tenant les bras et le dernier appliquant une épée sur sa gorge, il se dit qu'il ferait tout aussi bien d'essayer d'en apprendre le plus possible sur cette île.

Le sable était d'un gris terne, presque blanc. Devant lui s'élevaient des falaises, elles aussi gris et blanc, si escarpées qu'il lui fallut renverser la tête en arrière et plisser les yeux pour les regarder. De-ci, de-là, un buisson hirsute s'accrochait à leur flanc. De longs tortillons brillants les parcouraient de haut en bas. Des ruisselets d'eau fraîche, pensa Oursin avec espoir, mais il découvrit vite que c'étaient des veines d'argent qui scintillaient. Par endroits, un trou s'ouvrait dans les rochers, sans doute l'entrée d'une grotte – cela valait la peine d'être noté. Il cherchait du regard un sentier descendant du haut de la falaise quand il entendit un cliquètement métallique régulier qui lui rappelait plus ou moins le bruit que faisaient les gardes en Outrebrume quand ils s'entraînaient avec Traînelapatte. Mais, là, ce n'était pas un exercice. Une troupe de soldats arrivait, il les entendait de plus en plus fort, de plus en plus près, et leur pas cadencé signifiait la ruine de ses projets. À présent, la direction d'où venait le bruit, puis les reflets du soleil sur les armes lui permettaient de situer le chemin à flanc de falaise.

– Enchaînez les pattes du prisonnier, ordonna Filoche. Le Lord Marshall vient le chercher pour l'emmener auprès du roi.

– Mais on vient à peine de me détacher! protesta Oursin que personne n'écouta.

On enferma ses pattes de devant dans des chaînes de fer attachées aux poignets de ses gardes, et on lui fit traverser la plage jusqu'au pied des falaises. Il essayait de faire le compte des animaux portant une arme – trop nombreux, à son goût – mais comme une colonne supplémentaire arrivait d'une autre direction, il renonça. À combien allaient-ils s'y mettre pour arrêter un jeune écureuil isolé ? Pour qui le prenaient-ils ?

Enchaîné, désarmé et entouré d'animaux hostiles, Oursin s'étonna de ne pas être effrayé outre mesure. Tout était si étrange qu'il avait l'impression que cela arrivait à quelqu'un d'autre et, en outre, il n'avait pas le temps d'avoir peur. Les animaux qui s'avançaient vers lui étaient cuirassés de pectoraux métalliques, plusieurs d'entre eux étaient casqués, de casques ronds pour les uns, oblongs pour d'autres, en métal uni ou décoré. Mais le plus déroutant, c'était que, chez ces animaux, tout – leur fourrure, leur armure, leurs armes – avait l'air poussiéreux. Une fine pellicule de quelque chose comme de la cendre les recouvrait entièrement.

Oursin releva le menton et foula le sable d'un pas martial, les pattes entravées mais la tête haute, décidé à se comporter de telle sorte que, si Crispin ou Pastor avaient pu le voir, ils auraient été fiers de lui. Au pied du sentier qui gravissait la falaise, on le fit stopper avec une telle brutalité qu'il eut grand-peine à se maintenir sur ses pattes pendant que les gardes saluaient.

– Garde à vous devant le Lord Marshall ! brailla un hérisson.

Un écureuil aux larges épaules et au poil court descendait pesamment le sentier à leur rencontre, le visage dissimulé par un énorme casque métallique qui le faisait paraître beaucoup plus grand que n'importe quel écureuil. « Ce n'est jamais qu'un casque», se dit Oursin, mais avec cette fente sinistre à l'endroit de la bouche et ces pointes de fer qui le couronnaient, acérées comme des griffes, ce casque avait été conçu pour inspirer la terreur. La large patte posée sur la poignée de l'épée avait l'air ferme et puissante. Une des pattes de derrière, nota Oursin, semblait avoir été abîmée, mais c'était la seule trace de faiblesse.

– Lord Marshall, commença Bronze, je vous amène le...

– Je vois bien qui c'est, grogna le Lord Marshall qui, d'un geste brusque, arracha son casque.

L'estomac d'Oursin se recroquevilla. Bien qu'il eût soudain les jambes flageolantes, il s'efforça de rester fermement campé sur ses pieds. Il ne fallait pas qu'il laisse voir la terreur qui l'avait submergé quand il avait levé les yeux sur ce visage ricanant qu'il avait bien espéré ne jamais revoir. L'écureuil qui lui faisait face avait été la patte droite de Bogue, et c'était un sinistre butor doté de griffes d'acier.

– Bonjour, Granit, lui dit Oursin.

«Que le Cœur me vienne en aide», pensa-t-il.

En Outrebrume, dans la lumière du petit matin, Finaiguille se frayait un chemin vers le bord de l'eau entre les coquillages humides et les bouquets d'algues brunes. Il n'était pas raisonnable d'espérer voir arriver Oursin, mais elle voulait quand même jeter un coup d'œil du rivage, juste au cas où, avant de parler à Crispin de son projet d'aller visiter la grotte de Sépia. Les bateaux des guetteurs n'avaient pas bougé, et leurs lumières brillaient encore. On leur avait donné des drapeaux à agiter au moindre signe d'un retour d'Oursin, mais pas le moindre fanion n'avait été déployé.

Sur la façade de la Tour, quelque chose accrocha son regard. Une lumière brillait à l'une des fenêtres, puis elle disparaissait pour reparaître aussitôt à la fenêtre d'à côté comme si quelqu'un suivait un couloir en portant une lampe. Cela pouvait être n'importe qui… mais la chambre de Tay se trouvait à cet étage et la loutre érudite se promenait rarement à une heure aussi matinale. Tay avait pris parti pour Bogue dans le passé et, depuis, Finaiguille ne lui faisait plus du tout confiance.

Un pied ferme foula les algues humides derrière elle. Avant même de se retourner, elle sut que ce devait être Gorsen, qui marchait toujours de ce pas martial. Lumberen, qui le suivait, glissa sur des graines mouillées et s'étala lourdement sur le dos.

– Tu es bien matinale, Finaiguille ! s'exclama Gorsen. Tu guettes Oursin ?

– Il n'est pas là, grommela Lumberen en se remettant sur ses pieds.

Jamais Lumberen ne disait une chose intelligente, mais Gorsen ne cessait de faire valoir qu'il était très loyal, et sans aucun doute, il était assez grand et fort pour être utile en période de troubles. Le père de Finaiguille disait que Lumberen s'était battu héroïquement contre les forces de Bogue.

– Lumberen et moi prenons la garde suivante auprès de nos prisonniers de Grisemine, dit Gorsen. Sluggen et Crammen assurent la garde de nuit. Bien sûr, Finaiguille, ce ne sont pas vraiment des prisonniers, ils sont aux arrêts dans leurs quartiers, des chambres très confortables dans la Tour. On en vient à se demander ce que le roi Cœurdepique aurait fait d'eux.

Il renversa la tête en arrière et prit une profonde inspiration d'air frais et salé.

– Tu sais, Finaiguille – les autres animaux ne peuvent pas comprendre ça, mais toi, tu es un hérisson comme moi –, la Salle du Trône est faite pour les piquants, pas pour les queues frisées. Ne te méprends pas – le roi Crispin est un excellent roi et je suis fier de le servir. Comme capitaine, nous n'en avons jamais eu de meilleur. Mais comme roi ? Il y a des aspects de la fonction royale que seul un hérisson est à même de comprendre. Il fait de son mieux mais être roi exige qu'on ait des piquants.

– C'est un bon roi, et je fais partie de ses Compagnons, lui rappela-t-elle d'un air sévère.

Un galet étincelant accrocha son regard et elle s'en empara, mais il resta inerte au creux de sa patte et elle le lança au loin, déçue.

– Il faut que j'y aille, à présent. Je dois aller voir le roi.

Laissant Gorsen et Lumberen se diriger vers la Tour sous les yeux de deux jeunes et jolies hérissonnes qui gloussaient d'un air gauche en se montrant Gorsen du doigt, Finaiguille rejoignit en hâte la Salle du Trône où elle trouva Docken en faction à la porte. Il n'avait pas du tout l'air d'un animal assurant son tour de garde. Ses piquants étaient en désordre, comme d'habitude, et il se penchait vers Espoir qui, dressé sur ses pattes de derrière, lui parlait en se trémoussant, tout excité :

– Alors, je peux y aller, papa, s'il te plaît, s'il te plaît, *s'il te plaît* ? implorait Espoir. Maman dit que je peux si tu es d'accord.

– Tu veux aller à la cascade ? dit Docken d'un air hésitant. Mais tu ne connais rien aux cascades.

– J'y connaîtrai quelque chose quand j'y serai allé, argumenta Espoir. S'il te plaît ! Fingal vient avec nous et c'est un peu comme une grande personne, et puis c'est le frère du capitaine Pastor et Fingal, il sait tout sur les cascades, il a longtemps été cascade, enfin, je veux dire, il a vécu dans une cascade, il m'a raconté et puis il y a un petit bateau là-bas, il sait se servir des rames et on va tous se mettre à la recherche de la Pierre du Couronnement, *s'il te plaît* ?

– Je ne savais pas que tu devais venir, Espoir, intervint Finaiguille, qui se sentit un peu prise de court.

Il s'agissait là d'une initiative sérieuse pour retrouver la Pierre du Couronnement et elle avait prévu d'y aller seule avec Sépia. Fingal avait dû décider de s'inviter avec Espoir. C'était bien son genre. Espoir était délicieux, mais c'était un petit enfant et il fallait s'occuper de lui ; quant à Fingal, il allait se contenter de barboter dans l'eau en oubliant ce pour quoi ils étaient venus.

– Tu y vas, Finaiguille ? lui demanda Docken.

– Oh, oui. Avec Sépia, confirma-t-elle. Mais on pourrait bien être partis pour plus d'une journée, et le plus souvent dans des grottes. Espoir risquerait d'attraper froid et puis, il est bien jeune.

– Oh, mais si tu y vas, Finaiguille, c'est d'accord, conclut Docken. Il sera entre de bonnes pattes.

– Je vais le dire à maman ! s'écria Espoir, ravi.

Et il déguerpit à toute vitesse dans la direction opposée, s'approchant dangereusement d'un escalier bien raide. Finaiguille s'élança derrière lui et arriva juste à temps pour voir un hérisson en boule dévaler dans l'escalier jusqu'en bas, s'y aplatir et rester complètement inerte.

– J'arrive ! cria-t-elle.

Mais avant qu'elle ait pu bouger, les piquants se déplièrent. Le nez d'Espoir apparut d'abord, tout frétillant.

– Oups ! dit-il.

– Tu vas bien ? lui demanda Finaiguille, le souffle court.

– Oh, oui, répondit Espoir en commençant à remonter laborieusement l'escalier. J'avais oublié dans quel sens j'étais tourné.

– D'habitude, il s'en tire bien, commenta Docken.

Finaiguille espéra qu'il disait vrai. S'étant assurée qu'Espoir s'en était sorti indemne, comme d'habitude, elle demanda à voir le roi et entra dans la Salle du Trône en faisant une révérence. Quand elle se redressa, elle comprit qu'on y discutait de choses importantes. Pastor, Arane et Sapin étaient avec le roi et quelque chose de grave flottant dans l'air lui fit sentir qu'elle avait intérêt à être brève.

– Désolée si je vous dérange, je n'en ai pas pour longtemps, bafouilla-t-elle.

Sans reprendre son souffle, elle exposa à toute allure son projet à Crispin, qui se leva pour lui tendre les deux pattes. Sapin, Arane et Pastor se levèrent aussi, car il n'aurait pas été poli de rester assis quand le roi était debout.

– Ne restez pas plus d'une nuit, lui dit Crispin en lui prenant les pattes. Sinon, j'enverrai une expédition de secours. Je ne veux pas perdre encore quelqu'un. Prenez des vêtements chauds, et des provisions à la cuisine.

Il s'empara d'une des feuilles de hêtre empilées à sa droite et la marqua de sa griffe.

– Voici mon sauf-conduit.

– Merci, Majesté et, au fait, Tay était debout très tôt ce

matin, se dépêcha d'ajouter Finaiguille. Enfin, je crois que c'était Tay. Une lumière se promenait dans son couloir.

– Merci, Finaiguille, lui répondit Crispin. Je suis tout à fait au courant. Tu peux y aller.

Ils attendirent que la porte se fût refermée derrière elle. L'atmosphère, qui s'était allégée tant qu'elle était là, redevenait à présent solennelle.

– Frère Sapin, dit Crispin, veuillez finir ce que vous étiez en train de dire.

– C'est une chose toute simple et facile à comprendre, répondit Sapin en croisant les pattes. Les prêtres vieillissent en général fort bien, mais nous ne sommes pas éternels. Tout ce grand ménage dans le vieux cachot était nécessaire et devait être fait à fond, comme vous le savez, mais cela m'a joliment épuisé. Il est vraiment temps que je commence à former un nouveau prêtre. Je devrais déjà l'avoir fait, vous savez, mais...

Il haussa les épaules et les laissa retomber, avec un soupir à fendre l'âme.

– ... tous les jeunes animaux auxquels je pensais pour en faire des prêtres se sont trouvés amenés à faire autre chose... Comme devenir capitaines ou rois, ce genre d'absurdités. Alors, bien que nous soyons sur le point d'avoir besoin d'un nouveau prêtre, j'ai bien peur de ne pas avoir la moindre idée de qui ça pourrait être. Nous avons aussi besoin d'un nouveau juriste et historien, pour quand cette pauvre vieille Tay n'en pourra plus, mais j'en ai trouvé un, sous réserve de l'approbation de Votre Majesté.

– De qui s'agit-il ? demanda Crispin.

– D'un écureuil qui s'appelle Whittle, répondit Sapin. Il

connaît déjà à fond tous les événements de notre histoire, et il a un esprit très juridique.

– Whittle ? s'exclama Arane. Il est aussi écervelé qu'un moucheron. Il oublierait sa queue en haut d'un arbre si elle n'était pas attachée à son corps.

– Oh, pas de doute là-dessus, concéda Sapin. Mais je vais l'aider à organiser son cerveau. Il en a un, c'est l'essentiel.

Il frotta la touffe de poils de son oreille droite.

– Quoi d'autre ?

Crispin les mit au courant de ce qui concernait les prisonniers griseminots. Tay s'entêtait à leur rendre visite. D'habitude, il l'accompagnait et il s'était rendu dans leurs appartements ce matin-là. Lord Crockenpique refusait de parler à quiconque sauf pour hurler des insultes ou se plaindre de la nourriture, et l'on avait dû enlever la plus grande partie du mobilier pour lui épargner la peine de le jeter contre la porte.

– Il a fait de l'ancienne chambre de Lady Belle un vrai chantier, conclut Crispin. En revanche, Étournelle attend nos visites avec impatience. Je crois qu'elle se sent bien seule.

– Je pense que c'est une petite intrigante chez qui tout est calculé, intervint Arane.

– Elle peut être les deux à la fois, opina Pastor.

On discuta ensuite des nominations au Cercle. Gorsen ou Docken, voire les deux, pourraient bénéficier bientôt de cette promotion, dans la perspective de devenir un jour capitaines. Les recherches pour retrouver Juniper ne donnaient pas de résultats bien encourageants. On en avait chargé Russet et Heath, les frères écureuils du Cercle, mais il n'y avait aucune trace de lui d'un bout à l'autre de l'île.

– Pomme pourrait nous aider, remarqua Crispin. Comme ça, elle arrêterait peut-être de vouloir me marier à tout prix.

– N'y compte pas, dit Pastor.

– Pourquoi est-ce qu'elle ne réunit pas toutes les femelles possibles pour les faire défiler devant toi ? s'étonna Arane.

– Mais c'est précisément ce qu'elle est en train de faire, lui répondit Crispin. Pastor, Arane, trouvez-vous quelque chose d'utile à faire et cessez de ricaner comme ça. Et puis, il y a une chose que vous devez avoir en tête.

Son visage s'éclaira.

– Les taupes que nous avons envoyées à Grisemine pour secourir Oursin doivent être à mi-chemin à présent. J'aimerais qu'il puisse le savoir.

– Il le saura très vite, l'assura Pastor.

Le regard de Granit parcourut lentement Oursin de haut en bas, de la touffe de ses oreilles aux griffes de ses pattes de derrière. La fraîche brise marine s'engouffrait dans la fourrure humide d'Oursin, mais il crispait ses membres et faisait un gros effort pour ne pas frissonner, pas tant que Granit l'inspecterait comme s'il avait l'intention de le découper en petits morceaux et se demandait par où commencer. Autant lui faire face sans faiblir.

– Pourquoi vous appellent-ils Lord Marshall, Granit ? lui demanda-t-il.

– Pourquoi n'es-tu toujours qu'un simple page, espèce de petit freluquet monstrueux ? grogna Granit en retour. On va aller jusqu'à la Forteresse. C'est loin d'ici, le Phénomène, alors nous allons marcher d'un bon pas. Cela te fera du bien. Je te conseille, et c'est une grande faveur de ma part, de faire attention à la façon dont tu parleras au roi Bois d'Argent quand on sera arrivés là-bas.

Il secoua les chaînes pour faire chanceler Oursin.

– Et puis, ajouta-t-il quand ils se mirent en marche, garde un œil sur Fumerolle. Ça, c'est un écureuil dont on peut avoir peur. Mais si tu contraries Fumerolle, tu n'auras plus l'occasion d'avoir peur! Pas avant longtemps!

Avec un rire rauque et une autre secousse imprimée aux chaînes, il lui fit gravir des marches escarpées taillées dans le roc.

Après les jours et les nuits passés dans le bateau, cet exercice parut bien rude à Oursin d'autant que Granit forçait l'allure. Mais quand ils arriveraient en haut de la falaise, il pourrait avoir une vue d'ensemble de l'île. « Reconnais le terrain. » La recherche de tout ce qui pourrait l'aider à s'échapper distrairait son attention des animaux en armes, des chaînes et de ses pattes douloureuses. Quand, enfin, les poils collés par la sueur, il atteignit le sommet, il put voir vraiment Grisemine pour la première fois.

Sur des kilomètres, elle paraissait tout à fait plate – des montagnes, il y en avait au loin mais nulle part ailleurs elles ne rompaient la monotonie du paysage ni n'offraient d'endroit où se cacher. Les bois semblaient composés d'arbres fins et délicats – surtout des bouleaux, avec des pins et des mélèzes, mais qui n'avaient pas l'air bien sains. Ils étaient anémiques, avec des feuilles minces et parcheminées ou de rares aiguilles. Et on avait l'impression qu'une fine pellicule de poussière grise recouvrait toutes choses. Il n'aurait pu dire avec certitude de quoi il s'agissait, mais cette poussière et ces arbres grêles donnaient au paysage un aspect hivernal en cette fin d'été. Il apercevait de maigres bruyères pourpres, de sombres myrtilles rampantes, et des genêts, dont il devrait bien s'accommoder s'il avait besoin d'un endroit où se cacher. Au loin, de sinistres colonnes de fumée montaient paresseusement dans le ciel.

C'était pour cet endroit macabre qu'on lui avait fait quitter de force Outrebrume.

À l'intérieur des terres, le paysage était un peu plus verdoyant tout en restant plat et gris. Pas de moissonneurs en vue – mais il faut dire qu'il n'y avait pas grand-chose à moissonner. Les gardes étaient revêches et parlaient peu, même entre eux, aussi n'apprendrait-il rien en les écoutant. Des animaux à l'air nerveux se sauvaient sur leur passage et s'arrêtaient de temps à autre pour les regarder et se montrer Oursin du doigt en chuchotant, mais il suffisait d'un coup d'œil furieux de Granit pour les faire détaler, tête basse.

– Ce que nous avons ici n'a rien à voir avec le laisser-aller d'Outrebrume, laissa tomber Granit. On les garde constamment occupés, et terrorisés. Tu veux que je te dise ce qu'on leur fait s'ils ne se tiennent pas bien ?

Oursin ne répondit pas. Granit enchaîna :

– On a de bons archers, ici. Les meilleurs.

Oursin percevait dans sa voix comme une sinistre satisfaction. Granit se tourna brutalement vers un hérisson de l'escorte, et Oursin remarqua pour la première fois que cet animal semblait au bord des larmes.

– C'est vrai, tu ne crois pas ?

Granit grondait, à présent. Ses lèvres étaient presque au contact des oreilles du hérisson.

– Des tireurs d'élite, pas vrai ?

– Oui, Lord Marshall, répondit le hérisson en tremblant.

Granit se redressa avec un reniflement satisfait.

– Hier, j'ai abattu son frère, pas vrai ? dit-il. Ce petit avorton effronté me disait qu'il ne se sentait pas assez bien pour travailler, pas vrai ?

– Si, monsieur, murmura le hérisson d'un air misérable.

– Oui, et il s'est trouvé que j'étais d'accord avec lui, conclut Granit. Alors, je l'ai exécuté moi-même. J'ai donné ses restes à Fumerolle. C'est comme ça qu'on fait ici, pas vrai ?

– Si, monsieur, dit le hérisson en se mordant la lèvre pour contenir ses larmes.

Oursin bouillait de rage.

« J'aimerais bien pouvoir être réellement le libérateur de cette île. Elle a besoin d'être délivrée. »

– Avance, le Phénomène, lui dit Granit en le poussant avec rudesse.

Quand ils eurent marché si longtemps que le jeune page s'endormait presque debout, ils s'arrêtèrent pour faire circuler des gourdes d'une eau qui avait un goût saumâtre et métallique. Et repartirent, toujours dans la poussière, les membres toujours douloureux. Ils croisaient parfois des animaux, certains poussant des brouettes, qui jetaient un regard curieux à Oursin avant de se sauver à toutes jambes en apercevant Granit. Les montagnes semblaient plus lointaines que jamais, et il avait faim. Au loin, à gauche, sur les hauteurs, il y avait un bois de mélèzes qui aurait pu constituer une cachette éventuelle, mais il découvrit rapidement que c'était dans cette direction qu'ils allaient. La Forteresse devait s'y trouver quelque part. Bien qu'il soit presque trop fatigué pour s'en soucier, il essaya de penser à ce qu'il allait dire au roi Bois d'Argent.

Un écureuil passa à côté d'eux d'un pas lourd, traînant quelque chose sur une claie de bois rudimentaire. Oursin tendit le cou pour voir ce que c'était.

– Ne t'arrête pas, le Phénomène ! aboya Granit.

Mais Oursin avait vu ce qui était posé sur la claie. C'était un cadavre de moineau, le bec ouvert par la mort et les ailes à demi déployées comme s'il s'efforçait encore de voler. Du sang séché tachait de noir ses plumes.

– Tu es curieux, hein ? lui dit Granit. Ce sera pour Fumerolle. Il a besoin de choses mortes pour exercer ses talents. C'est merveilleux ce qu'il peut faire avec un cadavre, tu n'as qu'à demander à ce hérisson. Ici, on n'aime pas vos prêtres... On n'a pas de vieil écureuil gâteux qui se promène en clopinant et en débitant des prières. On a un sorcier. Sa magie préserve le pouvoir du roi et la sécurité de l'île, tout en nous aidant à trouver des filons d'argent. Plus il fait de magie dans son espèce de petit cabinet, plus on est forts. Tiens, voilà la Forteresse.

Oursin regarda devant lui, à travers les rares troncs d'arbres. On entrevoyait de sombres murailles, des fortifications et quelque chose qui brillait au soleil.

– Nous y voilà, dit Bronze avec fierté. La Forteresse. Rien à voir avec cette ridicule Tour d'Outrebrume. Ça, c'est une vraie place forte.

Ils gravirent la pente, franchissant un à un tous les rideaux d'arbres et, en même temps que le bruit de soldats présentant les armes se faisait entendre plus fort, la Forteresse leur apparut. Oursin tendit le cou pour voir. Un bâtiment élevé, carré, était posé sur la colline, construit avec de pâles troncs de bouleau et de sombres couches de pierres grises veinées d'argent et de blanc. De fins fils d'argent s'entortillaient autour des troncs d'arbre et formaient des dessins sur le toit d'ardoises grises. L'armature des fenêtres était faite d'argent et c'était d'argent qu'étaient faits les linteaux de ces portes que des hérissons ouvraient péniblement devant eux. Elles paraissaient épaisses et solides, ces portes. Les hérissons s'écartèrent, saluèrent Granit et dévisagèrent Oursin.

– Dis adieu à la lumière du soleil, le Phénomène, murmura Granit en entraînant Oursin dans un couloir si gris, si sombre après la lumière du jour, qu'il eut l'impression d'être englouti par l'obscurité.

Quand ses yeux s'habituèrent à la pénombre, il fut effaré de voir le monde qui peuplait ce corridor, jusqu'à ce qu'il se rende compte qu'il ne s'agissait que de reflets. Des miroirs tapissaient le couloir si bien que, dans ces ténèbres lugubres, il voyait toujours plus de gardes, de Granit, de Filoche et de Bronze, où que se portât son regard.

Oursin regretta de ne pas avoir une épée, ne serait-ce que pour garder une contenance. Il fallait qu'il soit brave, ou au moins qu'il le paraisse, aussi longtemps que possible. Dans les miroirs, il apercevait Bronze debout, les épaules bien carrées, avec sur le visage un rictus exaspérant, comme s'il copiait Granit. À bien y réfléchir, copier Granit, c'est ce qu'il n'avait cessé de faire depuis le début.

– T'es mieux ici qu'en Outrebrume, grogna Granit. Si tu es un veinard de petit Phénomène, le roi sera dans un de ses bons jours. S'il est fou de rage, tu as intérêt à faire profil bas. Bien sûr, je ne veux pas que le roi soit en colère contre toi.

Il adopta un ton câlin, ronronnant, qui fit glousser de rire les hérissons.

– Je ne veux pas que le grand méchant roi soit en colère contre le pauvre petit Phénomène si fragile… Non, je ne peux vouloir cela ? Hein ? insista-t-il car Oursin ne répondait rien. C'est ce que je veux, le Phénomène ?

– Je ne sais pas, lui répondit Oursin. C'est ce que vous voulez ?

– Oh non, le Phénomène, reprit-il en tirant d'un coup sec les poils de la nuque d'Oursin. Ce que je veux, c'est qu'il te livre à Fumerolle !

Ils arrivaient devant une porte si astiquée qu'elle étincelait. Elle était cloutée de pierres bleues. Des motifs chantournés zigzaguaient à la surface, et ses poignées d'argent étaient éblouissantes. Elle était gardée par des écureuils vêtus de tuniques, casqués, et Granit leur fit un signe de tête en frappant à la porte avec la poignée de son épée. Avec un craquement, les portes s'ouvrirent un peu vers l'intérieur, et Oursin entraperçut un sol brillant.

– Le Phénomène Oursin pour Sa Splendeur le roi Bois d'Argent, annonça Granit.

Et, d'une bourrade dans le dos, il envoya Oursin trébucher à l'intérieur de la Chambre Haute du roi Bois d'Argent.

CHAPITRE 10

Quand le rivage fut désert et qu'on eut emmené Oursin, un écureuil à moitié noyé rampa hors de l'eau.

Tout tournait autour de lui et des vagues s'écrasaient dans sa tête douloureuse, mais il aperçut une grotte. Transi de froid, Juniper traversa la plage en se traînant.

Trois jours, était-ce bien ce que ce voyage avait duré ? Il ne savait plus avec certitude combien de temps il était resté dans l'eau. Il s'était donné tant de mal pour sauver son héros, son ami. Il avait envisagé de sauter dans le bateau, de s'emparer de l'épée de Bronze ou de ronger les liens d'Oursin, mais avant même de les avoir rattrapés, il était déjà trop frigorifié et épuisé pour pouvoir faire autre chose que de s'agripper à la poupe et d'essayer de ne pas lâcher prise. À maintes occasions, il avait essayé de se hisser à l'intérieur, mais à chacune de ses tentatives, il était retombé dans l'eau et avait dû nager pour les rattraper. En fait de sauvetage, tout ce qu'il avait pu faire avait été de sauver sa propre vie, en grappillant avec sa patte libre une bouchée de pain ou la gourde d'eau quand les autres regardaient ailleurs.

Cela ne comptait plus guère, maintenant. Il n'avait aucune idée de l'endroit où il se trouvait, ni de ce qu'il y faisait. Il savait qu'il s'appelait Juniper. Il gardait un vague souvenir de Damson, et savait qu'elle était trop loin pour l'aider. Respirer lui faisait mal, tout lui faisait mal. Il avait trop froid pour frissonner. Patte après patte, il entra en rampant dans l'obscurité de la grotte et se laissa aller. Des pattes s'approchèrent de lui si doucement qu'il les entendit à peine jusqu'à ce qu'il sente une présence à son côté.

Trop tard pour se sauver, même s'il l'avait pu.

Une patte se posa doucement sur sa tête. À voix basse, une femelle hérisson chuchotait d'une voix pressante :

– Qui est-ce ? Il est trempé et gelé ! Flamme ! Il nous faut du feu !

Quelqu'un l'aida à se mettre debout et lui demanda son nom. Entre ses paupières mi-closes, il vit un écureuil grand et mince en tunique de prêtre courir vers lui... puis le prêtre enleva sa tunique, l'enveloppa dedans et on l'emporta au pas de course. À moins que ce ne fût un rêve ? C'était aussi bizarre qu'un songe, et tout aussi déroutant.

Il saisit peu de choses de ce que les autres se disaient entre eux tout en courant de plus en plus loin, de plus en plus profond dans les tunnels, mais il entendit prononcer les mots « dangereux » et « le chemin le plus court ». Soudain, ils s'étaient arrêtés. Le prêtre qui le portait se colla contre une paroi, avant d'avancer centimètre par centimètre dans un silence absolu. La hérissonne faisait maintenant si peu de bruit que Juniper n'était même plus sûr qu'elle soit encore là. Le jeune écureuil regarda autour de lui pour essayer de voir ce qui était si dangereux qu'ils étaient obligés de ramper à son approche. Et alors, il serra les dents.

Il fut de nouveau submergé par ce même sentiment d'horreur, sombre et terrible, qu'il avait éprouvé à l'arrivée du bateau en Outrebrume. Il devait y avoir, tout près, quelque chose d'infernal. Il lui fallait regarder cette chose en face pour savoir ce que c'était.

Partant du tunnel, un petit passage aboutissait à une porte entrouverte qui laissait filtrer la lueur orange foncé d'un feu. Ils passèrent devant en se faufilant dans un silence total mais la lumière chaude du feu permit à Juniper de voir les objets pendus sur les murs derrière cette porte.

Des corps morts. Un écureuil, un hérisson. Des couteaux. Des filets emplis de choses telles que griffes, dents, oreilles, mais ça ne devait sûrement pas être cela, sûrement pas... puis leur parvint l'écho d'une voix monocorde psalmodiant quelque chose, suivi d'un rire qui évoquait le frottement de l'acier sur une pierre. Un froid d'une espèce différente vint picoter Juniper par tout le corps, hérissant sa fourrure. Il voulut fermer les yeux, mais n'y parvint pas. Il avala sa salive. Pas à pas, ils s'éloignèrent de plus en plus de cette lueur maudite et de cette effroyable mélopée et il finit par ne plus rien entendre ni rien voir; alors, la nausée le quitta... Et puis, voilà qu'ils se remettaient à courir, entrant et sortant de tunnels jusqu'à ce que, soudain, ils débouchent dans une salle ronde qui dégageait une impression de paix et de sécurité, avec quelqu'un qui allumait un feu dans l'âtre, et la hérissonne qui lui faisait boire un breuvage qui le réchauffait des pieds à la tête, tout en l'enveloppant dans une couverture.

– Je suis Mélèze, lui dit-elle en lui frottant les épaules avec la couverture.

Elle avait un regard gentil et inquiet.

– Tu te sens un peu mieux, à présent ?

Il hocha la tête. Maintenant qu'il n'était plus aussi engourdi, il pourrait bientôt parler, mais il était encore stupéfait que l'on puisse trouver tant de gentillesse et de chaleur humaine aussi près de ce terrible cachot, ou quoi que ce pût être. Mélèze se retourna vers le prêtre pour lui parler :

– Dommage qu'il nous ait fallu passer devant le repaire de Fumerolle, mais nous n'avions pas de temps à perdre, lui dit-elle. Où se trouve Cèdre ?

Elle se tourna vers Juniper.

– Tu étais avec l'Écureuil Marqué ?

– Mar... mar... marqué..., bégaya Juniper.

– Oursin, lui dit-elle d'une voix pressante. Est-ce que tu étais avec Oursin ?

Il ne savait pas jusqu'où il pouvait faire confiance à ces animaux, mais il n'avait pas le choix.

– Il ne devrait pas être ici, marmonna-t-il entre ses lèvres gelées.

– Je sais, lui répondit Mélèze. Nous ferons tout ce que nous pourrons pour lui, et nous allons prendre soin de toi aussi.

Une femelle écureuil à la fourrure d'un rouge feu apparut sur le seuil.

– Voilà Cèdre, dit Mélèze.

Oursin avait répété dans sa tête divers discours de défi, mais l'effort qu'il dut faire pour retrouver son équilibre les lui fit oublier, et l'aspect de la salle où il se trouvait chassa toute autre préoccupation de son esprit. Sous ses pattes, le sol brillait tellement qu'il ne comprenait pas pourquoi il n'était pas glissant, et son reflet l'y fixait d'un air stupéfait. Sur trois côtés, il y avait des fenêtres séparées par des miroirs, et tout était orné d'argent – des torsades et des entrelacs d'argent, de l'argent portant des motifs gravés, de l'argent qui brillait sur coupes et plateaux. Les écureuils et les hérissons présents portaient des casques d'argent et des épées polies en miroir. Et, sur l'estrade, se tenait fièrement, bien droit sur son haut trône d'argent, le roi Bois d'Argent.

C'était un hérisson grand et mince, au visage sévère sous sa couronne de feuilles de bouleau en argent. Sur les bras du trône, ses griffes, longues et acérées comme des serres, étaient recouvertes d'argent. Une grande cape en tissu d'argent, avec un haut col, était attachée sur sa gorge par une agrafe chantournée.

– Plus près, ordonna-t-il.

Oursin s'avança, les chaînes de ses poignets tintant quand ses gardes s'avancèrent avec lui. Il voulait essayer de se tenir comme si Pastor avait été là pour l'observer... mais un éclat du soleil reflété par un miroir l'éblouit tellement qu'il dut se couvrir les yeux de sa patte.

Le visage du roi s'illumina d'une joie sauvage qui avait quelque chose de terrifiant. Puis il éclata de rire.

– Je l'éblouis ! s'esclaffa-t-il, avant de sauter de l'estrade, les pattes tendues. Bienvenue, Écureuil Marqué d'Outrebrume ! Lord Marshall, pourquoi l'avez-vous enchaîné ? Quel accueil, vraiment !

Il rit comme un dément en prenant les pattes d'Oursin dans les siennes.

– Enlevez-moi ces chaînes ! Est-ce qu'il a mangé ? Est-ce qu'on lui a donné quelque chose à boire ?

Il fit signe à un jeune écureuil de s'approcher.

– Qu'il boive dans ma propre coupe ! Apportez-lui du pain, apportez-lui des amandes, apportez-lui des baies et des pommes ! Préparez sa chambre !

Oursin était trop stupéfait pour parler, mais ce n'était pas nécessaire. Le roi recula d'un pas et, le tenant à bout de bras, le considéra des pieds à la tête tandis que des personnes de son entourage s'affairaient précipitamment avec des clefs et, à son grand soulagement, le libéraient de ses chaînes.

– Un Écureuil Marqué ! s'écria le roi avec ravissement en tournant et retournant Oursin comme pour l'exhiber. Eh bien ! Regardez-le un peu, vous autres ! Regardez-moi cette couleur ! Soyez le bienvenu, Oursin d'Outrebrume !

Oursin s'était attendu à de la rage, à de la haine, et cet accueil ne le rassurait pas. La folle excitation du roi avait quelque chose de dérangeant.

– Qu'est-ce que vous avez fait là, Granit ? demanda le roi d'un ton de reproche, et Oursin perçut un petit sourire narquois sur le visage de Bronze. C'est notre hôte honoré ! Très cher Oursin, je suis tellement désolé ! Apportez-lui un fauteuil ! Non, pas celui-là ! Apportez-lui des coussins !

Oursin se frotta les poignets. Ou bien le roi était fou, ou bien il jouait la comédie, à moins que ce ne soit lui, Oursin, qui ait perdu la raison et que rien de tout cela ne soit réel. On lui apporta un fauteuil d'osier garni de coussins et le roi lui mit une coupe entre les pattes. Si assoiffé qu'il pût être, il hésitait à l'idée de manger ou de boire ce qu'on lui donnait – une fois déjà, on l'avait drogué – mais il n'avait pas vraiment le choix. Il prit une gorgée de vin avec précaution, le trouva très fort et s'efforça de ne pas faire la grimace.

– Est-ce que vous avez fait bon voyage ? lui demanda le roi d'un air anxieux en se rasseyant lui-même sur son trône. Vous devez être fatigué.

« Comme si Pastor était là, à m'observer », pensa Oursin.

– Majesté, dit-il, vos envoyés ont rapporté au roi Crispin que des animaux en provenance d'Outrebrume étaient en train de répandre la terreur dans votre île et que vous aviez besoin de son appui. Et vous me demandiez, moi, en particulier. On m'a amené ici contre ma volonté et fait parcourir l'île de Grisemine à pied et enchaîné. S'il est un service quelconque que vous attendez de moi, faites-le-moi savoir, et si je peux m'en acquitter sans dommage pour Outrebrume ni pour des animaux innocents, je le ferai. Ensuite, renvoyez-moi chez moi.

Le roi le fixait, comme incrédule, puis il explosa d'un tel éclat de rire que cela fit tressaillir Oursin.

– Oh, je sais, lui répondit-il. Oui, nombre de vos vieux amis d'Outrebrume sont ici, mais la plupart d'entre eux nous sont terriblement, terriblement utiles. Je ne sais pas ce que nous aurions fait sans eux. Il y a notre excellent Lord Marshall, pour commencer. Et plusieurs d'entre eux se sont révélés vraiment d'excellents auxiliaires pour ce cher Fumerolle.

Il fronça les sourcils en se tortillant les pattes.

– Il devrait être là pour faire votre connaissance, mais on lui a donné un petit cadavre aujourd'hui, un hérisson, et on ne peut plus l'en arracher. Le fait est, mon cher Oursin, que vous êtes si précieux à nos yeux qu'il fallait que nous vous amenions ici, à n'importe quel prix. Tout ce que Lord Crockenpique vous a raconté, cet appel au secours pour nous sauver des méchants animaux d'Outrebrume, n'est-ce pas convaincant ? C'est faux, bien entendu, mais nous avons pensé que Crispin tomberait dans le panneau. Ces deux animaux qui vous ont amené ici se sont si bien débrouillés que je les nomme membres de la Garde Rapprochée ! N'est-ce pas merveilleux ?

– Merci, Votre Majesté, dirent Filoche et Bronze.

L'idée qu'on l'exhibe comme un trophée fut trop pour Oursin.

– Vous voulez dire, s'exclama-t-il, que vos ambassadeurs ont menti au roi Crispin pour m'amener ici de gré ou de force ? Vous me vouliez pour quoi, en réalité ?

La cape d'argent s'envola. Le roi se jeta sur Oursin, le saisit à la gorge et lui renversa la tête en arrière. Pendant un instant terrifiant, le jeune écureuil sentit se refermer les griffes fortes et acérées, leva les yeux sur un regard fou et entendit le grognement féroce du hérisson monter du fond de sa gorge. Puis le roi se remit à rire.

– Pauvre petite chose, grinça-t-il en le lâchant si soudainement qu'Oursin vacilla. Tu ne comprends pas. Mais tu vas comprendre.

Il se tourna vers Granit.

– Il comprend mieux que vous ne croyez, ô Splendeur d'Argent, lui dit celui-ci. Il n'est pas aussi stupide qu'il en a l'air.

– Expliquez-lui, Lord Marshall, dit le roi.

– Ce sera un plaisir pour moi, répondit Granit.

Il s'avança en martelant le sol, traînant péniblement sa jambe blessée. Leur longue marche devait l'avoir sévèrement éprouvée.

– Écoute, le Phénomène.

– Le Phénomène ! s'exclama le roi avec ravissement.

Mais Granit continua :

– Sa Majesté le roi Bois d'Argent est la Majesté Éblouissante de la Splendeur de l'Argent, grogna-t-il. Ce n'est pas un de ces roitelets de poche auxquels vous êtes habitués en Outrebrume. Voici un vrai roi, et si tu avais un tant soit peu d'éducation, tu t'inclinerais devant lui.

À l'idée de s'incliner devant ce roi, Oursin réprima un haut-le-corps, mais il savait qu'il pourrait être dangereux de ne pas obéir. Légèrement, avec raideur, et en se détestant de céder à la menace, il s'inclina.

– C'est un roi splendide, le genre de roi qu'aurait été le capitaine Bogue, dit Granit. Et un grand roi obtient tout ce qu'il veut. Alors, s'il vient à apprendre qu'un Écureuil Marqué doit être le libérateur de l'île et qu'il y a un Écureuil Marqué en Outrebrume, on va le chercher pour lui, d'accord ? Majesté, voulez-vous que je mette le Phénomène dans sa cellule ?

– Je devrais en tirer quelque chose, répondit le roi d'un ton pensif. La question est : comment faire de lui le meilleur usage pour obtenir ce que nous voulons ? Je vais prendre conseil à ce sujet. J'aimerais savoir ce que pense notre chère commandante, elle en sait tant sur tellement de choses. Oui, conduisez-le dans sa chambre.

– Avec joie, Majesté, gronda Granit.

Filoche, Bronze, Granit et deux hérissons se mirent en marche pour escorter Oursin en repassant par le hall aux miroirs, avant de monter un escalier en colimaçon.

– Nous te donnerons tout ce dont tu auras besoin, lui dit Filoche. N'essaie pas de t'évader. Il y a des archers partout.

– Fais comme chez toi, ajouta Granit. À mon avis, il y en a pour trois jours. Quatre, si ta chance ne te lâche pas.

Oursin fut poussé à l'intérieur de la tourelle et entendit derrière lui le bruit métallique de verrous et de serrures, puis un va-et-vient de pattes. Il devait y avoir au moins deux gardes à la porte.

Il examina la chambre, ferma les yeux, puis les rouvrit au cas où il aurait été le jouet d'une illusion. Avec son tapis épais et doux, ses rideaux drapés, une table généreusement garnie d'aliments et de boissons et ses coussins rebondis et colorés, sa cellule était plus luxueusement meublée que la chambre du roi en Outrebrume.

Ils ne lui avaient toujours pas dit ce qu'il était supposé faire, mais il n'avait pas envie d'attendre pour le savoir. Il devait bien y avoir un moyen de s'en sortir. Il n'y avait qu'une fenêtre, à laquelle pendaient des rideaux de brocart bleu foncé, à glands. Quand Oursin l'examina, il découvrit qu'elle était hermétiquement fermée et protégée par des barreaux d'acier scellés dans la pierre. On lui avait préparé un lit, avec des couvertures, et il se glissa sous le sommier pour aller gratter le sol. C'était un assemblage de petites lattes de bois. Il aurait été capable d'en soulever une pour s'échapper, mais encore aurait-il fallu savoir d'abord ce qu'il y avait en dessous – atterrir dans une salle de garde ne l'aurait avancé à rien. Il y avait aussi une cheminée ; avec l'énergie du désespoir, il sauta dans l'âtre vide et se lança dans l'ascension du conduit.

Celui-ci ne tarda pas à devenir très étroit ; même en rentrant les épaules et en se faisant aussi petit que possible, il ne passait pas, cette cheminée était trop étroite pour lui. Furieux et frustré, il gigota pour redescendre, brossa brutalement la suie qui tachait sa fourrure et se lança dans une inspection détaillée de sa cellule. Il sonda les parois de la cheminée, regarda sous le tapis, grimpa le long des murs pour aller gratter le plafond de ses griffes, et finit par se laisser tomber par terre où il bombarda de coups de pied les coussins. Il était loin de chez lui, piégé et furieux de l'injustice de cette situation.

– Je sortirai d'ici, dit-il à voix haute. Que le Cœur me vienne en aide. Je vous le promets, roi Crispin. Je vous le promets, capitaine Pastor.

Il décocha une nouvelle ruade aux coussins, et jeta par la fenêtre un regard envieux sur les écureuils qui, à l'extérieur, profitaient de leur liberté.

Mais étaient-ils vraiment libres ? Comme les animaux qu'il avait aperçus au cours de leur marche, bien que se trouvant à l'extérieur, ils n'avaient pas l'air libres du tout. Il y avait chez eux quelque chose de timoré, de craintif : ils ne s'arrêtaient presque jamais pour parler entre eux, et jetaient des regards anxieux par-dessus leurs épaules voûtées. À cette époque de l'année, ils auraient dû être en train de récolter de la nourriture, mais les brouettes qu'ils poussaient n'étaient remplies que de bois et de pierres. Et il comprenait à présent l'origine de cette pellicule grise recouvrant toutes choses. C'était une couche de poussière provenant des mines.

Comme la nuit tombait, il dit une prière pour ses amis d'Outrebrume, s'installa au milieu des coussins et n'essaya même pas de dormir.

Pourtant, il finit par s'endormir, d'un sommeil léger, et se réveilla dans le noir. Il y avait quelqu'un dans sa chambre. Il sentait des présences. Il entendait des respirations. Sous sa fourrure, un frisson parcourut sa peau. Il y avait une odeur rance, une odeur de moisi, comme un mélange de vinaigre et de poil roussi. Cela se rapprochait.

Oursin resta immobile, les yeux fermés, à l'écoute. Mieux valait sans doute ne pas les provoquer. « Ne bouge pas. Comme ça, ils vont vite s'en aller. » Quelqu'un chuchotait, et il reconnut la voix du roi Bois d'Argent.

– Est-ce que ce n'est pas un petit trésor ? Et on l'a récupéré sain et sauf. Il faut que nous en tirions le maximum.

La voix d'écureuil qui lui répondit avec lenteur était si rauque qu'elle rendait le son d'une épée crissant sur la pierre. Les poils d'Oursin se hérissèrent et ses griffes se replièrent.

– Si c'est bien *cet* écureuil-là, murmurait la voix, on devrait le tuer tout de suite.

– Allons, allons, Fumerolle, disait le roi, je ne peux pas encore te le donner. Je viens juste de le recevoir. S'il est le libérateur, il nous faut lui laisser le temps de nous délivrer.

– Cette île n'a besoin d'aucune délivrance qu'il soit capable de nous apporter, sauf par sa mort, grinça Fumerolle. De sa mort, je pourrais tirer de grands pouvoirs magiques.

– Il peut d'abord nous délivrer de la pauvreté, plaida le roi.

Je sais, je sais, nous ne sommes pas pauvres. Mais je veux assez d'argent pour que nous ne le soyons jamais et je suis sûr qu'il a le don d'en trouver. C'est ça, la délivrance qu'il pourra nous apporter. Il va trouver pour nous de merveilleux gisements d'argent et nous rendre riches et puissants.

Il y eut un grognement guttural de Fumerolle.

– Ma magie a trouvé de l'argent pour vous, murmura-t-il. Et je peux faire plus. Tout ce que vous voulez. Tout, Majesté. Je peux vous donner la chose que vous désirez le plus au monde, mais il me faut le corps de l'Écureuil Marqué.

– Oui, je sais, répondit le roi et Oursin sentit de la cupidité dans sa voix. Je peux obtenir ce que mon cœur désire. Mais je veux d'abord tirer le plus possible de lui.

– Avez-vous envisagé la possibilité, s'enquit Fumerolle, que ce soit de *vous* qu'il soit venu libérer cette île ?

Il y eut un gloussement aigu du roi, aussitôt étouffé.

– Oh, Fumerolle, tu es stupide ! Pourquoi l'île aurait-elle besoin qu'on la délivre de *moi* ? C'est moi qui ai lancé l'exploitation des mines d'argent. Tout le monde m'adore.

– Et l'autre prophétie ? insista Fumerolle.

– Ah, oui, celle-là, dit le roi avec humeur. Tu veux dire...

– « Il provoquera la chute d'un puissant souverain », cita Fumerolle. Il suffit de le regarder. Voyez cette couleur. Cela pourrait bien être lui.

– Et ça ne l'est probablement pas, rétorqua le roi. Des îles, il y en a partout. Il y en a peut-être qui sont pleines d'écureuils marqués, alors pourquoi celui-ci serait-il *cet* Écureuil Marqué ? Je pense que le vrai est probablement mort. De toute façon, si c'est lui, il a déjà provoqué la chute d'un grand souverain, puisqu'il a fait tomber Lord Bogue. Alors, je n'ai rien à craindre. Ce serait comique s'il venait à provoquer la chute de Crispin sans même l'avoir voulu!

Oursin se mordit la lèvre très fort et s'imagina en train de tordre le cou du roi Bois d'Argent. Le roi gloussa de nouveau.

– Tu pourras l'avoir, Fumerolle, mais seulement quand j'en aurai fini avec lui, dit-il.

– Que ne pourrais-je faire avec le corps d'un Écureuil Marqué! chuchota Fumerolle. Le pouvoir de la sorcellerie! Ces oreilles, cette queue! Cette fourrure! Et...

Ses paroles s'achevèrent en un soupir avide.

– Que ne pourrais-je faire avec son cœur! Laissez-moi le mettre à mort.

– Pas encore, coupa le roi d'un ton agacé. Oui, oui, tu pourras l'avoir, mais pas tout de suite.

– Quand, alors?

– L'été prochain.

– Trop loin, siffla Fumerolle.

– Au printemps, alors, dit le roi.

– À la prochaine lune, insista Fumerolle.

– Oh, à la chute des neiges, alors, conclut le roi d'un ton ferme. Tu pourras l'avoir à la première chute de neige. C'est le moment idéal pour tuer, non? Avant, s'il n'est pas efficace pour trouver de l'argent. Mais au plus tard à la chute des neiges. Est-ce qu'il n'est pas mignon quand il dort?

Dans une bouffée fétide d'odeur de brûlé et de vinaigre mélangés, ils s'éloignèrent furtivement. Oursin se redressa sur son séant, furieux d'être l'objet d'un marchandage. Le roi avait le cerveau dérangé. C'était aussi, sans doute, le cas de Fumerolle. Il ne put se rendormir, aussi fouilla-t-il une fois de plus sa cellule à la recherche d'une issue.

Au matin, il bruinait sans arrêt. Oursin était encore en train d'essayer de desceller les barreaux de la fenêtre avec ses griffes – il savait que cette tentative était vouée à l'échec, mais cela lui permettait de passer le temps – quand Filoche, Bronze et les gardes vinrent le chercher pour l'escorter jusqu'à la Chambre Haute. Filoche et Bronze paraissaient maussades ; Filoche affirmait avec hauteur que c'était elle la responsable en titre, mais Bronze se refusait à coopérer avec elle. Deux hérissons apportèrent dans la chambre d'Oursin un panier de bûches, tout en murmurant nerveusement quelque chose à propos des ordres donnés par tel ou tel et en jetant des coups d'œil par-dessus leurs épaules en direction d'une femelle écureuil casquée qui arrivait d'un pas martial dans le couloir. Elle marchait très droite, la tête haute, et sa voix était impérieuse et claire.

– Le prisonnier chez le roi, ordonna-t-elle en se tournant vers Filoche et Bronze. Emmenez-le ! N'allez pas vous permettre de faire attendre Sa Majesté !

Dans la Chambre Haute, Granit se tenait debout derrière le trône et, bien qu'il portât son sinistre casque, Oursin devinait le sourire qui barrait son visage. La femelle écureuil les avait suivis et elle prit place à côté de l'estrade. Renversé en arrière sur son trône, le roi Bois d'Argent faisait jouer ses griffes luisantes.

– Ce cher Fumerolle est toujours si occupé à démembrer quelque chose, dit-il d'une voix traînante. Bon, alors, le Phénomène, raconte-moi tout sur toi. Qui es-tu exactement ? Je sais bien que tu es Oursin d'Outrebrume, mais qui es-tu réellement ? Qui sont tes parents ? Tu n'es pas vraiment d'Outrebrume, n'est-ce pas ?

– C'était un enfant trouvé, Majesté, intervint Bronze. On disait que…

– Silence, soldat, gronda Granit, ce qui amena un sourire ravi sur le visage de Filoche. Oui, Majesté, je m'en porte garant. Un enfant trouvé.

– Trouvé ? s'étonna le roi en se penchant en avant, intéressé.

– On m'a trouvé dans l'eau, je n'étais qu'un nouveau-né, précisa Oursin.

Il ne tenait pas à coopérer mais, ça, il pouvait le dire sans risque.

– Personne ne sait rien à mon sujet.

– Alors, tu n'es pas d'Outrebrume, ronronna le roi.

– Sauf votre respect, Sire, dit la femelle écureuil casquée, nous perdons du temps. Peu importe d'où il vient, tant qu'il est capable de trouver de l'argent pour vous. Et il le peut.

– Oh, merci, commandante ! lui dit le roi en tendant une patte dans sa direction. C'est ce que j'ai besoin de savoir. Alors, tu as vraiment un don pour trouver de l'argent, le Phénomène ?

Oursin n'avait pas la moindre idée de la façon dont on pouvait trouver de l'argent, mais il pourrait être plus prudent de prétendre qu'il en était capable.

– Cela se pourrait, Majesté, répondit-il.

– Il a ce don, Majesté, dit la commandante écureuil.

– Comment t'y prends-tu ? s'enquit le roi.

Il joignait le bout de ses griffes en se penchant en avant avec, dans le regard, un éclat particulièrement vif.

– Dis-moi tout. De quoi as-tu besoin ? De quelque chose de magique ? Des fils de fer, des poudres ? On peut tuer pour toi, si tu veux.

L'intervention de la commandante le dispensa de répondre. Elle semblait en savoir beaucoup plus long que lui sur le sujet.

– Les meilleurs sont ceux qui font ça par instinct, Majesté, dit-elle. Eux-mêmes ne savent pas vraiment comment. Mais il faudra qu'il sorte pour voir l'île, pour y prendre ses repères.

Les oreilles d'Oursin furent agitées d'un frémissement d'espoir.

– C'est bien cela, le Phénomène ? lui demanda le roi.

– Oh, oui, Majesté, répondit Oursin d'un air concentré.

– Le mauvais temps menace, remarqua Granit. D'un autre côté, cela n'a aucune importance si le Phénomène se fait tremper.

– Cela a beaucoup d'importance, au contraire, protesta le roi.

Bronze eut un large sourire et Granit le foudroya du regard.

– Le Phénomène, nous allons organiser pour toi un tour de l'île. Entre-temps, Bronze va te reconduire dans ta chambre.

On le ramena sous bonne garde, et Bronze le poussa à l'intérieur de la chambre. La porte se referma sur lui avec un cliquetis de serrures. Il était sur le point de retourner faire un nouvel essai sur les barreaux de la fenêtre quand quelque chose bougea.

Il pivota sur lui-même. Dans le panier de bois, les bûches remuaient. Oursin bondit en arrière, tâtonna à la recherche d'une épée, se rappela une fois de plus qu'il n'en avait pas et se rencogna aussi loin que possible du panier, sans le quitter des yeux.

– Oursin ! appelait une voix, quelque part sous les bûches.

Son cœur bondit à l'appel de son nom. Le bois de chauffage se renversa. Il eut en un éclair la vision d'une fourrure rouge sombre, sans parvenir à y croire.

– Juniper ? chuchota-t-il.

La tête du petit écureuil surgit du panier. Il secoua la sciure de ses oreilles.

– Te voilà, dit-il en se débattant pour se remettre sur pied.

Oursin en resta sans voix. Il bondit en avant et prit Juniper par les épaules, surpris par son sourire ravi et ses yeux brillants, trop brillants. Sous ses pattes, il sentait frissonner son jeune ami et, après son premier élan de joie en voyant apparaître un visage d'Outrebrume, il se retrouva désespérément triste et plein de regrets. Juniper avait donc lui aussi échoué dans cet endroit maudit.

– Comment es-tu arrivé jusqu'ici ?

Il réduisait sa voix à un murmure, et jeta un coup d'œil inquiet vers la porte.

– T'ai suivi, répondit Juniper.

– Mais c'était...

– Je sais. Je n'ai aucun problème avec l'eau, j'ai grandi au milieu des loutres. Je voulais te sauver. Désolé de ne pas l'avoir fait. Mais je ne pouvais pas t'abandonner.

Oursin chercha les mots qui convenaient, ne les trouva pas et serra Juniper sur son cœur. Celui-ci toussa, sans cesser de trembler.

– Tu es malade, lui dit Oursin.

La surprise le laissait presque aussi tremblant que le petit écureuil.

– Je n'en reviens pas, que ce voyage ne t'ait pas tué.

Il restait du pain et du vin sur la table. Il plaça une coupe dans la patte tremblante de Juniper, referma ses griffes autour et arracha du lit une couverture dont il l'enveloppa, remarquant au passage que ses pattes étaient encore toutes fripées après un si long séjour dans l'eau.

– Juniper, est-ce que tu te rends compte ? Nous avons franchi les brumes !

– Je sais, répliqua-t-il en sirotant son vin. Je savais que je devais le faire. J'aurais pu revenir à la nage. Mais tu n'avais personne d'autre.

Il leva les yeux pour regarder Oursin bien en face.

– Tu es Oursin des Étoiles, et tu es mon ami. Je n'allais pas t'abandonner.

Le cœur d'Oursin se serra. Outrebrume l'avait adopté, Pomme l'avait élevé, Sapin, Crispin et Pastor l'avaient protégé, encouragé mais, de toute sa vie, personne n'avait jamais fait pour lui une chose pareille. Quelques jours plus tôt, il aurait considéré Juniper comme un jeune frère, peut-être le genre de petit frère qui a besoin qu'on veille sur lui et qu'on l'aide à s'en tirer. Cela lui faisait honte, à présent. Il se demanda si aucun des héros présents sur les tapisseries d'Outrebrume avait jamais rien fait d'aussi noble.

– Tu vas bien, Oursin ? lui demanda Juniper.

Le page l'étreignit.

– Je vais très bien. Je suis simplement stupéfait. Et je te ramènerai chez nous d'une façon ou d'une autre.

– C'était ce que je pensais faire pour toi, dit Juniper. J'ai déjà découvert plein de choses. Il y a ici de bons animaux, qui veulent t'aider. Nous aider tous les deux. Ils m'ont trouvé et recueilli alors que je n'étais qu'un étranger trempé jusqu'aux os. Ils savent, pour toi. Ce sont eux qui m'ont fait entrer ici.

Oursin plongea un regard anxieux dans les yeux de son ami, brillants de fièvre. Il lui donna des fruits séchés, mais le fait de manger fit tousser Juniper et, cette fois, tous deux jetèrent vers la porte un regard inquiet. Juniper chuchota :

– Écoute. Tu m'écoutes bien ? C'est important. Le roi Bois d'Argent n'est pas du tout le vrai roi de cette île. C'était le dernier mari de la reine et, à sa mort, il ne restait que sa petite nièce, Mélèze, pour monter sur le trône. Mélèze n'était qu'une enfant, alors il est devenu régent. Il était censé se contenter de s'occuper de l'île jusqu'à ce qu'elle ait grandi mais, petit à petit, il a accaparé le pouvoir. Il a des accès de folie dangereuse, et cela empire. Il est si obsédé par l'argent que l'île est criblée de forages de mines et que la poussière rend les animaux malades. Au début, il y avait dans son entourage assez de créatures sensées pour le garder sous contrôle, mais il prend des animaux en horreur du jour au lendemain. Beaucoup d'îliens ont quitté Grisemine. Certains disparaissent, tout simplement, et on ne sait jamais avec certitude s'ils ont fui ou s'il les a fait tuer.

– Est-ce qu'il a tué aussi Mélèze ? demanda Oursin.

– Non, répondit Juniper avec un petit sourire nerveux. Tout le monde croit qu'elle a quitté secrètement l'île, mais elle est encore là. Un jour, elle sera de nouveau la vraie reine, quand ils seront assez forts pour renverser l'usurpateur.

Il jeta un autre coup d'œil à la porte et baissa encore la voix.

– C'est Mélèze qui m'a trouvé. Ses partisans sont les mélèzistes. Je crois que tous les îliens seraient prêts à la soutenir, mais ils ont une peur panique des archers du roi et d'un sorcier qui s'appelle Fumerolle.

– Pour ce qui est de Fumerolle, je suis au courant, dit Oursin. Il n'y avait donc pas de bon prêtre sur cette île ?

– Il y en avait un, répondit Juniper. Il y avait un merveilleux jeune prêtre, Frère Chandelle, mais on l'a trouvé mort au pied d'une falaise. Heureusement, il avait eu le temps de former un nouveau prêtre, Frère Flamme. C'était comme si Chandelle avait su que Bois d'Argent allait le faire tuer : il a choisi Flamme pour lui succéder. Puis Frère Flamme a disparu, lui aussi. Tous ceux qui s'opposaient à Bois d'Argent ou à Fumerolle disparaissaient, ou étaient accusés d'un crime terrible et abattus par les archers. Mais Frère Flamme a survécu. Il vit dans la même cachette que Mélèze.

Juniper réprima une quinte de toux, but une gorgée de vin et chancela.

– Tu es vraiment malade ! chuchota Oursin en le rattrapant.

– Alors, je vais tout de suite te dire les choses importantes, poursuivit Juniper. Fais semblant de savoir trouver des filons d'argent. Si le roi pense que tu peux le faire, il ne laissera pas Fumerolle te tuer. Et n'essaie pas de t'échapper. Cèdre a des projets.

– Cèdre, qui est-ce ?

Les yeux de Juniper se brouillaient et se fermaient presque.

– Mais tu l'as déjà vue ! lui dit-il. Elle est la...

Et il s'effondra en silence sur le sol.

CHAPITRE 11

Oooh !... Oooh !... Oooh !... s'exclama Finaiguille, se dressant sur ses pattes de derrière, bouche bée, incapable de dire quoi que ce soit d'autre.

Ils étaient arrivés à la grotte où Sépia avait coutume de chanter, une grotte haute et voûtée, où sur les murs étincelaient de minces filets d'eau courant sur les pierres brillantes. Au-dessus d'eux, un trou dans le flanc de la colline laissait entrer un peu de la lumière du jour, que les rayons de ce soleil de fin d'après-midi ponctuaient d'éclairs d'or.

Ils avaient exploré toutes les autres grottes, plus près du rivage et des cascades, et Fingal avait trouvé de nombreuses pierres plates pour faire des ricochets. Il y avait de très beaux galets translucides que Sépia adorait, et Espoir avait fourré les plus jolis d'entre eux dans un sac pour les ramener chez lui. Si Finaiguille tentait de leur rappeler qu'ils étaient censés rechercher la Pierre du Couronnement, Fingal lui répondait de bon cœur « oui, dans une minute » et Sépia disait calmement : « Ne t'en fais pas, Finaiguille, je cherche la Pierre du Couronnement. » Elle trouvait légèrement étonnant qu'ils ne se soient pas disputés, mais Fingal et Sépia n'étaient pas le genre d'animaux avec qui on pouvait se disputer. Fingal prenait toujours les choses du bon côté, Sépia était trop calme, et il n'était pas question de se disputer devant Espoir.

Finaiguille aurait aimé qu'Oursin soit là. Tous deux faisaient une bonne équipe. Fingal avait été un peu déçu de voir que le bateau à rames n'était plus là alors qu'il avait prévu de leur faire faire le tour de la baie, et Finaiguille avait murmuré qu'il lui faudrait trouver une autre façon de chercher à les impressionner, et elle avait tout aussitôt regretté de l'avoir dit, mais Fingal s'était contenté de rire et de faire des cabrioles. Espoir s'employait avec acharnement à retrouver la Pierre du Couronnement, mais sa myopie ne lui facilitait pas les choses.

– J'ai trouvé beaucoup de pierres qui pourraient être celle du Couronnement, mais quand j'y regarde de plus près, ce n'est jamais la bonne, se plaignit Finaiguille en s'asseyant, fatiguée. Elles restent toutes dans ma main. Je ne crois pas que nous la trouverons ici.

– Il y a des pierres dans le mur, remarqua Sépia.

Finaiguille se remit d'un bond sur ses pieds.

– Elle est peut-être là ! s'écria-t-elle. Grimpe au mur, Sépia !

Il y eut un *plouf* derrière elle.

– Fingal, alors, qu'est-ce que tu as trouvé ?

– De l'eau, bien sûr ! lui répondit-il. Un toboggan !

Il avait découvert près de l'entrée de la grotte une source qui jaillissait le long d'une paroi en pente pour former une chute, se jetait dans un chenal et disparaissait sous terre.

– Il y a une rivière là-dessous, annonça-t-il avec un sourire ravi. Au début, ça se faufile, puis ça descend de plus en plus vite et il y a un lac. C'est sans doute par là qu'on peut rejoindre le réseau de tunnels.

– Est-ce que je peux venir aussi ? demanda Espoir d'une petite voix flûtée.

– Certainement pas, s'empressa de répondre Finaiguille.

– Cela pourrait être un peu dangereux pour quelqu'un de ta taille, reconnut Fingal. Je suis nageur de naissance, c'est pour ça que je tombe dans toutes les rivières.

– Moi, je tombe toujours dans tout, constata Espoir.

– Tout de même, c'est différent pour les hérissons, insista Fingal qui, pour une fois, parlait presque comme un adulte. On ne veut pas que tu perdes pied. Tu peux descendre le toboggan, moi, je resterai ici pour te rattraper avant que tu ne disparaisses sous terre.

Il s'étendit dans le chenal pendant qu'Espoir escaladait le rocher, inspirait un grand coup et se lançait dans la descente, les quatre pattes en l'air. En criant « Oups ! », il atterrit dans les bras de Fingal, s'en extirpa et courut recommencer.

– Suis-moi, Finaiguille ! s'exclama-t-il. Sépia ! Tu devrais essayer !

Finaiguille décida que la Pierre du Couronnement pouvait attendre. Il y eut beaucoup de *plouf* et de cris aigus avant que Sépia et elle se secouent pour se sécher et se rappellent mutuellement qu'elles auraient dû être en train de continuer leurs recherches.

– Juste encore un peu ? mendia Espoir.

– D'accord, concéda Fingal. Tu cries quand tu es prêt, et je te rattrape.

Pendant un moment, on n'entendit rien d'autre que le cliquetis des galets, des raclements de pattes et, de temps à autre, le cri de : « Prêt, Fingal ? » suivi d'un *plouf* et de rires joyeux. Au-dehors, le ciel s'assombrissait, la lumière diminuait, mais Finaiguille avait apporté des pierres à briquet et des lanternes, et ils continuèrent à chercher jusqu'au moment où Sépia redescendit au pied des parois, s'étira, se frotta les yeux avec lassitude, prit une profonde inspiration et se mit à chanter.

Quand elle chantait, les notes donnaient l'impression de danser en ricochant sur les parois étincelantes avant de rester suspendues en l'air. Son chant évoquait pour Finaiguille le printemps, avec le parfum des primevères dans l'air, tandis que Fingal imaginait des royaumes enchantés sous la mer et qu'Espoir…

… Personne ne savait ce à quoi pensait Espoir. Qu'il ait oublié d'appeler Fingal, ou qu'il l'ait fait et que Fingal ne l'ait pas entendu, personne ne le sut jamais. Il y eut un *plouf* soudain et, quand ils regardèrent autour d'eux, il n'était plus là.

– Oups ! lâcha Fingal avant de plonger sous l'eau.

Il y eut un cri étouffé : « Ne t'en fais pas », puis plus rien.

Finaiguille et Sépia se précipitèrent pour aller scruter le tunnel obscur, en mouillant leurs fourrures et leurs moustaches. Elles tendirent l'oreille pour écouter par-dessus le chuintement de l'eau. Elles perçurent quelques petits cris poussés par Espoir, puis la voix de Fingal : – « je te tiens… accroche-toi bien… pas si serré… » – enfin, sa voix s'éloigna et elles n'entendirent bientôt plus que la chute d'eau. Elles s'assirent en échangeant des regards furtifs réalisant combien il faisait noir, tout à coup !

– Tout se passera bien pour eux, n'est-ce pas ? demanda anxieusement Sépia. Je veux dire, Fingal tenait bien Espoir la dernière fois que nous les avons entendus.

– Fingal avait l'air pratiquement sûr que le lac communiquait avec les tunnels, dit Finaiguille. Oh, mais Espoir ne sait pas très bien nager !

– Fingal peut le transporter sur ses épaules, suggéra Sépia. Toutes les loutres ont promené comme ça de petits animaux.

– Alors, Fingal va probablement l'emporter jusqu'à un tunnel et chercher la sortie la plus proche, dit Finaiguille. Ce serait plus simple que de remonter une cascade avec un hérisson sur le dos.

– Oui, dit Sépia.

Mais elle se sentait encore mal à l'aise.

– Je sais, dit Finaiguille en écho à ses pensées. Moi non plus, cela ne me plaît pas. Mais je suppose qu'il n'y a pas lieu de s'inquiéter.

Elle se mit en boule. Il commençait à faire froid.

– Où donc les tunnels vont-ils les emmener ? Tu crois qu'ils pourraient remonter jusqu'ici ?

– Je n'en ai pas la moindre idée, lui répondit Sépia. Je ne pratique pas beaucoup les tunnels. Mais j'imagine qu'ils doivent communiquer avec les grottes.

– Je croyais que tu les connaissais, ces grottes, dit Finaiguille en essayant de ne pas avoir l'air de bougonner.

– Pas sous l'eau, précisa Sépia d'un ton de reproche. Mais ils ne peuvent pas être bien loin de la terre ferme et, quand ils trouveront un tunnel, ils rencontreront quelqu'un. Il y a toujours des taupes dans le coin. On va les appeler encore une fois.

Elles se penchèrent aussi près que possible du trou et crièrent les noms de Fingal et d'Espoir dans l'obscurité.

– Ouille ! protesta Finaiguille. Tu m'as crié en plein dans l'oreille.

– Désolée, s'excusa Sépia. Je vais essayer de ne pas recommencer.

L'écho de leurs cris restait en suspens, clair et fort, dans la grotte. Il n'y eut pas de réponse.

– Il ne va sûrement rien leur arriver, dit Finaiguille. Mais je crois que je devrais aller jusqu'à la Tour. Il faut que je les mette au courant de ce qu'il se passe.

– Je vais y aller, proposa Sépia. Je suis plus rapide.

– Non, je vais y aller parce que je suis plus lente, expliqua Finaiguille. Ils vont presque certainement réapparaître ici bientôt, et alors, tu pourras courir pour me rattraper et me prévenir. Attention, je connais tous les raccourcis. Si je rencontre des gens dans le coin tant que je ne suis pas encore trop loin, je leur demanderai s'ils ont vu une loutre et un petit hérisson. Je suis sûre qu'ils essaieront de les repérer.

– Et si quelqu'un d'autre vient dans les grottes, je lui demanderai de chercher, compléta Sépia. Tout devrait bien se passer. Il y a toujours des animaux qui barbotent dans l'eau en explorant les grottes, et ils s'en sortent toujours entiers.

– Est-ce que ça ne t'ennuie pas de rester ici toute seule ? demanda Finaiguille.

– Oh non, lui répondit Sépia. Il m'est déjà arrivé d'y rester pendant des heures.

Elle ne précisa pas qu'elle ne s'y était jamais trouvée seule la nuit. Il était plus difficile de se sentir sûre de soi sans Finaiguille. Elle continua à chercher sans conviction la Pierre du

Couronnement, mais elle ne s'attendait pas à réussir, et la lumière de la lampe baissait. De temps à autre, elle appelait Fingal et Espoir, sans obtenir de réponse. Elle commença à regretter de ne pas avoir insisté pour partir à la place de Finaiguille. Elle se répétait qu'il ne fallait pas s'en faire, et s'inquiétait quand même. Dans l'obscurité montante, elle chanta pour passer le temps et garder le moral, et quand la lumière de la lampe se réduisit à un pâle tremblotement, puis à rien du tout, elle se fit un nid avec sa cape. Si seulement Espoir avait eu une cape ! Finalement, elle récita une prière pour eux tous et pour Oursin avant de s'installer pour dormir.

Elle essaya de toutes ses forces de trouver le sommeil. Si elle restait éveillée, elle allait imaginer les pires choses qui pourraient arriver à Espoir et Fingal, et puis Espoir était si petit... Mais après s'être longtemps retournée dans son nid, elle renonça à dormir. Dans des moments pareils, sa mère lui conseillait de « penser à quelque chose de merveilleux » parce que, même si ça ne la faisait pas dormir, cela lui donnerait une raison valable de rester éveillée. Quelle était la chose la plus merveilleuse qui puisse lui arriver ? Elle imagina le roi Crispin se faisant couronner dans la Salle des Assemblées, avec tous les animaux autour de lui, et Frère Sapin dans une tunique neuve toute propre allant jusqu'au trône en boitant pour lui offrir la Pierre du Couronnement et placer la couronne sur sa tête. Oursin serait là, très soigné de sa personne et portant une épée, dans une cape rouge sombre pour qu'elle soit assortie au bout de ses oreilles et de sa queue, et Fingal et Espoir les accompagneraient. Espoir serait assis devant pour mieux voir. Ses parents à elle seraient là aussi et ils l'entendraient chanter et jouer avec les musiciens, après quoi il y aurait une fête. Elle pourrait y chanter encore, ou même danser avec le roi. Un banquet… De nouvelles tapisseries… peut-être même, seulement peut-être, une nuit d'étoiles filantes… Elle glissa dans un rêve. Des étoiles au-dessus d'elle, des étoiles autour d'elle, des étoiles à ses pattes, des étoiles pour danser dessus, elle dansait avec des étoiles dans la brume…

Quelque chose l'avait réveillée. Quelque chose bougeait. Elle ouvrit les yeux et s'assit en frissonnant, drapée dans sa cape. Elle constata qu'elle avait trop peur pour émettre autre chose qu'un petit glapissement. Avant qu'elle ait pu réussir à bredouiller le moindre mot, tout était redevenu silencieux. Elle était assise, bien réveillée, se répétant de ne pas être si bête. N'avait-elle pas espéré que Fingal et Espoir seraient revenus, secouant leur fourrure trempée et racontant longuement leurs aventures ? Elle murmura leurs noms d'une voix qui lui parut étrangement grêle. Il n'y eut pas de réponse. Elle se recoucha en une petite boule serrée, malheureuse, toujours aux aguets.

Elle fut réveillée par le soleil qui filtrait par un trou de la paroi rocheuse, bondit sur ses pieds et se secoua. Étaient-ils revenus ? Mais elle perçut comme un reproche dans le silence de la grotte. Fingal et Espoir n'étaient pas revenus. Ils avaient peut-être trouvé une autre sortie. Ils étaient sans doute déjà en train de jouer sur la plage. Ils avaient peut-être émergé dans la grotte, puis étaient rentrés chez eux sans voir qu'elle était endormie dans un coin.

« Cherche des traces de pattes. » Elle suivit les marques des pas qui avaient, la veille, éraflé le sol et, en découvrant qu'il y en avait de nouvelles, elle sentit son cœur bondir de joie – une joie de courte durée. Elle voyait bien qu'il y avait des traces de hérisson, mais trop grandes pour que ce soit celles d'Espoir. Cela expliquait ce qu'elle avait entendu la nuit dernière. Des hérissons avaient dû venir chercher un abri dans sa grotte.

«Je n'aurais jamais dû rester ici. J'aurais dû courir tout droit jusqu'à la Tour. Ils se sont peut-être noyés, ou perdus sous terre, ils doivent avoir froid et faim, ils sont peut-être tombés dans un piège, ils sont peut-être blessés, ils ont peut-être été séparés, si quelque chose est arrivé à Fingal, ce pauvre petit Espoir va se retrouver tout seul dans un endroit effrayant, il est peut-être en train de pleurer...»

En colère contre elle-même, elle rejeta sa cape et partit à toutes jambes à travers les grottes en se rapprochant du bruit de la cascade, prit son élan et se lança pour aller s'accrocher à un frêne qui poussait sur le rocher. Elle était sur le point d'escalader la paroi extérieure quand elle aperçut Sluggen et Crammen, de la Brigade des Hérissons, sur le rivage en contrebas.

– Pouvez-vous vous rapprocher un peu, s'il vous plaît? leur cria-t-elle.

Et elle attendit impatiemment pendant qu'ils cherchaient à la localiser.

– Voulez-vous m'aider à retrouver un hérisson et une loutre? Je vous expliquerai plus tard. Merci.

Sluggen cria quelque chose à propos des grottes qui ne seraient pas un endroit sûr pour des jeunes, mais Sépia s'était déjà éloignée à grands bonds.

*

Les pattes lasses, Finaiguille regardait l'aube gagner peu à peu tout le ciel. Cela aurait dû lui paraître un spectacle magnifique, cette touche de rose se posant au sommet des vagues, cette lumière grise se répandant sur les bateaux qui attendaient patiemment près des brumes, avec leurs fanaux pâles qui restaient allumés malgré l'aurore. Mais Finaiguille était trop bouleversée pour pouvoir penser à autre chose qu'à Espoir et Fingal. Elle s'attendait à ce que Sépia la rattrape pour lui dire que tout allait bien, mais cela ne s'était pas produit et, dans sa course précipitée de cette nuit à travers bois, elle avait imaginé le pire. Une noyade, une blessure pendant qu'ils étaient sous terre... « Oh, s'il te plaît, s'il te plaît, Cœur, protège-les, s'il te plaît, et je suis désolée pour toutes les fois où je me suis énervée contre Fingal. Oh, s'il te plaît, garde-les sains et saufs, s'il te plaît, veille sur eux... »

Est-ce que Crispin serait déjà réveillé ? Alors qu'elle escaladait péniblement un rocher voisin du ruisselet qui coulait du château vers le rivage, elle se rappela trop tard que Pastor vivait tout près, à la Porte de la Source. Il était en train de glisser dans l'eau. Il l'aperçut et se débattit pour en sortir.

– Finaiguille ! Comment se passe cette chasse au trésor ?

Et quand elle fit le dos rond en se détournant de lui, il lui demanda, soucieux :

– Que se passe-t-il, Finaiguille ?

Elle essaya de trouver les mots qui convenaient, mais il n'en existait aucun. Elle réussit enfin à émettre un chuchotement rauque :

– S'il vous plaît, capitaine Pastor, mon capitaine, vous allez être très en colère.

– Ça m'étonnerait, dit-il.

Et il se pencha en avant pour la regarder en face.

– En colère contre toi ?

Elle hocha la tête d'un air misérable.

– Mais tu vas quand même me dire ce qu'il se passe ?

Elle hocha la tête à nouveau.

– Alors, tu es une hérissonne courageuse. Et je vais essayer de ne pas me mettre en colère. Qu'est-ce que tu as fait ?

Regardant ses pattes, elle lui raconta tout, d'une voix chevrotante, s'arrêtant de temps à autre pour se sécher les yeux quand elle pensait à Fingal et Espoir seuls dans le noir. Quand elle eut fini, elle se sentit prise dans une chaleureuse étreinte de loutre, bien réconfortante.

– Ouille ! lâcha Pastor. J'avais oublié combien tu étais piquante. Finaiguille, il ne faut pas te faire de reproches. Sépia et toi, vous avez agi exactement comme il le fallait.

– Ce n'était pas de la faute de Fingal, mon capitaine, précisa-t-elle. On était tous là-bas, et Espoir se contentait juste de sauter, et Fingal essayait de le rattraper à temps. Il est parti le chercher tout de suite.

– Fingal se sort très bien de la plupart des situations, lui dit Pastor. Pour ce qui est d'Espoir, je crois que le Cœur en prend spécialement soin. J'enverrai une expédition de secours, et je vais t'emmener auprès de Crispin. Il ne sera pas en colère non plus, mais il faut qu'il soit au courant. Oh, ajouta-t-il en fronçant les sourcils, c'est Docken qui est de garde à la porte de la Salle du Trône.

– Le père d'Espoir ! s'exclama Finaiguille d'un air consterné.

– Ça pourrait bien être délicat, admit Pastor. Laisse-moi faire.

Il fit signe à une loutre qui passait par là.

– Rassemble une petite bande de loutres et de taupes pour une expédition de recherche et retrouve-moi devant la Salle du Trône le plus vite possible.

Finaiguille trotta derrière lui en montant des escaliers et en suivant des couloirs. D'habitude, cela lui faisait plaisir de voir les tapisseries qu'elle avait contribué à tisser mais, ce matin, rien ne pouvait plus la réjouir et, après sa longue marche, elle avait du mal à suivre Pastor. Mais quand ils tournèrent le coin du couloir conduisant à la Salle du Trône, elle s'arrêta en faisant entendre quelque chose qui tenait du hoquet de surprise et du glapissement.

Espoir se haussait sur ses pattes de derrière, les pattes de devant posées sur les genoux de son père, relevant vers lui son petit minois de myope et, le nez frémissant, lui racontait ses aventures en bafouillant. Penché vers lui, Docken disait de temps à autre « vraiment ? » ou « c'était courageux de ta part », pendant que le petit débitait son histoire à toute allure. C'en était trop pour Finaiguille. Elle passa en trombe devant Pastor pour aller serrer Espoir dans ses bras, si fort que les pattes de derrière du jeune hérisson quittèrent le sol.

– Espoir, tu vas bien ! s'exclama-t-elle. Où est passé Fingal ?

– Oui, merci, il est avec le roi, merci, s'il te plaît, tu veux bien me reposer par terre, maintenant ? s'étranglait Espoir. Merci. Tu as retrouvé la Pierre du Couronnement ?

Pastor se précipitait déjà vers la porte de la Salle du Trône. Ce fut Fingal qui la lui ouvrit avec un grand sourire, sans cesser d'essuyer le beurre qui maculait ses moustaches.

– Oh, c'est toi, lui dit Fingal d'un ton léger en reculant pour le laisser entrer. Salut, Finaiguille, qu'est-ce que tu fais là ? Tu ferais aussi bien d'entrer. Et toi aussi, mon petit Espoir, enfin, je veux dire…

Il regarda par-dessus son épaule.

– Si vous êtes d'accord, Majesté ?

– Je te fais vraiment toutes mes excuses pour lui, Crispin, soupira Pastor.

La Salle du Trône était agréablement parfumée par l'odeur de pain frais, et Crispin beurra lui-même une tartine pour Finaiguille. Elle s'inclina en le remerciant et remarqua qu'il avait l'air heureux pour la première fois depuis qu'Oursin était parti.

Pastor prit Fingal par les épaules, entre ses deux pattes, le regarda de haut en bas et finit par constater :

– Tu m'as l'air d'être en un seul morceau, et c'est aussi le cas du gamin. Pendant qu'on est là, et si Sa Majesté n'y voit pas d'inconvénient, je t'apprendrai la bonne façon d'aller ouvrir la porte de la Salle du Trône. Crispin, qui va me raconter l'histoire ? Toi ou Fingal ?

– Continue, Fingal, dit Crispin.

– Ça s'est passé comme ça, expliqua Fingal qui sembla sur le point de s'asseoir, mais se redressa quand Pastor haussa les sourcils. On était partis à la recherche de la Pierre du Couronnement – on ne l'a pas trouvée, au fait…

– Je connais le déroulement de l'aventure jusqu'à votre disparition dans la chute d'eau, l'arrêta Pastor.

– Ah, répondit Fingal. Eh bien, quand Espoir a dégringolé dans la cascade, il s'est mis en boule, puisque c'est un hérisson, et l'eau l'a entraîné le temps que je le rattrape, il rebondissait à la surface du lac souterrain comme une coquille de noix. Je suis allé le chercher à la nage et je l'ai ramené, mais il n'y avait pas moyen pour lui d'escalader le rebord. Il a essayé. Trop dur. J'ai voulu le hisser sur mon dos, mais il est tombé. Je lui ai dit de s'accrocher bien fort mais, ou bien il tombait, ou bien il me faisait perdre l'équilibre. Et pas question pour lui de lâcher son sac de galets, alors, j'ai cherché un autre moyen. Lui à cheval sur mon dos ou sur ma poitrine en fonction du sens dans lequel j'ai traversé le lac à la nage.

– Il n'est pas tombé dedans ? s'enquit Pastor.

– Oh si, répondit Fingal. Je me contentais de le récupérer en lui disant de s'accrocher un peu plus fort.

Pastor fit tourner Fingal sur lui-même. Finaiguille tressaillit en remarquant deux rangées d'écorchures sur ses épaules.

– Continue, dit Pastor d'un ton calme.

– J'ai dû nager longtemps, enchaîna Fingal. Et ça nous a menés à un endroit étroit, resserré entre les rochers, à une grotte, puis à un autre étranglement, et alors, on était morts de fatigue et on a fait un somme. Quand on s'est réveillés, on a continué parce qu'on savait qu'on allait trouver des tunnels tôt ou tard, et on en a trouvé – enfin, Espoir les a trouvés. Ce petit hérisson allait et venait dans ce tunnel comme un écureuil grimpant dans un noisetier. Je n'arrivais pas à suivre.

– Excusez-moi ? intervint Espoir.

– Oui, Espoir ? lui dit Crispin.

– J'ai ralenti, précisa le petit. Et je me suis occupé de lui dans les tunnels, capitaine Pastor, mon capitaine.

– Merci beaucoup, Espoir, lui répondit Pastor. Il a besoin qu'on s'occupe de lui. Continue, Fingal.

– C'était un long tunnel qui allait tout droit, reprit Fingal. Mortel d'ennui. Il montait pendant un bon moment, puis il s'élargissait et alors, on a entendu des voix.

– Les voix de qui ? demanda Pastor. Qui disaient quoi ?

– Quelque chose du genre « balance cette eau et récure-moi ces poêles », répondit Fingal. On était sous l'arrière-cuisine de la Tour. On a trouvé plus loin un escalier en colimaçon, alors on est montés – on a cru qu'il allait nous mener presque jusqu'à la lune, il faisait sûrement des kilomètres. On sentait des odeurs de petit déjeuner, aussi, et on avait rudement faim, pas vrai, Espoir ? On s'est dit que l'escalier devait conduire aux grandes cuisines, alors on l'a pris, mais il nous a menés à la porte d'une petite salle étroite avec une échelle et une trappe. Pas bien grande, mais on s'est faufilés à l'intérieur. Il n'y avait pas vraiment assez de place pour une loutre, mais je n'avais pas eu de petit déjeuner, en fait, c'était une chance. Après, quand on l'a traversée, on s'est trouvés dans un interstice pas beaucoup plus large qu'une fente entre le plafond de la petite salle et le plancher de celle du dessus. Celle-ci, en fait.

– Celle-ci !

Pastor eut vers Crispin un coup d'œil horrifié.

– La Salle du Trône !

– Oui, mais je ne le savais pas à ce moment-là, précisa Fingal. Il y avait de la poussière et, en éternuant, j'ai cogné ma tête contre le plancher, j'ai dit « ouille » et alors, j'ai entendu le roi demander qui était là…

– … et j'ai soulevé les planches du parquet avec mon épée

pour les faire sortir, conclut Crispin avec un sourire. Ils ont eu droit à une bonne toilette et à un petit déjeuner.

– Excellent, le petit déjeuner, merci, dit Fingal.

– Mais, Crispin, intervint Pastor, n'importe qui pourrait s'être glissé sous la Salle du Trône !

– Heureusement, ce n'était que nous, remarqua Fingal.

– Et heureusement qu'ils l'ont fait, ajouta Crispin. Je vais dire à Gorsen de condamner ce passage.

– Il serait peut-être utile de le laisser ouvert, Majesté, lui objecta Finaiguille, au cas où vous auriez besoin d'une sortie de secours.

– Dans ce cas, il vaudrait mieux que Sa Majesté saute par la fenêtre et descende le long des murs comme d'habitude, dit Pastor. Votre Majesté, je crois que Fingal aimerait bien aller nager.

– Oui, s'il vous plaît, acquiesça son jeune frère.

– Bravo, Fingal, le félicita Crispin. Tu as veillé sur Espoir d'une façon méritoire.

– C'était bien ? interrogea Fingal.

– Très bien, confirma Crispin. Tu peux y aller.

– Et si l'eau salée ne soulage pas ces éraflures, lui conseilla Pastor, va demander à Arane de mettre quelque chose dessus.

– Quelles éraflures ? demanda Fingal avec un grand sourire.

Il s'inclina et quitta la Salle du Trône.

– Il a l'air de s'en être pas mal sorti, dit Pastor. Finaiguille, trouve quelqu'un pour porter un message à Sépia. Son frère doit se trouver dans les parages.

– Et descends aux cuisines pour qu'on te donne quelque chose à manger, ajouta Crispin.

– Que t'arrive-t-il ? demanda Pastor à Crispin quand Finaiguille fut sortie en courant. Tu as l'air beaucoup mieux. C'est à cause d'Espoir et Fingal ?

– Les taupes, lui répondit Crispin. Elles devraient arriver ce soir à Grisemine.

Sépia et Finaiguille se retrouvèrent, se racontèrent mutuellement leur version de l'histoire, sautèrent par-dessus quelques ruisseaux et revinrent en trottinant du côté nord de la Tour, puis elles eurent envie de s'arrêter pour prendre un en-cas. Sépia grignotait des mûres et Finaiguille venait juste d'avaler un ver de terre quand une femelle écureuil passa à côté d'elles à toute vitesse.

– Bonjour, La Semeuse ! lui cria Sépia.

La Semeuse jeta un coup d'œil par-dessus son épaule, hésita comme si elle allait dire quelque chose, mais ne ralentit pas. Finaiguille haussa les épaules.

– Laisse-la, dit-elle. Elle meurt d'envie qu'on lui demande où elle va.

La Semeuse continuait à courir. Ces deux-là cherchaient la Pierre du Couronnement. Eh bien, qu'elles la cherchent. Elle en savait plus qu'elles là-dessus, mais il ne leur serait pas même venu à l'idée de lui poser la question.

Elles oubliaient qu'elle avait été un animal d'une certaine importance dans la Tour, il n'y avait pas si longtemps, quand elle était la femme de chambre de Lady Belle. Quoi qu'ait pu faire Bogue, quoi qu'on ait pu dire, rien de tout cela ne concernait Lady Belle. Il suffisait de regarder la ravissante Lady pour comprendre que rien de tout cela n'était de sa faute. Elle était si charmante, si belle, elle n'aurait pu faire aucun mal. Tout cela, ce n'était que des mensonges.

Avec un peu de chance, Finaiguille et Sépia allaient se trouver enlisées dans un marécage en cherchant la Pierre du Couronnement. Bien fait pour elles.

CHAPITRE 12

Pendant trois jours, le roi Bois d'Argent n'envoya pas chercher Oursin. Quand elle lui apportait sa nourriture, Filoche disait que le roi était en train d'arrêter sa stratégie, et Bronze laissait tomber d'un air suffisant que le souverain et Fumerolle en étaient encore à discuter pour savoir ce qu'ils allaient faire de lui. En dehors de cela, ils ne lui parlaient guère et personne ne venait dans sa cellule, ce qui arrangeait bien Oursin. Il avait besoin qu'on le laisse tranquille pour pouvoir s'occuper de Juniper, et Juniper était dans un état désespéré.

Oursin l'avait dissimulé dans un nid de profonds coussins dans un coin où il reposait, tout recroquevillé et frissonnant, bien qu'il ait les pattes chaudes. Quand les gardes lui apportaient ses repas, Oursin restait assis sur l'appui de la fenêtre, contre lequel il ne cessait de donner des coups de patte pour couvrir les moindres froissements venant du nid et, dès qu'ils avaient fermé la porte, il versait de force de l'eau entre les dents serrées de Juniper. Le jeune écureuil était bien trop malade pour manger quoi que ce soit, mais Oursin savait qu'il avait besoin de boire.

À voix basse, il lui parlait, lui racontait des histoires d'Outrebrume, chantonnait les chansons de chez eux, tout en se demandant ce qu'il serait devenu s'il n'avait pas dû s'occuper de Juniper. Il serait devenu fou, probablement, à rester muré dans une cellule pendant les longs jours d'été. Regardant avec nostalgie à travers les barreaux de sa fenêtre, il voyait des animaux pousser bruyamment des brouettes, échanger des propos brefs au sujet de leur travail – il savait qu'ils n'étaient ni libres, ni heureux mais, au moins, ils étaient dehors.

Au temps où Bogue tenait le roi Cœurdepique sous son contrôle, les animaux d'Outrebrume avaient été accablés par de longues heures d'un travail épuisant, mais cela n'avait jamais été aussi grave qu'à Grisemine. Les animaux d'Outrebrume n'avaient jamais été si misérables ni si déprimés. Ils auraient pu l'être, pour peu que Bogue ait fini par triompher, et cette idée lui donnait la chair de poule rien que d'y penser. Il donna un coup de pied rageur dans l'appui de la fenêtre et se promit qu'il rentrerait chez lui.

Il le promit aussi à Juniper, en le lui chuchotant au creux de l'oreille. Le Cœur les ramènerait chez eux, et cela valait la peine de rester en vie pour retrouver leur pays. Il lui parla d'Outrebrume, des bois en automne et de la façon dont ils farfouillaient dans les feuilles mortes pour y ramasser de pleins paniers de noisettes. Il lui parla des réunions autour du feu avec la soupe brûlante et le pain aux noix tout chaud, et des matins d'hiver étincelants quand la neige les fouettait, quand des glaçons pendaient comme un collier autour de la tourelle de Sapin et qu'il y avait des batailles de boules de neige dans chaque clairière, des glissades au flanc de chaque colline. Il lui parla du printemps, avec les premiers souffles d'air tiède ébouriffant leur fourrure et les primevères dans le bois, sans oublier ces étés où tout était paré de couleurs éclatantes et où les bois étaient pleins de douces baies sucrées qui ressemblaient à des joyaux et avaient un goût de grand soleil.

Il sentit combien les pattes et le nez de Juniper étaient secs et regretta l'absence de quelqu'un comme la mère Câline ou Sapin, qui auraient su comment s'occuper de lui.

– Toute cette histoire de brumes qui ne laissent personne revenir, dit-il, pensant tout haut, ça ne doit pas être aussi simple. Frère Sapin dit que les brumes sont là pour protéger Outrebrume alors, si c'est pour le bien de l'île, il doit sûrement y avoir un moyen de revenir. Le Cœur doit avoir prévu cela. Je pourrais me servir à nouveau de cygnes pour nous ramener chez nous. C'est ce à quoi ils pensaient, quand ils faisaient semblant de s'intéresser à mes précédentes aventures. Mais c'est un long voyage, peut-être trop long pour des cygnes.

Dans le silence qui suivit, la respiration de Juniper lui sembla lente et sifflante. Chaque inspiration était plus difficile et, après chaque souffle, il y avait une longue pause terrifiante, comme si le suivant ne devait jamais venir. Oursin se surprit à retenir sa respiration, lui aussi.

Le sifflement devint plus long et plus fort, et Oursin ramena les coussins autour de Juniper, tout en jetant vers la porte des regards nerveux. Quand Bronze ouvrit la porte pour apporter de la nourriture, Oursin bondit vers la cheminée et se mit à en gratter bruyamment les parois. Cela fit sourire Bronze.

– Ça ne sert à rien de t'aiguiser les griffes, dit-il en posant brutalement le plateau. Tu es fichu. Le vent a tourné.

Il verrouilla la porte derrière lui, et Oursin n'eut plus rien d'autre à faire que d'observer Juniper, humecter d'eau sa bouche, et prier.

– Allons, Juniper, chuchotait-il. S'il te plaît. Continue seulement à respirer. Oh, Cœur, aide-le, s'il te plaît.

Les ombres s'allongèrent. La lumière faiblit. Le jour fraîchit. « Inspire encore une fois. Et encore. »

Un bruit de tonnerre venu de l'extérieur fit trembler sa cellule. Oursin se jeta en travers du corps de Juniper. Un nouveau vacarme se fit entendre, un cliquètement d'acier, un bruit de bois qu'on fend et la voix du roi qui hurlait de rage :

– Tue qui tu voudras ! criait-il d'une voix aiguë. Tue tout le monde ! Maudit soit ce Crispin d'Outrebrume et ses laquais ! Qu'on amène ici cet infect écureuil, ce Phénomène, et qu'on le découpe en petits morceaux !

Des pattes montaient l'escalier à toute vitesse et couraient dans les couloirs. Oursin s'empara du panier de bûches, les oreilles dressées, les griffes sorties. S'il pouvait entasser contre la porte la table et le panier de bûches, cela pourrait au moins les retenir un moment… Mais, alors qu'il barricadait la porte, il entendit d'autres animaux courir, par dizaines, dans toutes les directions. Il y en avait qui accouraient vers sa cellule. De plus en plus fort, de plus en plus vite, de plus en plus près. Il entendit le cliquètement des verrous et des serrures de la porte, puis rien d'autre.

Rien du tout. Il n'y avait plus de respiration sifflante.

La porte de la cellule s'ouvrit dans un grand craquement, avec une violence qui envoya les meubles rouler par terre. Dans l'embrasure se tenait la commandante, casquée.

– Quoi que tu aies prévu de faire, aboya-t-elle, n'y pense plus.

Elle s'avança à l'intérieur et claqua la porte derrière elle.

Quand Pastor revint à la Tour après avoir patrouillé sur le rivage, l'air de la nuit fraîchissait et les vagues chuintaient doucement en s'écrasant sur la plage. Là-bas, près des brumes, des lanternes luisaient aux poupes et aux mâts. Pour attendre Oursin. Les lumières d'Oursin. Une autre lumière se déplaça dans un couloir, en haut de la Tour, et il en fit part à Crispin quand il le retrouva dans la Salle du Trône.

– Ce doit être encore Tay, lui dit Crispin. Elle est en train d'instruire les prisonniers griseminots, de leur apprendre notre droit et notre histoire. Il faut qu'ils sachent que nous sommes des animaux raisonnables, avec de bonnes lois. Mais Lord Crockenpique ne la laisse pas approcher. On a dû enlever de sa chambre tout ce qui pouvait se briser.

– Autant dire à peu près tout, commenta Pastor. Belle aimait les objets délicats. Et Étournelle ?

– Elle adore ça, lui répondit Crispin. Je suis sûr que le droit l'ennuie, mais elle s'imprègne de notre histoire.

Il prit sur la table un plat de mûres.

– Cette fois, je l'accompagne.

– Je suis soulagé de l'apprendre, dit Pastor.

Il se dirigea avec Crispin vers le couloir bien gardé où Tay attendait en se caressant les favoris. Gorsen se mit au garde-à-vous. Il s'était apprêté à tel point que sa fourrure luisait et dégageait un parfum épicé.

– Sa Majesté le roi Crispin et Maîtresse Tay pour les prisonniers ! aboya-t-il très fort.

De la chambre de Lord Crockenpique leur parvint un juron et un craquement quand un objet vint frapper la porte.

– Amusez-vous bien, ironisa Pastor en s'inclinant avant de les quitter.

Quand Gorsen déverrouilla la cellule d'Étournelle, elle bondit sur ses pieds, les yeux écarquillés, et fit une profonde révérence.

– Majesté ! dit-elle en s'étranglant.

– Maîtresse Tay a eu la bonté de m'autoriser à l'assister ce soir, dit Crispin. Voulez-vous des mûres ?

Crispin se percha sur le lit. Tay se lança dans une longue explication des moments où les prisonniers étaient autorisés à quitter leur cellule, et combien il fallait de gardes pour chacun et des circonstances où l'on pouvait leur apporter dans leur cellule des douceurs comme les mûres. Les yeux d'Étournelle dérivaient vers le visage de Crispin.

Quand Tay fut sur le point d'aborder un autre sujet, Crispin dit :

– Merci, Tay. Maintenant, Étournelle, quelle sorte d'histoire aimeriez-vous qu'on vous raconte ? Celle d'un écureuil, d'une taupe, d'un hérisson ou d'une loutre ?

La veille au soir, Tay avait raconté à Étournelle une histoire terrifiante à propos d'une taupe monstrueuse qui s'appelait Légorgeur. Après quoi Étournelle n'avait pas pu dormir. En revanche, elle aimait bien les loutres. Il n'y en avait aucune à Grisemine.

– Une loutre, s'il vous plaît, dit-elle.

– Il était une fois une loutre mâle qui s'appelait Ardour, commença Crispin. Il avait trois filles et sa femme était morte. Beaucoup de loutres mâles venant d'autres îles nageaient jusqu'à Outrebrume en passant sous les brouillards, et les deux filles aînées d'Ardour avaient épousé deux de ces intrépides avant de quitter l'île avec eux. Ce pauvre Ardour n'avait plus avec lui que sa dernière fille. Elle s'appelait Arbroueste. Il s'agitait et s'inquiétait en voyant ces beaux mâles arriver dans l'île à la nage et les jeunes femelles flirter avec eux et en tomber amoureuses. Il désespérait de garder Arbroueste en Outrebrume.

« Il essaya de la convaincre d'épouser un natif d'Outrebrume, mais aucun d'entre eux ne lui plaisait. Alors, il lui interdit tout contact avec les loutres en visite sur l'île, mais elle ne pouvait éviter de les rencontrer quand elle allait nager et, comme elle disait, c'était pure politesse que de leur parler. Après quoi Ardour décréta qu'Arbroueste ne devrait plus aller nulle part sans lui. Père et fille se disputaient si fort que les écureuils les entendaient du haut des Falaises des Chutes, et ils s'en plaignirent même au roi.

« Arbroueste avait toujours fait ce qu'on lui demandait, mais elle avait l'impression que son père n'était pas raisonnable. S'il l'obligeait à rester à la maison, elle trouverait un moyen de sortir dès qu'il aurait le dos tourné et courrait retrouver ses amis sur la plage. Quand ils allaient nager, elle était assez rapide pour le distancer et allait se cacher derrière le premier bateau jusqu'à ce qu'il l'ait dépassée en nageant à sa recherche. S'ils sortaient en bateau, elle se laissait glisser par-dessus bord et renversait l'esquif avec son père à l'intérieur avant de s'éloigner. Il fabriqua même une cage pour l'y enfermer la nuit afin qu'elle ne puisse se sauver pendant qu'il dormait, mais elle en rongea les barreaux et prit la fuite.

« Il finit par aller voir Sœur Tillin, la prêtresse, et la supplia de l'aider. Et Sœur Tillin lui dit : "Elle doit disposer de sa liberté, car sa vie lui appartient à elle, pas à toi. Si elle nous quitte, que ce soit par amour. Si elle reste avec nous, que ce soit par amour. Si tu la forces à rester, tu lui ôtes sa liberté et le choix de son amour, alors l'amour va mourir en elle et, sous tes yeux, elle deviendra malheureuse. Laisse-la être libre."

« Ce n'était pas le conseil qu'Ardour était venu chercher mais, dans le fond de son cœur, il sut qu'elle avait raison. Alors, il rendit sa liberté à Arbroueste, tout en souffrant cruellement à l'idée qu'elle pourrait le quitter.

– Et l'a-t-elle quitté ? demanda anxieusement Étournelle.

– Non, bien sûr, lui répondit Crispin. Elle était libre de s'en aller. Et comme elle était libre, elle a vécu ici, heureuse, tout le reste de sa vie.

– Mais..., commença Étournelle, et elle s'interrompit.

– Il y a quelque chose que tu voudrais qu'on t'explique, Étournelle ? demanda Tay.

– Non, Madame, ça va, s'empressa-t-elle de répondre.

– Bonne nuit, alors, lui dit Crispin. Tay, nous faisons coucher Étournelle bien tard.

Cette histoire, Étournelle ne l'avait pas tout à fait comprise. Pourquoi donc Arbroueste voulait-elle quitter Outrebrume ? Comment pouvait-on en avoir envie ? Mais quand Crispin se leva pour partir, elle se rappela l'autre question qu'elle voulait poser.

– Excusez-moi, dit-elle, son regard courant nerveusement

de l'un à l'autre sans qu'elle sût à qui s'adresser, que signifie « superflue » ?

– « Superflue », lui répondit Tay, veut dire « pas nécessaire », « pas indispensable ». Si une chose est superflue, il s'agit d'une chose dont vous pouvez vous passer.

– Ça ira, Étournelle ? demanda Crispin.

– Oui, Majesté, répondit-elle à voix basse.

Et quand la porte se referma, elle s'assit sur le lit, l'air misérable. C'était donc ce que pensait d'elle Lord Crockenpique. « Étournelle est superflue. » Elle se roula en boule, une petite boule de fourrure bien solitaire.

Oursin ne voyait aucune possibilité de lui échapper. La commandante écureuil enleva son casque, révélant une fourrure d'or rouge et un visage qui ne s'accordait pas du tout avec son casque ni avec sa voix dure, avant de dire doucement :

– Où est Juniper ?

Sans attendre la réponse, elle fit voler les couvertures du lit et, ne trouvant personne, repoussa les coussins et s'empara du petit écureuil. Oursin plongea en avant, mais s'immobilisa aussitôt. Juniper respirait à nouveau et cette femelle écureuil le regardait d'un air si soucieux qu'il sut qu'il pouvait lui faire confiance.

– Depuis combien de temps est-il dans cet état ? demanda-t-elle avec autorité en pressant son oreille contre la poitrine de Juniper. Je suis Cèdre.

Cèdre ! C'était elle dont Juniper lui avait parlé et le soulagement qui submergea Oursin était presque aussi bon que la liberté.

– Je sais que tu m'as vue dans la Chambre Haute, continua-t-elle en parlant vite et à voix basse. Je suis la commandante de la Garde Rapprochée, oui, et le roi croit que je suis sa loyale servante. Je t'expliquerai tout ça plus tard, mais il faut que tu me fasses confiance. Tout ce que tu dois savoir, c'est que si quiconque entend un mot sur Flamme, Mélèze, ou sur ceux qui ont à faire avec eux, nous sommes tous morts, tu comprends ?

– Je comprends, répondit Oursin en la regardant avec attention. Juniper est malade depuis qu'il est arrivé ici, mais il m'a dit qu'il fallait que je vous rencontre.

– J'aurais voulu venir plus tôt, chuchota-t-elle, mais je n'en ai jamais eu l'occasion, avec le roi qui est…

Elle s'arrêta soudain et s'assit, les oreilles frémissantes. Des pattes couraient encore partout, des dizaines dans toutes les directions. Quelque part dans le couloir, Granit vociférait des ordres. Cèdre lâcha Juniper, alla à la porte en sautant pardessus Oursin et se tint debout en s'y adossant.

– Phénomène infect, tu en es grouillant, tu es couvert de vermine ! glapit-elle. Même tes poux ont attrapé des poux !

– Quoi ? s'étonna Oursin.

– Ne réponds pas, espèce d'ignoble Phénomène ! grogna-t-elle d'un ton menaçant.

Oursin ne savait pas de quoi il retournait mais on l'insultait.

– Je n'ai pas de poux ! dit-il.

– J'ai plaisir à te l'entendre dire, lui répondit Cèdre à voix basse. Mais tant que les gardes croiront que tu en as, ils resteront à l'extérieur.

Elle ouvrit la porte à la volée, cria : « Qu'on m'apporte ma sacoche ! » et la referma en la faisant claquer bruyamment. Puis elle s'agenouilla à côté de Juniper et berça sa tête contre sa poitrine.

– Ils croient que j'ai réclamé ma sacoche pour y prendre de quoi tuer les poux, chuchota-t-elle. En fait, j'ai besoin d'un remède pour Juniper. Tout ce temps passé dans l'eau en pleine mer a dû le rendre sérieusement malade. Bravo pour avoir réussi à le maintenir en vie.

Il y avait longtemps que personne n'avait dit à Oursin que ce qu'il avait fait était bien, et ces paroles lui réchauffèrent le cœur.

– Je sais tout sur toi, Oursin, ajouta-t-elle avec un regard vers la porte. Il va falloir que je crie encore un peu, pour qu'ils ne se posent pas de questions.

Elle alla se placer de nouveau près de la porte, cria : « Reste tranquille dans ce coin, espèce de Phénomène, ne m'approche pas avec ta vermine ! », puis revint précipitamment s'agenouiller en silence auprès de Juniper. Tout en tenant le poignet du petit écureuil, c'était Oursin qu'elle regardait, scrutant ses traits comme si elle cherchait à y retrouver quelque chose.

– Je ne sais pas si tu es réellement celui qui doit sauver cette île, finit-elle par dire. Pas de doute, elle a besoin d'être sauvée. Mais il n'aurait pas fallu qu'on t'amène ici de force. Tu es en grand danger, et c'est à moi qu'il incombe de t'aider à rentrer chez toi.

– Chez moi ? répondit Oursin d'un ton joyeux. Quand ?

– Ne te fais pas d'illusions, lui dit Cèdre. Il y a eu un contretemps. Le roi est en rage et les deux phalanges de la garde de la Forteresse sont en alerte, il se passe donc quelque chose, mais je ne sais pas quoi. On voulait te faire sortir ce soir. Le roi prévoyait une fête pour célébrer ta capture, alors je me disais que les gardes des remparts seraient tous trop ivres pour remarquer quoi que ce soit. Mais tout a changé. Soudain, les tunnels fourmillent de soldats et ceux de la garde extérieure sont partout. Je suis désolée, Oursin, ton évasion ne sera pas pour ce soir.

Elle le regarda avec une tendresse et une compréhension qui rappelèrent à Oursin quelqu'un, mais il ne savait pas qui.

– Mais on te sortira de là.

Quelqu'un frappa et le jeune écureuil repoussa les coussins autour de Juniper. Cèdre marcha jusqu'à la porte d'un pas martial, prit une sacoche usée des mains de celui qui se trouvait là et échangea à voix basse quelques paroles précipitées avec les gardes. Il l'entendit demander « Où ? » et « Combien ? » avant de fermer violemment la porte. Elle tira de son sac une fiole de verre et la déboucha. Oursin sentit une odeur douce et épicée – il devait y avoir de la cannelle dedans, du gingembre et quelque chose de poivré. Cèdre en fit tomber quelques gouttes dans une coupe d'eau.

– Sois courageux, Oursin, lui dit-elle.

Sa voix comme son visage trahissaient une vive préoccupation.

– Je viens juste d'apprendre pourquoi nous sommes en alerte. Quelques taupes d'Outrebrume ont tenté de te libérer. Elles avaient emprunté les vieux tunnels et sont arrivées à Grisemine ce soir.

– C'est Crispin qui les a envoyées ! s'exclama le page.

Même s'il n'avait pas réussi, Crispin avait tenté de le secourir. Il essaierait encore.

– Si j'avais su que les taupes d'Outrebrume arrivaient, nous n'aurions même pas eu à t'escorter jusque chez toi, remarqua Cèdre d'un air farouche. Nous aurions pu nous contenter de te remettre entre les pattes des animaux de ton île. Seulement, je ne le savais pas.

– Ce n'était pas de votre faute.

– Mais le roi et Granit, eux, le savaient ! siffla-t-elle avec rage. Des taupes armées attendaient tes sauveteurs de pied ferme.

– Oh, lâcha Oursin, qui aurait presque préféré ne rien savoir.

Avoir été si près d'être secouru et être encore là, c'était trop dur.

– Les taupes d'Outrebrume... Elles sont reparties ?

Devant l'expression grave de Cèdre, il se prépara à entendre le pire.

– Les taupes d'Outrebrume étaient en petit nombre, mais braves, dit-elle. Les premières se sont jetées tout droit sur les épées de nos soldats. J'espère que les autres ont pu fuir et qu'elles sont sur le chemin du retour.

Elle posa une patte sur son épaule.

– Ne perds pas espoir. J'ai entendu parler du roi Crispin. Et de ton capitaine Pastor. Ils ne t'abandonneront pas.

– Mais comment le roi était-il au courant ? interrogea Oursin, farouche. Comment savait-il, pour les taupes d'Outrebrume ?

– J'aimerais bien le savoir, répondit-elle. Tiens bon, Oursin. Malheureusement, le roi est dans un de ses mauvais jours. Du fait de l'attaque des taupes d'Outrebrume, il réclame ta mort à cor et à cri, mais c'est juste une de ses crises. On peut le tempérer, seulement il va falloir que tu me fasses confiance, que tu me laisses te guider. Je crois l'avoir convaincu que tu es capable de trouver des gisements d'argent. Il faut qu'il le croie. Il est tellement avide d'argent qu'il te gardera en vie tant qu'il croira que tu peux en trouver. Et n'oublie pas : quand n'importe quel animal est à proximité, je suis la commandante Cèdre, et tu as très peur de moi. Je crois qu'ils vont venir te chercher ce soir, aussi vais-je mettre un peu de ce liquide sur ta fourrure. Désolée, mais ils pensent que je te soigne pour tes poux, alors il faut que tu sentes mauvais, comme si c'était le cas.

Elle retira le bouchon d'une bouteille qui exhala une odeur âcre ; celle-ci eut sur Oursin un étrange effet déstabilisant. Il eut soudain l'impression d'être redevenu un tout petit écureuil dans les bois, avant qu'il n'aille à la Tour, quand il avait l'habitude de grimper en haut de son arbre favori ou de jouer par terre dans la forêt avec Finaiguille et ses amis, et que Pomme n'était jamais bien loin. Cèdre en frictionnait vigoureusement sa fourrure.

– Tu ne vas pas aimer l'odeur, les poux ne l'aiment pas non plus.

Cela sentait si fort que des larmes perlèrent aux yeux de l'écureuil, et il était sur le point de lui demander la composition de cette mixture quand on frappa brutalement à la porte.

– Oursin le Phénomène chez le roi ! cria Bronze d'une voix qui laissait deviner un sourire cruel.

Cèdre rangea la bouteille.

– N'aie pas peur, lui chuchota-t-elle. J'y serai. Et si tu veux fausser rapidement compagnie au roi, gratte-toi. Il a très peur des poux.

– Et Juniper ? chuchota-t-il.

– Il sera en sécurité ici. Personne ne rentrera tant que ça sentira cette odeur.

Elle fourra son casque sous son bras et escorta Oursin jusqu'à la Chambre Haute.

Le page s'arma de courage. Personne ne devait voir la peur qui faisait battre son cœur et lui donnait l'impression d'avoir des jambes en coton. Il jeta un coup d'œil au premier miroir venu et fut atterré d'y apercevoir un écureuil aux yeux agrandis par une terreur panique. Cela n'allait pas du tout. Il avait traversé l'océan tout seul, volé sur un cygne et sauvé un hérisson attaqué par des taupes armées. Dans le miroir suivant, il croisa le regard d'un écureuil affrontant l'adversité avec courage. « Je suis un Compagnon du roi Crispin », se dit-il et, à l'approche de la Chambre Haute, il arborait un visage déterminé, les épaules bien droites et le menton haut.

Il se baissa juste à temps pour éviter une table qui fendait l'air près de sa tête. Ensuite, ce fut le tour d'une coupe d'argent et d'un bol qui se fracassa contre un montant de la porte.

– Le prisonnier Oursin d'Outrebrume, Haute Splendeur ! annonça Cèdre en se mettant au garde-à-vous.

De nuit, la Chambre Haute paraissait beaucoup plus sinistre que de jour. Des torches allumées le long des murs éclairaient d'une lumière livide les yeux furibonds d'un roi Bois d'Argent qui montrait les dents. Autour de lui, des gardes armés et casqués se tenaient immobiles et raides et un petit hérisson au sourire suffisant et désagréable était accroupi à côté du trône. Deux gardes de haute taille restaient dans l'ombre, en retrait – ils avaient l'air de tenir entre eux quelque chose, mais Oursin n'arrivait pas à voir ce que c'était. Granit se tenait derrière le trône et, à la lumière vacillante d'une torche, Oursin lisait sur son visage un contentement sinistre.

On entendit traîner des pieds dans un coin sombre. Elle se rapprochait d'eux, cette silhouette voûtée qui s'arrêta, s'accroupit, leva les pattes, agita ses griffes menaçantes devant Oursin en sifflant. Avant de le voir clairement, Oursin sut qui c'était. Il se mordit l'intérieur de la lèvre. Il allait enfin savoir à quoi ressemblait Fumerolle.

Il portait une robe grise à laquelle étaient suspendues des décorations qui se balançaient au bout de cordons. Sa queue, dont la fourrure avait été coupée très court, semblait anormalement mince et il était coiffé d'un bonnet gris triangulaire enfoncé sur ses oreilles et prolongé par un long cordon qui lui pendait dans le dos. Il grogna doucement et, quand il s'approcha, Oursin vit ce qui pendillait et oscillait au bout des cordons. Des tortillons de fourrure, des griffes, des dents, des morceaux d'os, des pattes d'oiseaux, des plumes… Oursin préféra relever les yeux pour regarder le sorcier en face. Il ne fallait pas qu'il se montre effrayé et l'idée lui traversa l'esprit que Fumerolle l'écureuil ne devait pas valoir grand-chose s'il avait besoin de tous ces gris-gris et de ces cordons pour impressionner les gens. Frère Sapin bénéficiait du respect de tout Outrebrume sans avoir besoin de se déguiser.

Fumerolle fixa Oursin avec férocité, le détailla des pieds à la tête, bondit en arrière en murmurant quelque chose entre ses dents et, malgré la peur, l'obscurité et le danger, ou même à cause de tout cela, le page eut envie de rire. Il se mordit la lèvre plus fort.

– Il est inestimable, siffla Fumerolle. J'attends l'hiver avec impatience. Pour le tuer.

Les yeux du roi étincelèrent de méchanceté. En faisant virevolter sa cape, il se tourna vers les deux gardes qui se tenaient dans l'ombre.

– Amenez-le ici ! ordonna-t-il.

Quand les deux gardes s'avancèrent, Oursin sentit le regard triomphant du roi posé sur lui. Le monarque guettait sa réaction. Quoi qu'il pût arriver, il fallait qu'il reste calme mais, quand une petite silhouette sombre entra dans le cercle de lumière, le cœur lui manqua, et ce fut tout juste s'il put cacher sa consternation. Ils avaient capturé le capitaine Traînelapatte !

Faisant tourbillonner sa cape, le roi marcha sur Oursin, le dominant de toute sa taille : Oursin dut renverser la tête en arrière pour le regarder en face.

– Tu connais cette taupe, n'est-ce pas, le Phénomène ? gronda-t-il, d'un air menaçant. Cette taupe qui a tenu bon et s'est battue alors qu'elle n'avait pas une chance, pour laisser ses troupes s'échapper. Tu peux trouver ça noble, mais c'est seulement stupide, stupide, stupide !

Comme le roi tournait le dos à Traînelapatte, il ne le vit pas faire un clin d'œil à Oursin, qui n'osa pas cligner de l'œil en retour.

– Tu te demandes pourquoi il est encore en vie, Phénomène ? cracha le roi. Il est vivant parce que nous voulons le renvoyer en Outrebrume. Il pourra dire au roi Crispin que tu restes ici. Granit, ne discutez pas! Crispin pourrait ne pas croire une de nos taupes, mais il croira celle-ci, même si elle n'a pas plus de cervelle qu'une limace.

Il se tourna brusquement vers Traînelapatte.

– Ce Phénomène va nous mettre sur la piste de filons d'argent, et s'il y a de l'argent en Outrebrume...

Il laissa sa phrase en suspens. Avec un hurlement de rire, il fondit sur Traînelapatte, le cueillit entre ses deux pattes et le souleva bien haut. Oursin se jeta en avant avec rage, mais Cèdre lui saisit le poignet et le força à reculer.

Souriant avec délectation, le roi tint la taupe au-dessus de sa tête, puis la lâcha. Quand Traînelapatte s'écrasa au sol, Oursin eut de nouveau un mouvement de colère, mais la patte de Cèdre se resserra.

– Tiens-toi bien, le Phénomène! aboya-t-elle.

Puis elle se pencha pour lui chuchoter :

– Il n'a rien.

Traînelapatte se relevait avec une surprenante dignité. Il ne semblait même pas s'être rendu compte de ce qu'il s'était passé.

– Je vois que vous avez ici ce bon vieux Granit, remarqua-t-il. Comment va cette mauvaise patte, Granit? Rappelle-moi juste ce qu'il lui est arrivé?

– Le Lord Marshall, répondit le roi d'un air hautain, a été blessé au combat. Il a été traîtreusement poignardé par votre capitaine Pastor.

Oursin voulut protester mais Traînelapatte le devança :

– C'est donc ça? dit-il. Et moi qui croyais qu'il avait été mordu par une jeune hérissonne! Eh bien, dites donc, je l'avais toujours pris pour une brute épaisse avec pas plus de cervelle qu'une bassine, mais regardez-le, maintenant ! Lord Marshall de la Morsure de Hérissonne !

Dans le silence qui suivit, Oursin eut l'impression que l'air fétide de Grisemine avait été régénéré par une voix d'Outrebrume. Le roi abaissa sur Traînelapatte un regard assassin, et la taupe leva les yeux pour lui rendre son regard, un regard clair, sans ciller. Quand le roi parla, ce fut dans un grognement féroce qui se forçait un passage entre ses dents serrées :

– Retourne chez ce petit écureuil, lui dit-il. Dis-lui que nous allons garder le Phénomène jusqu'à la première neige, puis tout le monde verra ce que la magie de Fumerolle peut tirer de lui. Oh, et puis je demande le retour de mon ambassadeur sain et sauf.

– Vous êtes sûr que vous avez envie de le revoir, Majesté d'Argent ? demanda poliment Traînelapatte.

– Fiche le camp ! hurla le roi. Emmenez-le ! Fourrez-le dans un tunnel en direction d'Outrebrume !

– Bravo, capitaine ! hurla Oursin à Traînelapatte que l'on faisait sortir en le bousculant. Transmettez mes salutations au roi Crispin et...

Cèdre le saisit à la gorge. Montrant les dents, elle le plaqua contre le mur avec une violence à lui couper le souffle.

– Fais comme si je t'avais amoché, lui chuchota-t-elle.

Et Oursin se laissa tomber par terre. Le roi marcha sur lui, les yeux étincelants de fureur.

– Debout, toi, ordonna-t-il. Cèdre, ne l'abîmez pas, j'ai besoin de lui. Phénomène, fais ce que tu as à faire ici. Trouve-nous des filons d'argent. Délivre-nous de la peur. Délivre-nous de la pauvreté. Puis, Phénomène, va te livrer à Fumerolle qui, après ta mort, fera de la magie avec ton corps. La plus puissante des magies ! La chute des neiges, je lui ai dit qu'il pourrait t'avoir à la chute des neiges. Plus tôt même, si tu me déçois. Nous voulons nous épargner la dépense de te maintenir en vie tout l'hiver : normal, non ?

Oursin ne savait pas s'il était censé répondre, et il ne bougeait plus, hésitant, sans défense, quand il se souvint du conseil de Cèdre. De sa patte droite, il se gratta l'oreille tout en se raclant le flanc avec sa patte gauche, et le roi fit un bond en arrière.

– Emmenez-le ! hurla Bois d'Argent. Sale bête couverte de vermine, dehors, dehors ! Allez ! Faites-le sortir !

Cèdre l'entraîna.

– Bien joué, lui chuchota-t-elle dès qu'ils furent en sécurité à l'extérieur de la pièce.

Elle le ramena en vitesse à sa cellule, s'enferma avec lui à l'intérieur et frictionna la fourrure de Juniper avec une huile à l'odeur âcre.

– Jusque-là, ça va, dit-elle.

– Ça va ? s'indigna Oursin, qui baissa le ton quand elle posa une griffe sur ses lèvres. Ils ont attrapé les taupes, ils ont eu Traînelapatte...

– Ils l'ont laissé partir, lui rappela Cèdre, et Juniper et toi êtes toujours vivants. Le roi essaie de tirer de toi le plus possible. Tant qu'il te croit capable de détecter l'argent, nous avons jusqu'à la chute des neiges, ce qui donne le temps au roi Crispin de faire une autre tentative pour te sauver, et à nous celui d'essayer de te faire sortir de l'île au cas où il ne réussirait pas.

– Mais Crispin ne peut plus envoyer de taupes, dit Oursin d'un air désespéré. Plus que jamais, à présent, ils vont monter la garde devant les tunnels. Pourquoi ne pouvez-vous pas tout simplement rameuter les animaux contre le roi dès maintenant ? Ils se soulèveraient sûrement contre lui s'ils savaient que Mélèze est en vie et dans l'île, non ?

– Ils ne sont pas prêts, répondit-elle. Ils ont trop peur du roi et de Fumerolle, et ils sont tellement habitués à un souverain bouillonnant de colère qu'il leur faudrait du temps pour s'accoutumer à l'idée d'avoir pour reine une femelle calme et sensée. Si nous essayions, et que ce soit un échec, il y aurait de telles pertes que nous n'aurions aucune chance de pouvoir mener une nouvelle tentative. Nous ne pouvons le faire qu'une seule fois.

– Même chose pour Crispin, Traînelapatte et les tunnels de taupes, observa Oursin.

– Si Crispin n'est que la moitié du roi que je le crois être, il trouvera un moyen, dit Cèdre.

Elle se rassit et essuya l'huile sur ses pattes.

– Outrebrume ! s'exclama-t-elle avec nostalgie. Quand nous aurons le temps de discuter, Oursin, tu voudras bien m'en parler ?

– Je vais vous en parler tout de suite, si vous voulez ! s'empressa-t-il de dire avec espoir. Et je vais vous suggérer quelque chose qui pourrait bien vous être utile. Quand il a fallu que Pastor mobilise les animaux contre Bogue, mon amie Finaiguille et moi n'avons pas cessé d'aller en tournée dans les bois, pour faire savoir aux animaux ce qu'il se passait vraiment dans la Tour. Les mélézistes devraient faire la même chose.

– Ils le pourraient, admit-elle. Il va falloir que je te laisse, maintenant. J'ai peur. Cela pourrait paraître suspect si je reste plus longtemps, mais je reviendrai dans un jour ou deux.

Elle baissa la voix.

– Je veux te présenter aux autres mélèzistes. Entre-temps, donne à boire souvent à Juniper, garde-le au chaud et continue à frictionner sa fourrure avec cette huile. Malheureusement, cela sent fort mais, comme le produit contre les poux sent encore plus fort, il en dissimulera l'odeur. Inutile de faire la grimace, il va falloir que tu t'y fasses. Attends, je vais en mettre dans toute la pièce.

Cèdre secoua le flacon et arrosa les coussins de cette huile à l'odeur âcre. Si désagréable que fût cette puanteur, elle provoqua chez Oursin un accès de mal du pays qui lui serra la gorge.

– Il y a là-dedans des herbes très puissantes, dit-elle. Cela vient à bout de n'importe quoi.

Elle enfonça le bouchon dans la bouteille et le regarda d'un air inquisiteur, comme elle l'avait fait plus tôt.

– Tu n'as vraiment aucune idée de l'endroit d'où tu viens ?

– Aucune. Ils n'ont jamais trouvé ma mère, seulement moi.

– Je ferais mieux d'y aller, fit-elle à regret, comme si elle avait préféré rester.

Oursin hocha la tête. Il craignait, s'il parlait, de ne pas avoir une voix bien assurée. À ce moment-là, quelqu'un cria dans le couloir que ces taupes d'Outrebrume étaient de redoutables combattants, qu'on avait besoin de quelqu'un pour soigner les blessés et qu'on devrait aller chercher la commandante Cèdre. Elle le quitta en lui lançant un dernier regard par-dessus son épaule.

Oursin disposa les coussins autour de Juniper. Il renifla une dernière fois l'huile dont tous deux étaient imprégnés et, avec un élan de souffrance et de nostalgie, il comprit pourquoi cette odeur l'avait troublé.

Il y avait en Outrebrume une plaisanterie qui circulait sous le manteau. Pomme avait l'air de croire que le cordial qu'elle fabriquait avec des pommes et de la menthe était très bon, et personne n'avait le courage de lui dire que le goût de ce breuvage était épouvantable. On se le disputait quand même en été, parce qu'il tenait à distance les mouches et les insectes piqueurs. Cèdre devait avoir utilisé les mêmes ingrédients pour cette huile, dont la note puissante et âcre ramenait son cœur en Outrebrume. La lumière du soleil tachetant les sous-bois, l'eau glaciale jaillissant des sources à grand bruit, les petits animaux qui gigotaient et le froissement des feuilles d'automne... Pomme lui ordonnait de boire son cordial, si bon pour la santé et lui, dès qu'elle avait le dos tourné, le versait dans un trou de taupe. Les souvenirs d'Outrebrume se bousculaient dans sa mémoire, Pomme retenant son chapeau, le visage moustachu et rieur de Pastor, le pain aux noix tout chaud, fraîchement sorti du four, les yeux pleins de sagesse et de bonté de Frère Sapin, son propre nid dans sa petite chambre éclairée par le feu... Il s'efforça de retenir ses larmes, mais c'était trop dur. Il traversa la pièce en direction de la fenêtre, saisit les barreaux à deux pattes et regarda dehors. Au moins pouvait-il voir les étoiles et la mer. Les marées et la lueur des étoiles appartenaient aussi à Outrebrume.

Il avala sa salive avant de pouvoir prononcer les mots qu'il adressait aux constellations :

– Je suis… Je suis Oursin des Étoiles. Vous vous souvenez de moi ?

Puis il se drapa dans une couverture, se roula en boule sous la fenêtre et sanglota en faisant le moins de bruit possible pour que Juniper ne risque pas de l'entendre.

CHAPITRE 13

Par un tiède matin d'automne dans la Tour d'Outrebrume, très tôt, Finaiguille attendait, l'air malheureux, devant la Salle du Trône, chargée d'un plateau de bois couvert de noisettes et de mûres, de pommes de pin, de pains aux noix et aux noisettes. À son côté se tenait Sépia portant une coupe d'un cordial fort et épicé aux relents d'orange et de muscade. Mais, aujourd'hui, aucune odeur ne pouvait lui être agréable.

La tentative de sauvetage d'Oursin s'était soldée par un échec lamentable, qui avait coûté des vies à Outrebrume. Gorsen, qui était de garde et embaumait l'essence de pin, n'arrangeait pas les choses : une fois de plus, il leur faisait la leçon sur le danger que représentaient les grottes. S'il avait su qu'elles voulaient s'y rendre, disait-il, il le leur aurait vivement déconseillé. Ce fut un soulagement quand une petite taupe ouvrit la porte de la Salle du Trône et les invita à entrer.

Pastor et Arane se tenaient, l'air grave, de part et d'autre du trône où Crispin était assis, le dos très droit et le visage solennel. Finaiguille partageait sa déception et souffrait pour lui. Frère Sapin et la mère Câline, la hérissonne si gentille et sensée, étaient debout côte à côte devant la cheminée vide, et Traînelapatte, sa cape bleue rejetée dans son dos, se tenait devant Crispin et lui tendait à deux pattes son bandeau de capitaine.

– Je ne le reprendrai pas, Traînelapatte, disait Crispin. Remettez votre bandeau d'or à sa place. Personne n'a servi Outrebrume avec plus de fidélité que vous, et si quelqu'un pouvait sauver Oursin, c'était vous. C'est grâce à vous que nous n'avons pas eu plus de pertes. Si on ne vous avait pas tendu une embuscade, il serait rentré à présent. Je ne veux pas de votre démission, capitaine Traînelapatte, et je ne l'accepterai pas.

– Alors, permission de faire une nouvelle tentative, Majesté ? demanda Traînelapatte d'un ton bourru.

– Vous êtes aussi brave que le furent vos ancêtres, Traînelapatte, reconnut Crispin, mais nous ne pouvons pas essayer la même chose deux fois de suite. Et, s'il y a en Outrebrume un traître qui informe le roi Bois d'Argent, nous avons besoin de découvrir qui il est avant de tenter autre chose. C'est ce dont nous devons parler maintenant.

– Avant cela, Majesté, intervint Pastor, il faut te nourrir. L'évasion d'Oursin t'as tellement préoccupé que tu as à peine mangé depuis deux jours. Finaiguille et Sépia ont préparé cet en-cas spécialement pour toi.

Crispin but le cordial, dit qu'il était parfait, et Arane envoya aussitôt Sépia à la cuisine pour en commander un autre pour midi. Pastor se tourna alors vers Finaiguille.

– Tu es un Compagnon du roi, et il faut que tu entendes ceci, lui dit-il. Les conseils secrets de la Salle du Trône ont été écoutés. Ou bien l'un de nous est un traître, ou bien il y a un espion quelque part.

– Oh ! s'exclama Finaiguille à qui la réponse semblait évidente. Il y a cet endroit que Fingal a trouvé sous le plancher !

– Il a été condamné, à présent, dit Crispin. Gorsen y a veillé. Mais même si un animal nous avait écoutés de là, encore aurait-il fallu qu'il quitte l'île. Or, tous les animaux de Grisemine sont encore là, y compris l'équipage du bateau.

– Maîtresse Tay leur a rendu visite, dit Finaiguille qui se demanda pourquoi Crispin riait.

– Maîtresse Tay donne à Étournelle des leçons de droit et d'histoire, précisa Pastor, pendant que Lord Crockenpique braille des injures et jette des objets contre les murs. Tay ne fait aucun mal.

Il lui fit un clin d'œil derrière le dos de Crispin. Au moins, se dit Finaiguille, elle avait fait rire le roi.

– Je n'aime guère penser du mal de quiconque, intervint la mère Câline, mais nous ne savons toujours pas ce qu'il est arrivé à ce nouvel ami d'Oursin, Juniper, qui a disparu en même temps que lui. Il n'y a aucune trace de lui, mort ou vif, nulle part sur l'île, et pourquoi serait-il parti ?

– Est-ce qu'il n'avait pas disparu avant que Crispin donne aux taupes l'ordre de partir ? demanda Arane.

– Il pourrait s'être caché dans l'île avant de se sauver par un tunnel, reprit la mère Câline. Je ne suis pas en train de prétendre que c'est lui, mais le roi a dit qu'on devait parler, alors, je parle.

– Il est jeune, dit Pastor, et il avait l'air d'être un bon ami pour Oursin. J'espère très fort que ce n'est pas Juniper, mais c'est possible.

Finaiguille était sur le point de dire qu'elle avait des doutes concernant La Semeuse quand Crispin bondit sur ses pieds en frappant violemment de sa patte le bras de son trône.

– Je déteste ça ! s'écria-t-il. L'idée de circuler dans l'île, et dans la Tour même, en sachant que chacun de ceux que je rencontre pourrait être un traître ! Je ne veux pas douter de mes amis ! Regardez-nous, repliés sur nous-mêmes, en train de choisir qui espionner ! Nous finirons par vivre dans une île où personne ne pourra aller ramasser du bois pour le feu sans être surveillé. Est-ce cela que nous voulons ?

Il leur tourna le dos et resta silencieux, empoignant les bras du trône de ses deux pattes. Tout le monde le regardait, sauf Sapin qui, indifférent à l'éclat de Crispin, était assis très tranquille sur le sol, le dos droit et les yeux fermés. Au bout d'un instant, Crispin leur fit face à nouveau.

– Gardez à l'esprit, dit-il, qu'aucun de nos projets ne doit jamais être discuté en dehors de nos conseils. Soyez attentifs à quiconque se comporte de façon étrange, écoute aux portes, disparaît sous terre. Il existe peut-être des tunnels que nous ne connaissons pas, alors Traînelapatte, engagez vos meilleures taupes dans leur recherche. Et je veux que tous, vous priiez. Merci à vous tous et, à moins que quelqu'un d'autre ait un commentaire à faire, vous pouvez vous retirer.

Arane et la mère Câline firent une révérence, bien qu'Arane, qui attendait un bébé, ne puisse pas s'incliner bien bas. Finaiguille les imita et était sur le point de conseiller à Crispin de manger un peu quand on entendit un « Hum » venant d'un peu plus haut que le plancher.

Tous se tournèrent vers Frère Sapin. Il était encore assis bien droit, mais il avait ouvert les yeux. Finaiguille craignit qu'il ne soit malade mais, quand il parla, sa voix était forte et claire :

Voguant sur l'eau,
Le Secret les ramènera,
Clair de lune, lumière du feu,
Le Saint et le Fidèle,
Le Secret les ramènera chez eux.

Finaiguille, qui ne comprenait pas ce qu'il se passait, regarda les autres comme pour les appeler à l'aide. Ils observaient tous intensément Frère Sapin.

– Dites-le à nouveau, s'il vous plaît, Frère Sapin, le pressa Crispin.

D'une voix douce et régulière, le prêtre répéta. Il reprit encore une troisième fois la prophétie et, cette fois, Crispin, Pastor et Arane la récitèrent en même temps que lui, en faisant très attention à chaque mot, comme s'ils voulaient graver une leçon dans leur mémoire. Finaiguille se rendit compte soudain que Crispin la regardait.

– Tu le sais déjà par cœur ? lui demanda-t-il.

C'était le cas. La mère Câline dut la répéter, elle aussi. Puis Crispin demanda :

– Qu'est-ce que ça veut dire, Frère Sapin ?

Sapin cligna des yeux, se leva et agita vivement ses oreilles.

– Cher roi Crispin, lui répondit-il, c'est déjà beaucoup de recevoir une prophétie sans que, pour autant, on puisse s'attendre à la comprendre. Voilà tout.

Il lissa sa vieille tunique qui, nota Finaiguille, paraissait plus effilochée et usée que jamais.

– Nous devons être vigilants, bien sûr, mais j'espère bien que nous n'allons pas tous partir à la recherche de traîtres. Le roi a tout à fait raison. La méfiance est un poison.

– Vous pouvez tous sortir, dit Crispin, sauf toi, Pastor, s'il te plaît.

Finaiguille eut l'impression que le roi palpitait d'une vivacité nouvelle. La prophétie devait lui avoir donné de l'espoir. D'une main ferme, elle poussa le plat vers lui avant de quitter la salle en trottinant.

– Veux-tu, s'il te plaît, finir le petit déjeuner royal ? lui suggéra Pastor. Ou est-ce que je dois le fourrer directement dans la gorge royale ?

– Je vais le manger, lui répondit Crispin en prenant des noisettes à pleine patte. Une prophétie, Pastor ! À ton avis, que signifiait-elle ?

Pastor haussa les épaules.

– Si Sapin ne le sait pas, tu ne peux pas t'attendre à ce que moi, je le sache. Mais elle me donne la certitude qu'Oursin reviendra. *Voguant sur l'eau.* Est-ce que tu crois que « le Secret », c'est Oursin ? Ce n'est pas impossible, vu que nous ne savons absolument pas qui il est.

– Ou est-ce que ça ne pourrait pas être Juniper ? s'interrogea Crispin. Mais si nous savions ce que c'est, ce ne serait pas un secret. J'ai fait organiser des recherches par Russet et Heath, mais il n'est pas sur l'île. J'espère que ce n'est pas un traître, mais Juniper, en voilà encore un sur lequel nous ne savons rien. Un mystère, comme Oursin.

*

Finaiguille aimait bien être occupée, surtout en ce moment, car cela lui permettait de penser à autre chose qu'à Oursin. Elle se hâta vers le rivage, suivie de l'ami de Gorsen, Crammen, qui insistait pour lui répéter encore une fois que c'étaient les hérissons qui faisaient toujours les meilleurs rois.

Après avoir un peu ratissé la plage, elle ressentit le besoin de parler à Triboulette. Elle voulait son avis sur un projet de couture qu'elle avait en tête. Tôt ou tard, il y aurait un couronnement et Sapin ne pouvait décemment pas porter cette vieille tunique miteuse pour la cérémonie.

Et La Semeuse ? Finaiguille était très intriguée par La Semeuse, et pas mal anxieuse. Elle devait protéger le roi, et La Semeuse pourrait bien être dangereuse.

CHAPITRE 14

Après le soir de son sauvetage manqué, Oursin eut meilleur moral. Juniper récupérait lentement. Sa voix n'était encore guère plus qu'un croassement et son visage pointu s'était creusé, mais il était éveillé, conscient et en état de se nourrir et de marcher. Chaque jour, il devenait un peu plus fort, ce qui mettait un peu de joie dans les longues journées frustrantes. Ils parlaient d'Outrebrume, de la cascade et du Bois des Anémones. Ils gravaient des dessins sur le bois de chauffage, envoyaient d'une chiquenaude des graviers dans un bol, d'aussi loin qu'il est possible dans une petite cellule, et faisaient des plans d'évasion, tous irréalisables. Et ils jouaient des parties interminables de « cinq premier », un jeu d'Outrebrume qui consistait à aligner cinq galets en ligne au milieu d'une grille en empêchant son adversaire de faire la même chose (Cèdre fournissait les galets). Le roi, qui faisait le tour des mines en exploitation et des forges où l'on travaillait l'argent, n'avait plus envoyé chercher Oursin.

– Sa Majesté n'a pas envie de te voir, Phénomène, lui disait Bronze avec un grand sourire quand il lui apportait du pain et de l'eau. Il ne se donne pas le mal non plus de beaucoup te nourrir, à ce que je vois.

Le pain et l'eau, cela ne faisait pas beaucoup pour eux deux mais, au moins, on les laissait tout seuls et Cèdre leur apportait de la nourriture en cachette dans les rares occasions où elle pouvait venir les voir. Le plus dur, c'était de savoir que l'été était fini, que l'automne s'annonçait et qu'ils étaient toujours enfermés dans une cellule qui sentait la lotion contre les poux, sans rien à explorer, rien qui change, et rien à quoi grimper sauf les murs.

– Nous devrions être en train de rentrer la récolte de noisettes, dit Oursin nerveusement.

– J'espère que tout va bien pour Damson, dit Juniper. Elle doit être en train de faire du cordial d'églantines, et c'est un travail fatigant. Je devrais être là pour l'aider.

Quand le roi envoya finalement chercher Oursin, son état d'esprit avait à nouveau changé. Convoqué dans la Chambre Haute, Oursin vit un petit hérisson en boule, qui affichait un air méprisant, au pied du trône du roi. Il eut conscience d'avoir déjà vu ce hérisson quelque part, mais il lui fallut une minute pour se rappeler où et quand, le soir où les taupes d'Outrebrume avaient attaqué. Il était petit, mais son visage était adulte et rusé. Le roi lui parlait tandis que Fumerolle était recroquevillé dans un coin, les bras croisés et le visage renfrogné.

– Tu t'es toujours si bien comporté, Farfouille, disait le roi au hérisson. À présent, je crois que tu devrais juste profiter un peu de la vie.

Il regarda Oursin, se leva et lui tendit les pattes avec un sourire terrifiant.

– Cher petit Phénomène, tu vas venir avec moi faire le tour de l'île. Laisse-moi te vanter ses beautés ! Est-ce que cela ne va pas être merveilleux ?

– Si, Majesté, lui répondit Oursin, les oreilles frémissant à l'avance.

Rien que l'idée de changer d'air lui donnait envie de bondir par la fenêtre la plus proche et de courir comme le vent.

– Oui, cela va être tellement amusant ! disait le roi d'une voix mielleuse. Et tu pourras me dire où se cache tout ce charmant, charmant argent !

« Oh », se dit Oursin en espérant qu'il pourrait jouer la comédie de façon convaincante. Le roi cingla vers lui et posa ses deux pattes argentées sur ses épaules.

– Fumerolle est tellement grincheux aujourd'hui, ajouta-t-il. Il est jaloux parce que tu es peut-être meilleur que lui pour trouver de l'argent.

Il cria par-dessus son épaule :

– J'ai arrangé pour toi une délicieuse petite mise à mort !

Il claqua deux fois dans ses mains, sèchement, et quatre écureuils nerveux entrèrent dans la salle en traînant les pieds, portant un fardeau enveloppé dans une couverture. Ils le déposèrent devant le roi et se tinrent humblement en retrait, les pattes derrière le dos et la tête penchée sur la poitrine. Fumerolle s'avança.

Oursin ne voulait pas regarder, mais il devait affronter le pire. Il se força à baisser les yeux sur ce qui reposait dans la couverture.

Un horrible instant, il pensa que c'était Cèdre. Quand il se fut repris, il constata que le cadavre n'avait rien à voir avec elle, mais c'était quand même le corps d'une jeune femelle écureuil dont la fourrure était tachée de sang par l'impact d'une flèche. C'était une jeune vie, la fille de quelqu'un, l'amie de quelqu'un, qui ne retournerait jamais dans son nid.

Dans un cliquetis d'ossements et une odeur rance de fumée, de sueur et de vinaigre, Fumerolle se pencha au-dessus du corps. Ses pattes de devant, noueuses, attrapèrent l'écureuil mort par les oreilles pour le redresser, lui reniflant le visage, ouvrant sa bouche de force pour jeter un coup d'œil à ses dents, tirant sur sa fourrure. Oursin se détourna, écœuré, en comprimant son estomac révulsé.

– Que t'arrive-t-il ? lui demanda impérieusement le roi.

Les pattes d'Oursin se serrèrent. Il fallait qu'il se retienne de bondir sur Fumerolle, de le saisir et de l'arracher à ce corps.

– Cela ne vous fait rien qu'on l'ait tuée ? demanda-t-il. C'était une de vos îliennes.

– Comme tu dis, lui répondit le roi. C'était une de mes îliennes. Une des miennes. Des miennes dont je peux disposer. Miennes, miennes, comme les mines d'argent !

Il éclata d'un rire hystérique et jeta sa patte autour des épaules d'Oursin.

– Il fallait bien qu'elle meure un jour, non ? Oh, ajouta-t-il quand Oursin tressaillit à son contact, nous avons froid ? Lord Marshall, allez chercher un vêtement chaud pour notre hôte honoré !

– Bronze, trouve une cape pour le Phénomène ! grogna Granit.

Oursin n'en voulait pas, mais il ne pouvait pas se permettre de contrarier le roi. Il boucla la cape sur sa gorge quand, entouré de gardes et de serviteurs, il suivit le roi pour sortir du palais. Il se sentait réconforté par la présence de Cèdre au milieu des gardes.

Sa prison se trouvait du côté opposé de la Forteresse, aussi déboucha-t-il dans une partie du paysage qu'il n'avait pas vue depuis son arrivée. Il inspira joyeusement une profonde bouffée d'air frais, et lui trouva un goût de poussière qui le fit tousser. Les feuilles avaient commencé à tomber mais, comme toutes choses sur l'île, elles gisaient sous cette fine poussière grise qui provenait des mines. Quand ils s'éloignèrent de la Forteresse en passant à côté de bois clairsemés, il vit que même les fruits et les noisettes sur les arbres luisaient de cet éclat d'argent. Pourtant, après ce temps passé en prison, se trouver à l'air libre était merveilleux. Le roi l'observait avec un sourire de fierté.

– Est-ce que ce n'est pas magnifique ? lui disait-il. Mon île adorable ! Et il y a quelque chose que tu ne peux simplement pas te dispenser de voir.

Ils s'éloignèrent de la Forteresse en suivant un chemin raide qui serpentait au flanc d'une colline et, plus ils s'éloignaient, plus l'air devenait propre et doux, avec des effluves de mer. Là, le tapis de feuilles mortes était plus épais. S'il n'avait pas été avec le roi, il s'y serait jeté pour s'y rouler. Les choses étant ce qu'elles étaient, il se rappela qu'il lui fallait rester vigilant, les oreilles frémissantes, les yeux grands ouverts, attentif, guettant tout ce qui pourrait lui être utile quand viendrait le temps de se sauver. Il lui fallait trouver des endroits qui fourniraient des cachettes même après la chute des feuilles. Là, les arbres poussaient plus serrés et il y avait des moments où il était très tenté de s'y précipiter, mais c'était beaucoup trop risqué. Les archers étaient fiers de leur habileté et seraient trop heureux d'en faire étalage. Il fit de son mieux pour enregistrer tout ce qu'il voyait dans l'espoir qu'il s'en souviendrait, mais ce n'était pas facile avec le roi qui le distrayait en jetant une patte autour de ses épaules ou en lui donnant des claques dans le dos et en le harcelant de questions :

– Qu'est-ce que tu en penses ? Qu'est-ce que tu en penses ? Tu as senti un gisement d'argent ? Tu le sens ? Tu veux qu'on s'arrête pour que tu puisses fouiller un peu ? Tu as vraiment le don pour le trouver, n'est-ce pas ? La commandante Cèdre nous dit que tu l'as, ce don, n'est-ce pas, Cèdre ?

– Majesté, lui répondit Oursin, pensez-vous vraiment que c'est d'argent que votre île a besoin ? Les animaux n'en mangent pas. La poussière des mines imprègne le sol, elle est partout. Je crois que c'est pour cela que les arbres ne poussent pas bien.

– Ce ne sont pas des arbres en bonne santé ? s'alarma le roi. Tu crois que non ? Nous avons besoin d'arbres ! Nous raffinons l'argent dans des fournaises et nous avons besoin d'arbres pour le combustible ! Et de charbon, bien sûr. Nous avons des mines pour ça aussi.

– Encore des mines ! s'exclama Oursin. Majesté, vous n'avez pas besoin d'argent ! Vous avez besoin d'une bonne terre meuble où des choses pourraient pousser, et besoin de plantes saines à y faire cultiver !

Le roi avait le regard perdu au loin et n'entendait peut-être pas une seule de ses paroles, mais Oursin continua, cherchant fébrilement dans sa tête toutes les choses que les hérissons aiment manger.

– Majesté, si votre terre est bonne, elle sera pleine de vers, de limaces et de scarabées, et vous pourrez faire pousser des buissons de baies…

– De la bonne terre, murmura le roi. De la bonne terre, avec une herbe verte et fraîche, de la mousse, des limaces et des scarabées…

– Oui, c'est ce dont vous avez besoin…, le pressa Oursin.

– … des fruits et des fleurs…

– Oui ! acquiesça Oursin.

– Mmm, murmura le roi pensivement.

Mais, en regardant son visage, Oursin y devina une lueur de cupidité et de menace qui le fit frissonner des oreilles jusqu'au bout de la queue.

– Superbe, dit le roi d'une voix douce.

C'était tout juste s'il ne ronronnait pas.

– Oui, c'est ce que je crois. Oui, j'y ai pensé. Oui, il me faut une île comme ça !

Oursin préféra ne pas se demander à quoi le roi faisait allusion, mais il eut un horrible soupçon. « Je veux une île comme ça… » Il était heureux qu'Outrebrume fût à l'abri des invasions. Puis le roi lui assena une telle bourrade qu'il l'envoya la tête la première dans une flaque.

– Allons, petit Phénomène ! s'écria-t-il. En haut de la colline ! Cela devient plus dur à partir de là !

Oursin laissa le roi faire les frais de la conversation pendant qu'ils grimpaient le long du flanc escarpé de la colline. Longtemps avant d'atteindre le sommet, il avait remarqué que la brise était devenue plus fraîche et plus salée. Un goéland tournait au-dessus de leurs têtes, un lointain froissement de vagues lui parvint, du sable se mêlait à la terre – il lui fallut toute sa volonté pour ne pas se ruer par-dessus les épais buissons d'arbustes et bondir vers la mer. En se forçant à rester au même pas que le roi, il se traîna jusqu'en haut des dunes... et là, il s'arrêta, le souffle coupé, oubliant tout de sa captivité, le cœur bondissant de joie.

En contrebas, il voyait une petite baie arrondie, couverte de sable argenté. Des goélands plongeaient en piqué. De douces vagues venaient mourir sur le sable. Une jetée de bois s'avançait dans l'eau, de petits bateaux étaient amarrés, et deux hauts navires étaient à l'ancre. Cela lui rappelait magnifiquement et douloureusement Outrebrume. Peut-être était-ce à cela que ressemblait Grisemine autrefois, et elle pourrait redevenir telle si la reine Mélèze et le Frère Chandelle étaient à leur juste place. Deux cygnes étaient endormis sur l'eau, la tête sous l'aile, et quelque chose brillait à leur cou. Est-ce que même les cygnes portaient de l'argent, ici ? Ce n'était pas seulement le plus joli spectacle qui se soit offert à lui depuis son arrivée à Grisemine. Cette baie lui offrait la meilleure chance d'évasion qu'il eût trouvée jusqu'à présent.

– Tu n'es pas tout simplement bouleversé ? s'écria le roi. Est-ce que ce n'est pas parfaitement délicieux ? Regarde cette vue ! Je savais bien que tu serais impressionné. Nous sommes si haut que l'on voit jusqu'au-delà de la Forteresse !

Prenant Oursin par les épaules, il le fit tourner sur lui-même.

–Voilà la forêt où se trouve la Forteresse, lui dit-il. On peut apercevoir les fortifications d'ici, tu les vois ? Fumerolle pourrait nous faire signe du haut des remparts ! On voit beaucoup mieux en hiver, quand toutes les feuilles sont tombées...

encore faudrait-il que tu sois encore avec nous à ce moment-là, bien sûr !

Il éclata d'un rire aigu qu'Oursin trouva extrêmement irritant.

– Et la vue porte jusqu'aux montagnes, continua-t-il fièrement. Tu vois les trois qui sont alignées ? Le Pic de l'Aigle, le Pic de la Griffe et la Cime du Phare. N'est-ce pas tout simplement renversant ?

– Oh, si, acquiesça Oursin, embrassant du regard le panorama.

Il nota la surface plate de la Cime du Phare, le Pic de la Griffe s'élevant en une courbe vertigineuse, et le Pic de l'Aigle les surplombant l'un et l'autre.

– Bon, dit le roi. Maintenant que tu as une bonne vue d'ensemble de l'île, tu peux me dire où l'on peut trouver encore de l'argent. Est-ce que tu le sens déjà ? Tu as besoin de te livrer à un rituel magique ? Nous pouvons trouver un animal à sacrifier, si tu veux.

– Non, merci, lui répondit Oursin en réfléchissant très vite.

Cette baie avec ses cygnes et ses bateaux semblait le meilleur endroit par où s'évader, il devait donc en tenir à distance le roi et ses gardes aussi longtemps que possible. Avec assurance, il tendit une griffe en direction des montagnes et avec une fermeté qui le surprit lui-même, il dit :

– C'est là-bas.

– Je le savais ! s'exclama le roi en l'étreignant de toutes ses forces. Je l'ai toujours pensé, tu sais. Fumerolle ne voulait pas y croire, mais qu'est-ce qu'il y connaît ? J'ai toujours su qu'il y avait de l'argent là-bas ! À quel endroit exactement ? Dis-moi, dis-moi.

Oursin ouvrit la bouche pour parler et la referma aussitôt, se rendant compte qu'il aurait pu commettre une terrible erreur. D'après ce qu'il savait, des mélèzistes pourraient bien être cachés dans ces montagnes.

« Gagne du temps, se dit-il. Ne lui dis rien avant d'en avoir parlé à Cèdre. » Il la chercha du regard, mais elle portait encore son casque et il était impossible de voir son expression.

Il se frotta les yeux.

– Je ne peux pas encore le dire, laissa-t-il tomber. J'ai besoin de temps.

– Combien de temps ? le pressa le roi.

– Je ne le sais pas, répéta Oursin qui s'efforçait de penser avec un temps d'avance. Ce pourrait être des jours, je ne...

– Oh, alors, viens juste jeter un tout petit coup d'œil sur les montagnes aujourd'hui, lui dit le roi. Je suis sûr que ça va t'aider. Nous allons nous y rendre de ce pas. En avant, marche !

Toute la journée, le roi et ses gardes promenèrent Oursin d'un bout à l'autre de l'île. Ces sinistres et austères montagnes étaient beaucoup plus loin qu'il n'en avait eu l'impression et le roi insista pour lui faire monter et descendre leurs contreforts en lui montrant chaque sentier, chaque rocher. Un seul espoir restait à Oursin : ils étaient si bruyants, avec le cliquètement des armes, que les mélèzistes réfugiés là les entendraient venir de loin et courraient se cacher. Il s'efforça de garder en mémoire la topographie des lieux, mais bien avant que le soleil ne fût couché, il avait conclu que chaque fragment de rocher était pratiquement identique aux autres. Les gardes eux-mêmes ralentissaient en marmonnant que leurs pattes les faisaient souffrir. Filoche avait du mal à suivre, elle se laissait distancer et Bronze, qui la tarabustait à chaque pas, s'arrangeait pour que tout le monde le sache.

Quand Oursin, épuisé, les pattes douloureuses, regagna sa cellule ce soir-là, il fut sur le point de s'effondrer sur un coussin mais il vit soudain que les oreilles de Juniper en dépassaient.

– Salut, Juniper ! chuchota-t-il en soulevant le coussin.

Mais le petit écureuil ne se réveilla pas. En cette seconde d'épouvante, Oursin le vit étendu, absolument immobile. Il avait les yeux fermés et les moustaches tombantes.

Oursin le saisit aux épaules. Terrifié, il le secoua brutalement.

– Juniper !

Le corps de son ami était froid. Il ne s'éveilla pas.

– Juniper ! chuchota Oursin.

Juniper fit un bruit nasillard en gigotant, puis ouvrit grand les yeux et les referma. Oursin se laissa retomber en arrière, furieux : il avait eu tellement peur ! En même temps, il se sentait soulagé. Jupiter murmura quelque chose :

– Pardon ? lui demanda Oursin.

– Lueur du feu et clair de lune. Le Secret.

– Ah, lâcha le page.

Beaucoup d'animaux parlaient dans leur sommeil et aucun d'eux ne disait jamais quoi que ce soit de sensé. Juniper se mit sur son séant et agita les oreilles.

– Lumière du feu, clair de lune, répéta-t-il d'une voix ferme. Le Secret.

– Tu as rêvé, lui dit Oursin. Écoute, il faut que je te raconte ce que j'ai fait. Et on a besoin de Cèdre. Et puis j'ai faim, il y a quelque chose à manger ?

– Lune…, recommença Juniper, mais un bruit de pattes et le cliquetis de plats à l'extérieur leur faire comprendre que les gardes apportaient de la nourriture.

Juniper disparut à nouveau sous les coussins, tandis qu'on déposait sur le foyer des plats recouverts de couvercles, ainsi qu'une carafe et une coupe sur la table.

– Merci, dit Oursin.

Et il attendit que la porte soit fermée avant d'envoyer voler les coussins pour libérer son compagnon et retirer le couvercle des plats. L'arôme des légumes fumants, des bols de noix et du pain chaud atteignit Oursin par bouffées, aiguisant son appétit.

– Tu dois être de nouveau bien en cour, constata Juniper.

Après quoi ils furent trop absorbés par leur repas pour parler, mais ils ne vinrent que trop tôt à bout de leurs victuailles et étaient en train de lécher les miettes sur leurs pattes quand ils entendirent la voix de Cèdre à l'extérieur :

– Le Phénomène est à nouveau infesté, disait-elle. Il doit y avoir là-dedans des poux gros comme des perce-oreilles. Et il a les pattes trop fragiles pour toute cette marche.

Elle fut aussitôt introduite dans la cellule, où elle proposa à Juniper du sirop pour la toux et frictionna de lotion anti-poux la fourrure d'Oursin, « pour que tu sentes comme il faut », lui dit-elle.

- Juniper n'arrête pas de parler de clair de lune et d'un secret, lui révéla Oursin.

Je ne sais pas ce que ça veut dire, avoua Juniper, les

oreilles frémissantes. C'était là, dans ma tête, quand je me suis réveillé, quelque chose à propos de clair de lune, de lueur du feu et d'un secret. C'était vraiment fort, et je sais que c'est important, mais je ne comprends pas ce que ça signifie. Et, quand j'étais malade, j'ai plus ou moins vu quelque chose, un souvenir qui devait être important aussi.

– Qu'est-ce que tu as plus ou moins vu ? lui demanda Cèdre.

Les oreilles de Juniper tressaillirent de nouveau.

– Je n'en suis pas sûr, hésita-t-il. Quelque chose qui avait à voir avec le temps où j'étais tout petit.

– Si cela se produit de nouveau, dis-le-moi, lui conseilla Cèdre. Cela signifie peut-être que tu es doué d'une perception extrasensorielle – tu es conscient de choses que nous autres ne remarquons pas. Certains animaux sont comme ça de naissance, tout simplement.

– C'est comme le fait de me sentir malade quand j'ai vu le bateau de Grisemine ? lui demanda Juniper.

– Tout à fait, lui répondit Cèdre en se tournant vers Oursin. Oursin, tu t'en es bien tiré, aujourd'hui. Si le roi veut extraire de l'argent des montagnes, il peut creuser tant qu'il veut à la Cime du Phare. Là-bas, il ne nous dérangera pas.

– Je voulais le tenir à distance de la baie, lui dit le jeune écureuil dont le visage s'éclaira en y repensant. Tu devrais voir ça, Juniper ! Il y a un bateau ! Et des cygnes !

– Des cygnes ! s'exclama le petit, les yeux brillants. Tu crois qu'on pourrait rentrer en volant ?

Mais le visage de Cèdre était triste et compatissant, et le cœur d'Oursin lui manqua.

– Tu n'as pas vu, Oursin ? lui dit-elle avec douceur. Je suppose que, comme les cygnes dormaient, tu n'as pas pu deviner.

– Pas pu deviner quoi ? dit-il en s'efforçant de ne pas lui en vouloir de ruiner ses espoirs.

– Les colliers, dit-elle. Tous les cygnes ont autour du cou une chaîne d'argent et ils sont attachés à la jetée. Ils ne peuvent pas s'envoler.

Oursin respira à fond comme si cela pouvait l'armer contre la déception.

– Alors, ils ont besoin qu'on les libère, dit-il.

Dans sa cave obscure, Fumerolle se rongeait les griffes. L'Écureuil Marqué. L'Écureuil Marqué. Il ne serait pas en sécurité jusqu'à ce que cette chose soit morte. Qui se préoccupait des effets de la magie ? De savoir comment elle fonctionnait ? Le roi croirait n'importe quoi. Mais cet écureuil était une menace. Il était dangereux. Il devait mourir. Fumerolle prendrait plaisir à le tuer. Quelque chose en lui, quelque chose de particulier le troublait profondément.

Et il y avait pire. Fumerolle était en proie à un pressentiment. Il avait un talent pour sentir des choses qu'on ne voyait pas, et c'était de ce talent qu'il s'était servi dans son ascension vers le pouvoir en devenant le sorcier du roi. Il pouvait dire quand une menace rôdait, il flairait cette sorte de bonté et de sincérité sur laquelle il n'avait aucun contrôle. Quelque chose de ce genre flottait autour de l'Écureuil Marqué. C'était comme s'il y en avait deux. Il n'avait jamais vu qu'un seul Écureuil Marqué, mais c'était comme s'il y en avait un autre, d'une qualité rare, authentique, qui le mettait en péril et le faisait trembler. S'il tuait le Phénomène, peut-être que cette autre chose disparaîtrait.

Filoche frappa doucement à la porte de la chambre du Lord Marshall. Quand elle s'ouvrit avec un craquement, Filoche se glissa à l'intérieur de la pièce qui, avec ses armes bien rangées, faisait plutôt penser à une armurerie.

Granit était assis à sa table, en train d'examiner une petite dague de fer, dont il tournait la lame vers la lumière.

– C'est à propos de Bronze, Lord Marshall, lui dit-elle. Ce n'est pas facile de parler de lui de cette façon, mais il faut que vous soyez au courant.

Granit ne répondant rien, elle continua :

– Il a toujours essayé de vous imiter, mais il veut à présent vous renverser. Il se moque de vous, monsieur, dans votre dos, il ne supporte plus de vivre dans votre ombre. Il est ambitieux et il croit que son tour est venu d'arriver au sommet. Il pense qu'il ferait un bon Lord Marshall, et qu'il n'y a de la place que pour un.

Granit fit courir une de ses griffes le long de la lame de la dague en grognant. Il lui était difficile d'admettre qu'il n'avait pas vu Bronze manifester des prétentions au pouvoir, mais cela n'avait pas d'importance. Il n'avait jamais confiance en personne, spécialement dans les jeunes animaux cherchant une promotion.

– Nous savons qu'il n'a pas votre expérience, monsieur, poursuivait Filoche, et il ne pourra jamais devenir le soldat que vous êtes. Il a l'air de croire que le roi lui sera favorable parce que… enfin, monsieur, parce qu'il est né à Grisemine et qu'il est un hérisson, tout comme le roi.

Granit grogna en lui montrant la porte d'un brusque mouvement du menton mais, en quittant la pièce dont elle referma la porte derrière elle, Filoche souriait à l'abri de son casque. Elle en avait assez de Bronze. Se faire mal voir du Lord Marshall était à peu près la pire chose qui pût arriver à quelqu'un, et Bronze l'avait bien cherché.

CHAPITRE 15

En Outrebrume, de jour en jour l'automne devenait plus frais et les nuits plus longues. Les animaux les plus jeunes faisaient craquer les feuilles mortes recroquevillées en récoltant des noisettes et en jouant. Les plus âgés maugréaient contre le froid et leurs articulations vieillissantes. De petits bateaux allaient et venaient jusqu'aux brumes, avec leurs lumières qui dansaient sur l'eau toute la nuit, car Outrebrume guettait le retour d'Oursin.

Dans la Tour, Arane rangeait encore et encore la chambre qu'elle partageait avec Pastor près de la Porte de la Source. Sans trêve, elle aérait des couvertures et les lissait sur des tas de mousse et de feuilles fraîches, aspergeait le sol d'eau de romarin et balayait les cendres du foyer. Quand elle en avait fini avec sa propre chambre, elle ouvrait la porte de celle d'à côté qui, cet automne, était toujours vide. Mais elle aimait la garder propre, avec de la mousse fraîche dans le lit et du petit bois dans l'âtre, même si cela lui faisait mal de voir cette chambre déserte et le lit d'Oursin non défait. Elle voulait que tout soit prêt pour son retour chez lui.

Dans les ateliers, des écheveaux de laine et des bobines de fil étaient entassés sur les étagères. Des rouleaux de toile de jute et de tissu étaient appuyés contre les murs, des toiles rudes tissées à la main qui avaient la couleur de la pierre, et d'épais velours écarlates ou violets. Les jours les plus tristes, quand les pluies d'automne ne cessaient de tomber et qu'il devenait difficile de continuer à espérer le retour d'Oursin et de Juniper sains et saufs, ces laines aux couleurs éclatantes et ces rubans de soie qui brillaient comme des joyaux semblaient être les seules choses réconfortantes dans l'île. Finaiguille, Triboulette et les autres animaux des ateliers continuaient fidèlement à coudre et à peindre, trouvant du travail à faire bien que, pour le couronnement, tout fût prêt depuis longtemps. Les jours où elle se sentait perdue, Finaiguille triait les rubans, car jouer avec les couleurs semblait lui remonter un peu le moral.

Docken était un excellent hérisson de la Tour, mais il semblait toujours sortir d'un sous-bois, même quand il se tenait à son poste devant la porte de la Salle du Trône. Pourtant, Docken était à l'aise partout, dans la Salle du Trône, quand il partageait un cordial chaud avec d'autres hérissons au cours des patrouilles de nuit ou quand il rappelait à Finaiguille qu'elle ne devait pas jouer dans les grottes. Gorsen, Lumberen et les autres de la Brigade des Hérissons préféraient se réunir pour se raconter de vieilles histoires des rois d'Outrebrume, généralement des hérissons. Ils amenaient souvent de jeunes hérissonnes qui avaient orné leurs piquants de feuilles de hêtre et qui restaient assises à contempler Gorsen.

– Il serait temps qu'on marie le beau Gorsen, disait la mère Câline. En ce moment, les jeunes filles ont perdu tout bon sens. Quand elles ne le regardent pas, c'est qu'elles se regardent elles-mêmes dans les flaques, de face et de profil en lissant leurs piquants. Et qu'on ne me dise pas qu'il n'a rien remarqué, parce que ce n'est pas vrai.

De délicieuses jeunes femelles écureuils continuaient à se présenter à la Tour, la fourrure brillante et parfumée, souvent pour apporter au roi des messages de Pomme. Toutes étaient agréables, beaucoup étaient brillantes et douées, certaines magnifiques. Le roi Crispin les recevait toujours poliment, mais cela s'arrêtait là. Un matin, quand il se présenta dans la Salle du Trône après être allé nager, Pastor croisa les sœurs de Sépia, Lichen et Auburn, qui prenaient congé avec moult révérences.

– Il ne doit pas en rester beaucoup, remarqua-t-il après leur départ. Tu ne devrais pas être si galant dans ces circonstances, Crispin, cela les encourage.

Il regarda par la fenêtre.

– Finaiguille et Sépia sont en train de trottiner en direction des bois. Ces deux-là, donne-leur la moitié d'une chance d'y arriver, et elles régenteront toute l'île. Je me demande bien ce qu'elles nous préparent à présent.

– Des chants, je crois, lui répondit Crispin. Selon ses sœurs, Sépia est en train de faire répéter une chorale. Elle leur apprend une chanson nouvelle en l'honneur d'Oursin, pour le jour de son retour.

Sur la pente rocheuse qui descendait de la Tour, des buissons s'étendaient jusqu'à la forêt. Dans leurs branches grimpantes entremêlées, à cette époque de l'année, l'or et l'écarlate se mêlaient au vert foncé. Deux voix étouffées chuchotaient au cœur de ce maquis.

– Je ne peux pas, souffla Sépia.

– Pourquoi donc ? s'étonna Finaiguille.

– Parce que c'est un buisson d'épines ! Je ne me cache pas sous un buisson d'épines ! C'est bon pour les hérissons.

Finaiguille réprima un soupir, mais elle n'en pensait pas moins. Oursin n'aurait pas fait tant d'histoires pour un buisson d'épines. Elle avait promis d'aider Sépia pour sa chorale et, en retour, Sépia s'était offerte à l'aider à trouver ce que mijotait exactement La Semeuse. Finaiguille n'était pas du tout sûre de pouvoir chanter, quoi que puisse lui dire Sépia, mais elle avait donné son accord, bien que sa participation impliquât qu'elle doive régenter un tas de petits écureuils, elle qui aurait préféré se rouler en boule avec son propre petit frère. C'était pour Sépia qu'elle le faisait, et pour Oursin. Mais, pour le moment, il était beaucoup plus important d'en savoir plus long sur les activités de La Semeuse : avait-elle rendez-vous avec un espion de Grisemine ? Et voilà que Sépia se plaignait d'une cachette agréablement sombre et fraîche sous un buisson d'épines auquel elle-même ne trouvait rien à redire.

– Je serais beaucoup mieux cachée dans un arbre, chuchota Sépia.

– Les feuilles sont en train de tomber, lui répondit Finaiguille. Tu ne serais pas cachée du tout.

– Mais si, je le serais, car il y a encore des tas de feuilles là-haut, de la couleur d'un écureuil, rétorqua Sépia. Il y a quelque chose de pointu qui me pique la patte.

– Ce doit être moi, désolée, dit Finaiguille.

– Non, c'est une mûre sauvage, dit Sépia en bondissant pour aller grimper en haut d'un arbre avant que Finaiguille ait pu élever la moindre objection.

Finaiguille était en train de scruter les branches où Sépia avait disparu quand un bruit de feuilles froissées non loin d'elle la fit s'accroupir dans une parfaite immobilité ; ses yeux noirs fixés sur le sol de la forêt, La Semeuse venait de faire son apparition.

Elle avançait lentement, de travers, penchée sur le côté, car elle portait quelque chose dans une de ses pattes de devant. Cela affectait son équilibre. Mais on lisait sur son visage une détermination farouche. Quoi qu'elle ait prévu de faire, rien ne l'empêcherait d'aller jusqu'au bout. Elle s'arrêta pour regarder derrière elle mais elle ne vit pas Finaiguille et bondit sous l'enchevêtrement de buissons d'épines que l'on appelait les Barbelés.

En gardant ses distances, Finaiguille se fraya un chemin à sa suite. Les épines auxquelles s'accrochaient ses piquants ne lui faisaient pas mal mais l'agaçaient énormément. En levant les yeux, elle voyait Sépia bondir avec légèreté du sommet d'un arbre à un autre. Ça aussi, c'était énervant. Elle s'était attendue à ce que La Semeuse saute par-dessus les buissons, puisque c'était un écureuil, mais elle se faufilait par en dessous et Finaiguille, couchant ses piquants, traînait les pieds derrière elle. Elle constata que le chemin qu'elle suivait sous les Barbelés était bien marqué. La Semeuse devait souvent passer par là.

Elle s'était imaginé que La Semeuse allait rencontrer un espion de Grisemine. Et s'il y en avait plus d'un ? Il pourrait y en avoir tout un bataillon, attendant au milieu des Barbelés et complotant contre le roi ! Sous ses piquants, Finaiguille frissonnait de peur. Enfin, elle avait déjà fait du chemin. Si elle se faisait prendre, Sépia pourrait se sauver et donner l'alarme. Elle se hâta, une ronce plantée dans les pattes, se faisant toute petite pour passer sous des branches incroyablement basses, se ruant la tête la première dans un dédale dont elle ignorait tout, pour finalement déboucher en terrain découvert avec une telle soudaineté qu'elle n'eut que le temps de s'aplatir sous le buisson le plus proche en espérant ne pas s'être fait voir.

Sans le savoir, La Semeuse l'avait amenée dans une clairière au sol inégal et couvert de mousse, avec un petit tas de pierres au centre. Des fleurs fanées étaient posées devant et, au milieu de ces fleurs, quelque chose brillait. Finaiguille ne discernait pas ce que c'était, mais elle en avait vu assez pour deviner ce que ce cairn devait être. La Semeuse se rendait sur une tombe. Finaiguille recula et attendit.

La Semeuse trottina jusqu'au tas de pierres, y déposa le paquet enveloppé de feuilles qu'elle portait et, les pattes appuyées sur le cairn, elle colla sa joue contre les pierres comme pour les embrasser. En reniflant, elle s'assit et essuya des larmes sur son visage.

Ce moment de tendresse ne dura pas. La Semeuse gratta la mousse, repoussant sur le côté fleurs fanées et baies flétries, et ouvrit son paquet de feuilles pour en sortir des sorbes fraîches, des marguerites d'automne et des feuilles de chêne. Elle les arrangea avec un soin tatillon, tout en marmonnant sans cesse. Brûlant de curiosité, Finaiguille s'avança.

– Voilà qui est mieux, ma dame, disait La Semeuse. Vous

êtes au propre, maintenant. Je vous ai apporté des fleurs fraîches et j'ai rangé un peu.

Elle ramassa l'objet brillant que Finaiguille ne voyait pas très bien mais qui pouvait être un bracelet tout cabossé.

– Laissez-moi polir votre bracelet, ma dame.

Finaiguille s'approcha en rampant. La Semeuse frotta énergiquement le bracelet sur sa fourrure, le prit à deux mains et le serra contre sa poitrine.

– Je suis désolée de ne plus être venue pendant quelque temps, ma dame, dit-elle. Vous savez ce que c'est, à cette époque de l'année, l'hiver arrive. Je vous ai apporté quelque chose de spécial, qui n'est d'ailleurs que votre dû.

Du paquet de feuilles, elle tira un autre objet brillant. Quand Finaiguille se pencha en avant pour mieux voir, l'écureuil leva les yeux.

– Toi! cria-t-elle d'une voix enrouée. Qu'est-ce que tu fais ici, sale pelote hérissée d'épingles?

Dans un éclair de fourrure, toutes griffes dehors, elle se jeta sur Finaiguille, qui rentra la tête et se mit en boule. Il y eut un «Aïe!» aigu et La Semeuse se débattit pour se dégager, puis on entendit la voix apaisante de Sépia :

– Du calme! dit-elle. On ne voulait rien faire de mal. On s'inquiétait pour toi.

– Il n'y a aucune raison de s'inquiéter, répondit La Semeuse d'un ton sec en léchant une de ses pattes meurtries. Allez-vous-en.

– Oui, oui, on va s'en aller, la rassura Sépia tandis que Finaiguille se dépliait. Mais ça m'ennuie de te laisser malheureuse comme ça.

L'écureuil haussa le menton avec fierté.

– Ma Lady Belle aurait dû être enterrée dans la crypte de la Tour avec la reine, dit-elle. Elle était la meilleure amie de la reine, et elle était magnifique. Quoi qu'ait pu faire le capitaine Bogue, ce n'était pas la faute de ma Lady. On l'a enterrée ici, dans les Barbelés, et qui se rend sur sa tombe ? Moi. Je suis la seule à m'occuper d'elle. Je ne vais pas l'oublier, comme tout le monde !

Elle baissa la tête pour s'essuyer les yeux mais, quand Sépia tendit une patte, elle la repoussa.

– Va-t'en ! gronda-t-elle en larmoyant. C'est le domaine de ma reine !

– Ta reine ? s'étonna Finaiguille en jetant de nouveau un œil sur la tombe où quelque chose étincelait comme un fil d'or.

– Ma reine, s'entêta La Semeuse, et la vôtre. Vous ne le saviez pas, hein ?

Elle souleva l'objet brillant pour que Finaiguille et Sépia puissent enfin le voir. Des tiges vertes et des sorbes étaient entrelacées avec des fils d'or et d'argent pour faire une couronne – une couronne de pacotille, mais tressée avec le plus grand soin.

– C'est magnifique, La Semeuse, lui dit Sépia. Tu l'as faite toi-même ?

La Semeuse sembla se calmer un peu.

– Bien sûr que c'est moi. Personne d'autre n'y aurait pensé, puisque personne d'autre n'a jamais su qu'elle était reine.

Se drapant dans sa dignité, elle plaça la couronne au sommet du cairn, fit un pas en arrière comme pour exprimer son respect, puis se retourna avec un sourire de triomphe.

– Vous croyez tout savoir, leur dit-elle. Avec votre chasse à la Pierre du Couronnement. Je peux vous dire quelque chose à propos de la Pierre du Couronnement, quelque chose que vous ignorez, petites futées. Vous voulez que je vous le dise ?

– Oh, oui, s'il te plaît, lui répondit Sépia.

– C'était un matin, peu avant le Festival de Printemps, lâcha La Semeuse d'un ton dédaigneux. J'avais poli les bijoux de ma dame et je les lui rapportais mais, quand j'ai frappé, on ne m'a pas répondu, alors j'ai quand même ouvert la porte pour aller déposer tout ça dans la pièce. Elle était là, assise dans le petit fauteuil à côté du feu, et regardait quelque chose qu'elle tenait dans une de ses pattes. Et la chose qu'elle tenait était une très jolie pierre rosâtre avec de l'or dedans, plus ou moins en forme de cœur. Je ne savais pas encore ce que c'était. Puis…

Ses yeux se dilatèrent et elle continua plus lentement :

– … je peux vous jurer que la pierre sur sa patte était parfaitement immobile pendant tout le temps que je l'ai regardée. C'était un spectacle si magnifique que j'en ai oublié de lui signaler que j'étais là.

Finaiguille ouvrit la bouche, mais la referma aussitôt quand Sépia lui marcha sur la patte.

– Et alors, que s'est-il passé ? s'enquit celle-ci.

– Elle a levé les yeux et m'a vue sans paraître contrariée le moins du monde : elle s'est contentée de sourire, aussi douce que d'habitude, répondit La Semeuse. Elle a laissé tomber la pierre dans un petit sac et n'en a plus jamais parlé. Mais quand vous avez commencé à raconter que la Pierre du Couronnement avait disparu, quand les animaux de la Tour se sont tous pavanés en nous détaillant son apparence, j'ai su ce que j'avais vu dans la patte de ma dame. Je l'ai vue, de mes yeux vue, la façon dont elle restait immobile sur sa patte. Je sais ce que ça veut dire, conclut-elle d'un air de triomphe. Cela veut dire que c'était elle, la vraie reine d'Outrebrume.

Sépia pressa la patte de Finaiguille pour lui intimer de ne pas réagir.

– Merci beaucoup de nous avoir prévenues, lui dit-elle. Et sais-tu ce qu'en a fait Lady Belle ensuite ?

– Je ne l'ai jamais revue, cette pierre, répondit La Semeuse. Je suppose qu'elle pourrait être dans sa chambre, mais personne n'aurait pensé à chercher là, pas vrai ?

– Oh, mais c'est là que..., commença Finaiguille, qui se tut quand Sépia écrasa sa patte plus fort.

– Que quoi ? demanda La Semeuse.

Un éclair de suspicion passa dans son regard.

– Qu'est-ce qu'ils en ont fait ?

– Rien, lui répondit Sépia.

– Rien ? répéta La Semeuse.

Ses yeux luisaient.

– Enfin, le fait est, dit Sépia d'un ton circonspect, que c'est une si jolie chambre, et que Lady Belle et toi l'aviez si magnifiquement entretenue, qu'on ne s'en sert que pour des hôtes de première importance.

– Quels hôtes ? s'enquit La Semeuse. Cette bande de gens de Grisemine ?

– Seulement le Lord ambassadeur en personne, répondit Finaiguille. Lord Crockenpique. Alors...

– Lord Crockenpique ? cracha La Semeuse. Il jette les meubles contre les murs ! Tout le monde le sait !

– Je suis sûre qu'ils ne sont pas..., commença Finaiguille.

Mais La Semeuse les avait bousculées en jouant des coudes et bondissait par-dessus les buissons.

– Oh, mon Dieu ! lâcha Sépia.

– Laisse-la continuer son chemin, lui dit Finaiguille. Elle peut bien faire sa crise, si elle en a envie. Il n'y a aucune raison d'essayer de lui cacher la vérité. Lord Crockenpique est dans l'ancienne chambre de Lady Belle, un point c'est tout. Frère Sapin n'arrête pas de nous dire que nous devons tirer les leçons du passé. On ne devrait pas la laisser continuer à penser que Belle était si bonne et si douce, et pour ce qui est de tenir la Pierre du Couronnement dans sa main…

– Oui, répondit Sépia. On n'a pas trouvé la Pierre du Couronnement, mais à présent on sait qui a fabriqué la fausse. Belle venait sans doute juste de finir de la polir, et elle était en train de l'admirer quand La Semeuse l'a vue. On devrait aller le dire au roi.

Elles se sentirent soudain toutes deux transies et mal à l'aise, debout là, à côté du cairn avec le vieux bracelet de Belle et cette couronne tout entortillée. Sans un mot, elles se précipitèrent vers la Tour. Elles avaient appris quelque chose d'utile, mais aucune des deux ne se sentait mieux pour autant.

CHAPITRE 16

Oursin était encore en faveur auprès du roi, mais il savait que cela ne durerait pas. L'automne fraîchissait. Les arbres dépouillés brandissaient leurs branches nues vers un ciel incolore, et le jeune écureuil rageait dans son cœur contre l'été disparu. L'hiver arrivait trop vite.

Il y avait toujours dans sa cellule un panier de bois pour le feu et, chaque fois qu'on le ramenait après une journée passée dans les mines avec le roi, il trouvait toujours dans l'âtre un feu aux flammes hautes et claires. On laissait en permanence à son intention du vin, des fruits et des biscuits, même les jours où il était convoqué pour partager le repas du roi dans la Chambre Haute.

Juniper prenait soin de rester caché. Attentif à tous les bruits à l'extérieur de la cellule, il veillait à rester toujours assez près du lit pour pouvoir sauter dedans et s'y dissimuler s'il pensait que quelqu'un risquait d'entrer – la rumeur lancée par Cèdre, selon laquelle Oursin aurait des poux, faisait qu'aucun animal n'oserait approcher de sa literie. Aliments et boissons étaient toujours déposés dans la cellule, mais Juniper avait décidé de ne jamais y toucher avant le retour d'Oursin. Il avait le sentiment que ce ne serait pas correct.

– Tu aurais dû manger quelque chose, lui chuchotait Oursin en étirant vers le feu ses pattes gelées à son retour des mines. Moi, au moins, je peux sortir. Je me demande comment tu peux supporter cet ennui.

Seul tout le long du jour, Juniper repensait aux animaux et aux endroits qu'il aimait et les recommandait au Cœur. Il apprenait à trouver de la sérénité en lui-même. Il apprenait à prier.

Chaque jour, Oursin était emmené sous escorte à la Cime du Phare pour superviser la recherche de filons d'argent, et il n'aurait jamais pu imaginer rien de plus fastidieux. À cette époque de l'année, il aurait dû être en train de stocker des noisettes, de construire des nids douillets et de jouer avec les feuilles mortes, au lieu de rester au pied d'une montagne à regarder des hérissons abattre des arbres avec leurs haches et des taupes couvertes de poussière sauter dans des tunnels et en ressortir. Parfois, un groupe s'assemblait pour murmurer en jetant des regards accusateurs dans sa direction. Jusqu'à présent, on n'avait rien trouvé. Oursin faisait des efforts pour paraître concentré et sûr de lui mais ce n'était pas facile et, quand le roi l'étreignait ou lui passait familièrement un bras autour des épaules, il devait réprimer un mouvement de recul. Bronze ne laissait échapper aucune occasion de lui marcher sur la patte ou de lui tirer les poils quand le roi regardait ailleurs, ce qui, pour Oursin, était plus exaspérant que douloureux.

Le pire de tous était Fumerolle, qui traînait les pieds en reniflant, accompagné d'un cliquètement d'os et de dents quand il faisait des passes magiques autour des animaux que ce manège rendait nerveux. Parfois il esquissait un geste brusque en direction d'Oursin, mais il n'avait pas l'air de bien savoir comment envoyer un sort à l'Écureuil Marqué. Il se contentait de humer l'air en murmurant :

– On gèle, on gèle, l'hiver arrive, quelque chose de blanc volette dans le ciel.

Et le roi riait aux éclats.

– N'est-il pas désopilant ? fit-il remarquer par un matin frisquet où Fumerolle n'arrêtait pas de loucher vers le ciel. Il ne peut pas attendre la première chute de neige. Ne t'en fais pas, Oursin. Je ne te livrerai pas à lui tout de suite.

Un soir, alors qu'ils rentraient à la Forteresse, Oursin sentit dans l'air un changement. Le vent glacial contre lequel ils avaient dû lutter pour aller vers les montagnes avait tourné et se ruait à nouveau sur eux, bombardant leurs visages d'une pluie gelée. Fumerolle grommelait. Le roi se drapa dans sa cape en grondant. Ils étaient dépassés par des animaux qui se hâtaient, tête basse, tassés sur eux-mêmes pour affronter la pluie, poussant leurs lourdes brouettes, en quête d'un abri. La terre et le ciel étaient gris acier, les capes trempées et les moustaches pendaient lamentablement bien avant qu'ils n'arrivent à la Forteresse où Granit fit entrer Oursin en le bousculant.

– Le Phénomène ne nous porte pas chance, gronda-t-il.

Il enleva sa cape mouillée et la fit tournoyer pour éclabousser le visage d'Oursin.

– Tu ne sers à rien, le Phénomène ! Tu ne vaux rien !

Avec un grand sourire désagréable, il promena son regard autour de lui, en quête d'approbation. Bronze, Filoche et d'autres gardes de la Forteresse les entouraient, attendant de voir ce qu'il allait se passer. Après une longue journée éprouvante, ce serait peut-être distrayant.

Oursin s'arma de courage. Il ne fallait pas réagir, ni faire d'histoires. Cela ne ferait qu'empirer son sort et compliquer son évasion, et il n'était pas seul en cause.

– En Outrebrume, tout le monde se demande ce qui est arrivé à la mère du Phénomène, jeta Granit à la cantonade. Jamais donné signe de vie. Elle a jeté un coup d'œil sur cette chose et a fichu le camp. Il tient probablement de son père, quel qu'il soit.

Oursin pivota pour lui faire face, mais Bronze et un autre garde le saisirent aux poignets et le firent reculer en riant.

– Je vais lui apprendre les bonnes manières ! s'écria Bronze.

– Il est à moi, avorton ! grogna Granit.

Lentement, sortant ses griffes, il marcha sur Oursin.

Un éclair métallique jaillit soudain, et Granit heurta le mur avec un bruit mat. Bronze se mordit la lèvre en fixant le sol sans pouvoir s'empêcher de sourire. Le roi se tenait au milieu d'eux et venait de décocher un violent coup de patte à Granit.

– C'est moi qui déciderai de ce qui va arriver au Phénomène, pas vous, Lord Marshall ! hurla-t-il en tendant des griffes argentées vers Oursin. Où est l'argent, Phénomène ? Si j'en viens à découvrir que tu nous as fait chercher au mauvais endroit, je renverrai tes pattes en Outrebrume, une à une ! Pourquoi es-tu venu ici ? C'est à ma couronne que tu en veux !

Sa voix criarde dérapait dans les aigus.

– Ma couronne ! Tu crois que, ce soir, tu vas t'asseoir à ma table, hein ? Eh bien, non ! Emmenez-le ! Pas besoin d'attendre la neige ! Demain, je vais te tuer ! Tu m'entends ? Demain !

Bronze poussa Oursin dans sa cellule avant de claquer la porte. Il aurait aimé rester pour se moquer du prisonnier, mais il devait aller prendre son tour de garde sur les remparts. Il gravit lourdement les escaliers, en renâclant à chaque marche. C'était le pire endroit où monter la garde, les remparts, sans rien entre l'hiver et vos poils et, ces jours-ci, on l'envoyait toujours là quand il n'était pas en train de se traîner pour suivre ce bouffon dans ses horribles mines. Plus tôt on tuerait le Phénomène, mieux ce serait. Il arpenta les remparts, aboyant des ordres à l'attention des gardes frissonnants, donnant des coups de pied à ceux qui s'endormaient debout à la suite de leurs longues heures de faction, maugréant contre la pluie. Pendant ce temps-là, on le gâtait, ce Phénomène, avec sa cellule confortable et son feu dans la cheminée ! Avec un peu de chance, ça ne durerait pas. La commandante Cèdre s'était occupée personnellement de la fourniture du bois de chauffage, à l'arrivée du Phénomène…

… Bronze s'arrêta de déambuler et posa ses coudes sur la muraille.

La commandante Cèdre manifestait un grand intérêt pour l'Écureuil Marqué. Voilà qui était intéressant. Cela valait la peine d'y réfléchir.

Bronze savait depuis toujours qu'il existait deux catégories d'animaux à Grisemine. Ceux qui se contentaient de faire leur travail en gardant la tête basse pour s'éviter des problèmes et les animaux comme lui. Qui avaient de l'ambition, qui étaient décidés à accéder au pouvoir et prêts à détruire quiconque se mettrait en travers de leur chemin. La commandante Cèdre était déjà parvenue à un poste élevé, mais s'en contentait-elle ?

On ne pouvait jamais savoir ce qu'elle avait en tête, se dit Bronze. Bien snob, cette dame, restant sur son quant-à-soi, ne daignant pas parler au commun des mortels, sauf pour donner des ordres. En ce moment, elle manigançait quelque chose. En la voyant se donner tant de mal pour le Phénomène, on aurait presque pu penser qu'elle l'aidait.

« On aurait presque pu penser qu'elle l'aidait. »

Voilà donc ce que c'était. Ces deux-là étaient sur le même coup, Cèdre et le Phénomène. Peut-être voulait-elle renverser le roi et se faire couronner reine. Elle lui avait promis de le sauver s'il l'aidait, ou quelque chose comme ça.

Un sourire sinistre apparut sur le visage de Bronze. Il irait le dire au roi, mais pas tout de suite. Contre Cèdre, le roi ne croirait rien sans preuve. Bronze allait attendre, sans cesser de la surveiller, et la prendre sur le fait. S'il ne réussissait pas à abattre le Lord Marshall, cela ne le gênerait pas de devenir commandant. Ce ne serait qu'une question de temps, peut-être pas si longtemps, en fait.

Oursin avait l'impression qu'il venait à peine de s'endormir quand on le réveilla pour une nouvelle expédition épuisante et glaciale à la Cime du Phare. Il regretta de ne pas avoir dit au roi de chercher dans un endroit plus proche. Le gel rendait la terre nue plus dure et plus cruelle sous les pattes, et cette marche ne semblait jamais devoir finir. Les animaux ouvriers ayant construit des abris et allumé des feux, il pouvait au moins s'y réchauffer quand Granit était trop occupé pour lui interdire de s'en approcher. Le vent violent transportait la poussière des mines et la suie froide des fourneaux. C'était une journée dont Oursin se disait qu'elle ne finirait jamais, une journée de froid, d'humidité et d'ennui. Les animaux, poussant leurs brouettes et maniant la pioche, ne cessaient pas de frissonner, le dos voûté et l'air misérable. Longtemps avant qu'ils n'arrivent à la Forteresse ce soir-là, le froid l'avait pénétré jusqu'à la moelle des os et, quand la silhouette du château se dessina au loin, ses pattes de derrière flageolaient, meurtries par chaque pas sur le sol gelé.

Il s'endormait debout quand une secousse soudaine le réveilla. Il eut l'impression d'osciller, puis il y eut un instant terrible où tout bougea, et il ne savait plus si c'était lui qui perdait l'équilibre ou le sol qui se dérobait sous ses pas. Plus rien n'était immobile et il se surprit à chercher du regard un arbre auquel grimper, une branche sur laquelle bondir, mais il n'y avait rien de ce genre dans cet endroit désolé...

Quelqu'un l'agrippa, le tira sur le côté, et se précipita vers un abri. Des animaux couraient tout autour de lui, poussant des cris, regardant par-dessus leurs épaules alors que le sol tremblait en grondant. Il n'y avait nulle part où grimper, aucun endroit n'était sûr... Granit criait des ordres :

– Rampez, vous tous ! rugissait-il. En deux groupes, déployez-vous, répartissez votre poids !

À plat ventre sur la terre gelée, Oursin rampa. Du coin de l'œil, il voyait autour de lui des animaux se traîner comme des insectes sur cette surface grise et poussiéreuse. Tout frissonnant, il se demandait ce qu'il s'était passé exactement et combien de temps cela allait durer quand Granit aboya de nouveau :

– Debout, vous tous ! Faites pas tant d'histoires, ce n'est qu'un petit tremblement de terre. Une petite secousse dans le sous-sol, rien qui puisse inquiéter qui que ce soit, sauf le Phénomène, parce que c'est un lâche. On bouge !

Oursin devint enragé. Il n'allait pas laisser passer cette remarque. Mais des gardes le tenaient par les bras et le forçaient à avancer, il n'avait pas d'autre choix que de continuer, pas à pas, frigorifié, ses pattes douloureuses boitant sur le sol gelé.

Au moins, la Forteresse était en vue, et il pouvait s'attendre à se retrouver dans une cellule bien chaude. Il n'aurait jamais cru pouvoir un jour trouver accueillant ce hall aux miroirs mais, au moins, les torches allumées le long des murs réchauffaient sa fourrure. Des hérissons l'escortèrent jusqu'à sa cellule, à une allure forcée qu'il avait du mal à suivre. Gardant la tête haute, il vit leurs sourires et les coups d'œil qu'ils échangeaient en arrivant dans le couloir. Bronze criait des ordres :

– Sortez-moi tout ça ! Tout !

Oursin fixait la scène avec une incrédulité horrifiée. Les coussins de sa cellule, la table et même les rideaux volaient dans le couloir. Ils vidaient sa cellule. Il ne restait rien derrière quoi Juniper aurait pu se cacher.

Avait-il pu s'échapper ? Se dissimulait-il dans la cheminée ? L'avait-on découvert ?

– La meilleure des chambres à coucher pour le monstrueux ami du roi, annonça Bronze en souriant.

Dans un coin, il y avait une couverture et un petit tas de

feuilles. Dans l'âtre froid, un pichet d'eau, une assiette de pain sec et le panier de bûches vide. Il restait des cendres dans le foyer. Pas de trace de Juniper.

Bronze l'observait avec un petit sourire narquois. Ou bien Juniper avait réussi à s'échapper d'une façon ou d'une autre et ils ignoraient son existence, ou bien ils l'avaient trouvé, emmené et guettaient la réaction d'Oursin. Attentif à ne rien laisser transparaître, essayant de marcher sans boiter, il alla jusqu'au tas de feuilles et s'y affala.

– Dors bien, railla Bronze dans un bruissement de piquants.

Il allait refermer la porte quand on entendit dans le couloir des pas et le cliquètement d'armes maniées par des animaux qui rectifiaient leur position. Le roi Bois d'Argent arrivait.

Oursin était trop fatigué pour s'en soucier et ses yeux se fermaient déjà mais, en aboyant «Debout, le Phénomène!», Bronze fit irruption dans sa cellule, le mit de force sur ses pattes et, d'une poussée, lui fit franchir la porte. Oursin dut se servir de sa queue pour garder l'équilibre et put ainsi éviter d'aller s'étaler aux pieds du roi Bois d'Argent. Celui-ci le toisa.

– Incline-toi, le Phénomène! ordonna-t-il.

«J'en ai soupé de tes crises et de tes scènes, se dit Oursin. Tu n'as rien d'un roi et je ne vois pas pourquoi je m'inclinerais devant toi.» Granit poussa son dos de la pointe de son épée, l'envoyant rouler à terre. Au milieu des rires, un garde s'avança et le hissa sur ses pieds bouillant d'humiliation.

Il sentit ses lèvres effleurer son oreille.

– Ne t'en fais pas! chuchota le garde.

C'était dit d'une voix si douce et si étouffée qu'il ne pouvait même pas être sûr d'avoir bien entendu mais il reconnut la fourrure de Cèdre à son éclat d'or rouge. Il ne voulut pas prendre le risque de lever les yeux sur elle mais, en revanche, quand il fut à nouveau debout, il jeta un coup d'œil sur la petite foule qui l'entourait. Là, parmi les gardes revêtus de cottes de mailles et casqués, il perçut en un éclair une fourrure sombre et une patte dont la déformation lui était familière.

Il aurait reconnu n'importe où cette fourrure et cette patte. Il n'osa pas lui adresser un signe de reconnaissance, mais il lui fallut se mordre très fort l'intérieur de la lèvre pour réprimer un sourire.

– Debout, le Phénomène ! lui ordonna Cèdre avant de reprendre sa place derrière le roi.

– Cette fois, gronda Bronze, incline-toi devant le roi.

Cèdre se trouvait juste derrière Bois d'Argent. Oursin mit sa patte sur son cœur et s'inclina.

– Voilà qui est mieux, grogna le roi. Nous commencions à nous dire, le Phénomène, que tu nous avais envoyés chercher au mauvais endroit. Nous avions l'intention de te livrer dès maintenant à Fumerolle. Je suis sûr que la neige va bientôt commencer à tomber. Mais on a trouvé un filon d'argent, le Phénomène, à la Cime du Phare !

Il se retourna vers les gardes en levant son poing fermé.

– Vous avez entendu ? Un filon d'argent !

Il attendit que les acclamations se soient calmées avant de se tourner vers Oursin.

– Fumerolle prétend que c'est à sa magie qu'on doit cette découverte, mais nous allons t'accorder le bénéfice du doute et te garder en vie encore un peu. Tu as intérêt à ce que ce soit un bon filon. Où est Fumerolle ?

Dans son cliquètement habituel d'ossements, Fumerolle s'avança dans le couloir en traînant les pieds.

– C'est moi qui vous ai apporté cet argent, siffla-t-il. Ma magie a fait trembler la terre pour ouvrir le filon. C'est moi qui l'ai trouvé.

– Mais tu ne l'avais pas trouvé avant l'arrivée du Phénomène, n'est-ce pas ? observa le roi avec humeur.

Fumerolle continua à faire entendre son cliquètement le long du couloir.

– C'est un sujet qu'il est dangereux d'aborder..., commença-t-il.

Puis soudain, à deux pas de Juniper, il s'arrêta. Ses yeux se rétrécirent. Sous le regard d'Oursin, Fumerolle renversa la tête en arrière comme un oiseau et renifla.

Oursin se força à regarder droit devant lui, mais il ressentait des fourmillements sous la peau. C'était comme si Fumerolle pouvait sentir la présence du petit écureuil. Le sorcier émit un grognement du fond de la gorge et recula d'un pas traînant.

– Qu'est-ce qu'il t'arrive ? lui demanda sèchement le roi.

– Quelque chose..., dit Fumerolle d'une voix rauque. Quelque chose...

Il respirait péniblement. Il avait les oreilles rabattues, collées au crâne, le poil hérissé et, à la stupéfaction d'Oursin, son regard était terrifié.

– Une magie puissante ! dit Fumerolle avec une respiration sifflante. J'en ferai de la plus puissante ! Puissante !

Manquant trébucher dans ses propres pattes, il se retira dans l'ombre. Le roi aboya un ordre et une poussée brutale de Bronze renvoya Oursin dans sa cellule tandis que la serrure cliquetait derrière lui.

Après le couloir éclairé par la lumière des torches, la cellule était obscure et il y faisait un froid terrible. Oursin prit une gorgée de l'eau saumâtre, au goût de métal, ce qui ne le réchauffa pas, au contraire, et ne se sentit pas la moindre envie de toucher au pain dur. Il s'enroula dans sa couverture et se tassa sur les feuilles en se demandant ce qui avait pu alarmer Fumerolle à ce point. Quant à lui, il s'était affolé en voyant le sorcier s'arrêter si près de Juniper. La présence menaçante du mal rendait le petit écureuil malade. Serait-il possible que Fumerolle éprouve la même chose en présence de quelqu'un d'aussi bon et brave que Juniper ? Ne se pourrait-il pas, en outre, que Juniper soit plus encore que bon et brave ?

Son ami était en sécurité avec Cèdre, et c'était cela le plus important. Oursin en était heureux, en dépit de la morne solitude de sa cellule vide.

Il sentait encore dans sa fourrure un soupçon de lotion contre les poux, et l'odeur à nouveau lui rappela Pomme. Il en arrivait à l'aimer, cette lotion qui lui rendait Outrebrume présente. « À vos marques pour l'hiver, aurait dit Pomme à cette époque de l'année. On se couvre, on se met en boule, on ne bouge plus. » C'était ce que faisaient la plupart des animaux au plus froid des hivers qui les affamaient. Rester au chaud et dormir autant que possible. Il y avait une méthode pour ça, qui était de se replier au plus profond de soi et de se fermer à toute pensée. Rien d'autre à faire que de dormir. Oursin se roula en une boule très serrée, se raconta qu'il se trouvait dans son île et était en train de s'endormir quand la porte s'ouvrit avec fracas. Il entendait des rires dans le couloir. Oursin ferma les yeux très fort tout en désespérant de se rendormir.

– La commandante Cèdre de la Garde Rapprochée pour le Phénomène ! cria Filoche.

Avec réticence, Oursin, épuisé, ouvrit les yeux quand Cèdre le mit sur ses pattes.

– Ordre du roi, dit-elle d'un ton cassant. Tu dois venir avec moi.

Elle l'entraîna dans le couloir où des gardes riaient aux éclats en échangeant leurs commentaires :

– Tu as entendu ? Elle est autorisée à lui donner un bain. Par le roi, oui. En Outrebrume, ils doivent avoir une cinquantaine de variétés de poux qu'on ne connaît pas chez nous. Même la commandante Cèdre n'arrive pas à en venir à bout.

Cèdre ouvrit une porte latérale, fit rapidement descendre un escalier à Oursin, déverrouilla une autre porte et l'obligea à courir dans un dédale de corridors tournicotant en tous sens et entrecoupés d'escaliers. En réalisant qu'il était tout à fait réveillé et qu'il ne rêvait pas, l'écureuil sentit ses oreilles frémir d'excitation.

– C'est pour ce soir ? demanda-t-il avec impatience. Mon évasion ?

– Pas encore, lui répondit Cèdre avec douceur.

Oursin fit un effort pour ne pas paraître trop déçu.

– Mais il y a des animaux dont tu dois faire la connaissance, et j'ai eu une opportunité de te sortir de ta cellule ce soir. Avec un peu de chance, le roi va me laisser en faire une habitude. En attendant...

Elle se pencha pour tirer sur un anneau dans le sol et souleva une trappe. Oursin plongea son regard dans ce trou obscur et, avant qu'il ait pu poser la moindre question, Cèdre avait sauté et disparu de sa vie. Il y eut un petit bruit sourd et sa voix monta jusqu'à lui :

– Saute !

Ne sachant pas ce qui l'attendait, ni même quelle était la profondeur du trou, Oursin sauta, les pattes hésitantes. Il reçut en plein visage la lumière d'une torche qui le fit cligner des yeux.

– Par ici, Monsieur, lui dit une taupe.

Et Oursin se laissa entraîner dans un tunnel si bas de plafond qu'il ne tarda pas à devoir ramper. Il n'avait jamais vraiment aimé les tunnels, surtout ceux qui l'obligeaient à se baisser, mais il n'en avait jamais connu d'aussi exigus que celui-ci, et il n'était pas rassuré. Il se concentra très fort sur chaque pas qu'il faisait, puis sur le suivant, en essayant de ne pas penser à la voûte qui frôlait son dos ni au poids de la Forteresse au-dessus d'eux. Il ne fallait pas qu'il pense non plus au temps qu'allait durer son trajet dans ce tunnel, piégé comme il l'était avec une taupe devant lui et Cèdre derrière… Sa poitrine se contracta. Il essaya de respirer à fond, mais l'air était chaud et sentait le renfermé… « J'ai besoin de sortir, sortez-moi de là… Comment savoir si je peux faire confiance à Cèdre ? Est-ce qu'elle ne m'a pas attiré ici pour me tuer ?… » Puis, juste au moment où il sentait la panique le gagner, le tunnel s'élargit, la taupe ouvrit une porte fermée à clef et il fut accueilli par un déferlement de lumière, de couleurs et de voix bavardant d'un ton léger.

Il se trouvait sur le seuil d'une salle souterraine brillamment éclairée par des torches et par un feu de cheminée. À sa droite et à sa gauche, de la nourriture était entassée sur des tables de bois – une nourriture ordinaire, mais en abondance

– et des cordiaux de différentes couleurs qui lui donnèrent incroyablement soif rien qu'à les regarder. Puis il se rendit compte que tous les animaux présents dans la pièce s'étaient tournés vers la porte pour le dévisager avec des yeux brillants et pleins d'espoir.

Il y avait là des écureuils, des taupes de toutes tailles et de toutes nuances, des hérissons au regard perçant, et son cœur bondit de joie en apercevant Juniper. Beaucoup tenaient une coupe mais ils s'étaient arrêtés de boire et de parler, à part quelques chuchotements : « C'est lui ! L'Écureuil Marqué ! » Certains s'inclinaient poliment devant lui ou lui faisaient la révérence et il leur répondit en s'inclinant à son tour. C'est alors que la foule s'écarta sur le passage d'une jeune femelle hérisson et d'un écureuil mâle qui venaient vers lui.

L'écureuil s'arrêta, les pattes derrière le dos. Il était grand et mince et de couleur foncée, avec dans son attitude quelque chose de profondément pensif, et il portait une tunique brune ordinaire avec des marques humides comme s'il venait de s'y essuyer les pattes. Il attendit respectueusement que la hérissonne s'approche d'un pas lent et ferme la porte, la tête haute. Elle était de petite taille, avec un banal visage triangulaire et une expression grave, mais ses yeux brillaient d'un éclat vif. Il y avait en elle quelque chose d'éveillé, comme si rien de ce qu'il se passait ne lui échappait, qui rappela à Oursin Crispin ou Pastor. On avait dû lui enseigner à rester sur ses gardes. Oursin attendit d'être présenté, mais il savait déjà de qui il s'agissait.

– Voici la reine Mélèze, dit Cèdre, la nièce de notre regrettée reine, souveraine légitime de Grisemine. Et notre prêtre, Frère Flamme.

– Vous êtes particulièrement le bienvenu parmi les mélèzistes, dit Mélèze, dont la voix était basse et grave. Je vous dois des excuses pour les mauvais traitements que vous avez dû endurer ici. Quoi que nous puissions faire pour vous aider, nous le ferons.

Frère Flamme se précipita vers Oursin, lui prit la patte et la serra. Il dégageait une odeur d'herbes forte et désagréable.

– Veuillez m'excuser, dit-il avec une certaine brutalité.

Il paraissait nerveux et tendu, mais il parlait à Oursin comme s'ils se connaissaient depuis des années.

– Je viens juste de soigner une jeune taupe qui avait du mal à respirer, et je crains de porter sur moi l'odeur de l'infusion. Quoi qu'on puisse reprocher à Grisemine, nous avons des guérisseurs habiles.

– Et nous en avons bien besoin, précisa Mélèze. Tous ces forages pour trouver de l'argent ou du charbon dégagent une poussière qui pénètre dans nos yeux, nos gorges, nos poumons, et qui imprègne notre fourrure. Cela nous rend malades, et chaque saison les plantes dont nous avons besoin pour nous soigner sont plus difficiles à trouver. La fumée et la poussière détruisent tout.

– Je suis vraiment désolé, dit Oursin.

Avec tous ces regards chargés d'espérance qui étaient fixés sur lui, il sentait avec quel bonheur il aurait libéré cette île, pour peu qu'il ait su comment faire.

– Que voulez-vous que je fasse pour vous aider ?

Mélèze parut surprise.

– Oursin des Étoiles, c'est pour vous aider, vous, que nous sommes ici, lui répondit-elle. Nous ferons tout ce qui est en notre pouvoir pour vous ramener en Outrebrume. C'est une honte, la façon dont Bois d'Argent et sa cour vous ont traité.

– Mais j'aurais voulu faire quelque chose pour cette île, lui dit Oursin.

Il avait la bouche de plus en plus sèche et, à ses propres oreilles, sa voix rendait un son rauque, mais il lisait l'attente et l'espoir sur ces visages qui l'entouraient, et il continua :

– Je veux dire, oui, j'ai envie de rentrer chez moi. Je le désire si fort que j'essaie de ne pas y penser. Le roi Crispin souhaite mon retour, je le sais. Mais il n'aimerait pas que je vous abandonne si je pouvais vous aider si peu que ce soit.

– L'aide que vous pouvez nous apporter, voici en quoi elle consiste, lui dit Mélèze dont le petit visage solennel se leva vers lui. Quand on en aura fini avec la frénésie de l'argent et que Bois d'Argent aura été renversé, nous solliciterons l'aide d'Outrebrume. Pas sous forme de soldats, ni de pierres précieuses. Non, rien que de la bonne terre d'Outrebrume pour remplacer le sol détruit par les forages, et aussi des choses à y faire pousser.

– C'est exactement ce dont cette île a besoin, lui répondit Oursin.

– Tout comme je le disais, lâcha une voix bourrue et familière.

– Traînelapatte ! s'exclama Oursin.

Avec un large sourire, le capitaine Traînelapatte se fraya un chemin à travers la foule pour le rejoindre.

Mélèze tapa ses pattes l'une contre l'autre et soudain tout le monde s'affaira, versant du cordial, déplaçant des chaises, se rassemblant en petits groupes comme si une fête était sur le point de commencer. Pour Oursin, le sourire de travers sur le visage familier de la taupe valait mieux qu'une fête et lui donnait même plus de joie que la coupe de cordial que le capitaine lui mettait dans la patte.

– Comment êtes-vous arrivé ici ? demanda-t-il, stupéfait.

– Bois ça, lui ordonna Traînelapatte. Viens par ici.

Il désignait d'un coup de menton le feu auprès duquel Juniper les attendait.

– Content qu'on l'ait retrouvé. J'en étais sûr. Un bon petit gars que celui-là.

Une procession de hérissons portant des cuvettes d'eau chaude et des éponges s'avançait vers eux et Traînelapatte les désigna d'un signe de tête.

– Voilà ton bain qui arrive.

– Mon quoi ? s'étonna Oursin.

– Mme Cèdre a dit qu'elle te sortait de ta cellule pour te baigner, alors tu dois avoir l'air lavé de frais, dit-il avec un sourire pendant que les hérissons posaient l'eau et les éponges à côté d'Oursin. Fais pas attention à moi, et n'oublie pas l'intérieur des oreilles.

– Mais qu'est-ce que vous faites là ? s'enquit Oursin tout en se lavant.

– Je m'occupe de te faire évader, qu'est-ce que tu crois ? lui répondit Traînelapatte. Le roi était contre l'idée d'envoyer une autre expédition de recherche avant qu'on soit sûr de ne pas recevoir le même accueil que la dernière fois. Mais comme le temps passait, j'ai dit au roi que je ne voulais risquer la peau de personne, mais que je me fichais de la mienne. Alors pourquoi ne pas creuser un ou deux tunnels de plus, que ceux de Grisemine ne connaîtraient pas. Et me voilà ! Se pourrait bien que je te sorte de là.

– Quand ?

– Est-ce que je sais ? lui répondit Traînelapatte. Je viens juste d'arriver. Un drôle d'endroit, faut dire.

– Mais on croyait que tous les tunnels étaient gardés ? s'étonna Juniper.

– Bien sûr, confirma Traînelapatte. Tous ceux dont ils ont entendu parler. Alors j'en ai fait quelques autres. C'est ce qui m'a retardé. Remarque, quelle merveille que ces vieux tunnels sous la mer ! Des arches magnifiques. Aussi bien que la Tour. Juste assez grands pour de petits écureuils. Il faudra qu'on rentre par là.

Oursin et Juniper échangèrent des coups d'œil. Aucun des deux n'aimait vraiment l'idée de passer plusieurs jours à voyager sous terre, à une telle profondeur, mais c'était la seule façon de rentrer en Outrebrume.

– Joli travail, ces tunnels de Grisemine, continuait Traînelapatte en remerciant d'un signe de tête les jeunes hérissons qui déposaient à leurs pieds des paniers de pain et de fruits. Ils ont fait de jolis tunnels dans toute leur île, mais ils en ont trop creusé. Pas bon pour le sol. Ça l'affaiblit. Et, en plus, c'est ce que je viens de dire à Mélèze et aux autres, il y a une énorme faille juste en dessous de la Forteresse. Il n'y a qu'une taupe pour découvrir des trucs comme ça. Il a fallu que j'étudie tout leur réseau de tunnels, que j'y fasse quelques raccourcis de mon cru, et tout ça sans que l'ensemble me tombe sur la tête. Beau travail, bien que ce ne soit pas a moi de le dire.

Il eut un sourire satisfait en se réchauffant les pattes sur son gobelet de cordial fumant.

– Impeccable.

Oursin savourait la sensation de propreté que lui procurait sa fourrure débarrassée de la poussière. Traînelapatte lui passa une serviette.

– Je compte avoir une chance de te sortir de là quand l'hiver commencera à tout geler et que la terre sera trop dure pour les forages, dit-il. À ce moment-là, nous aurons peu de temps, parce qu'il faudra vous faire partir tous les deux avant que Fumerolle ne réclame sa proie. Peux rien te promettre, note bien. Ferai de mon mieux.

Il s'étira en souriant d'un air approbateur aux musiciens qui se mettaient à jouer tandis que des mélèzistes se donnaient la patte pour danser. Oursin les regarda faire en se demandant s'il était censé inviter quelqu'un et ce qu'il pourrait bien faire dans ce cas alors qu'il ne connaissait pas cette danse et qu'en plus, il était encore tout mouillé. Il sentit alors des moustaches effleurer son visage. Cèdre était derrière lui et se penchait pour lui parler à l'oreille :

– Juniper et toi, venez avec moi, lui dit-elle à voix basse. Il y a des choses que vous devez savoir.

Tenant toujours leurs gobelets, les deux jeune écureuils la suivirent. Cèdre se faufila entre les danseurs, gravit quelques petites marches creusées dans le roc et franchit une porte si basse qu'Oursin dut se baisser avant de se retrouver dans une petite pièce ronde au plafond voûté, décorée de mélèzes.

Même avant d'avoir vu Frère Flamme, il avait compris qu'ils étaient dans la chambre d'un prêtre. Cette pièce en avait l'atmosphère calme incitant à la prière. Des paniers de feuilles y étaient entassés les uns sur les autres, des alignements bien ordonnés de petits flacons étaient disposés sur une étagère et un feu ronronnait dans l'âtre. Des lanternes dispensaient une lumière douce.

Frère Flamme leur tendit la patte pour les inviter à le rejoindre près de la cheminée et ils s'assirent bien au chaud. Il y avait près du feu une petite table de bois sans rien d'autre dessus qu'un petit coffret verni, et Oursin se demandait ce qu'il pouvait bien contenir quand Frère Flamme s'assit en murmurant :

– Cèdre, c'est à toi.

Oursin eut conscience de vivre quelque chose d'important. C'était un instant solennel et chargé de sens. Il avait des fourmillements dans les oreilles.

Cèdre ouvrit le petit coffret et le lui tendit, ce qui lui permit d'y voir un bracelet tressé, ancien, et qui semblait un peu usé. Il avait l'air d'être fait de poils d'écureuil, mais c'étaient – et, en y regardant de plus près, Oursin sentit son cœur battre plus vite – des poils pâles. Peut-être un peu plus foncés du fait qu'ils étaient vieux et que le bracelet avait été porté mais, à part cela, aussi pâles que sa propre fourrure. Les pattes légèrement tremblantes, elle posa le petit coffret par terre devant lui.

Oursin frissonna. L'intensité de cet instant faisait tout bourdonner et palpiter autour de lui. Sa vie était sur le point de changer. C'était ce que lui disait son cœur.

Chapitre 17

Sépia venait juste de se réveiller.

– C'est là qu'elle se trouve ! s'exclama-t-elle.

Pendant des jours, elle s'était tourmentée à propos d'une cape qui avait disparu. Elle ne pouvait se rappeler où elle l'avait eue entre les mains pour la dernière fois. Mais, maintenant que les matinées brillaient de gel et que le vent était devenu glacial, elle se languissait de sa chaude cape verte. Elle s'était couchée dans son nid sans cesser d'y penser, rêvant de pouvoir l'étaler sur la mousse et les feuilles à présent que les nuits devenaient plus froides. Et, comme cela lui arrivait souvent, elle avait dormi profondément et s'était éveillée tôt en connaissant la réponse à la question qu'elle se posait.

– Elle est restée là où je chante, se dit-elle.

Elle l'y avait oubliée la nuit où Espoir avait disparu ! Elle bondit sur ses pieds et fit bouffer ses poils pour se réchauffer. Sa fourrure commençait à s'épaissir pour l'hiver, ce qui lui plaisait bien, mais elle pensait à Oursin et espérait qu'il était au chaud.

Elle se sentirait bien seule, dans cet aller et retour solitaire vers la grotte aux chansons. Les mises en garde de Gorsen à propos des grottes ne l'inquiétaient pas, non – cela faisait des années qu'elle s'y rendait et il ne lui était jamais rien arrivé – mais elle s'était habituée à avoir de la compagnie. Finaiguille viendrait peut-être avec elle. À cette heure de la matinée, elle arpentait habituellement la plage à la recherche de la Pierre du Couronnement, aussi Sépia descendit-elle en bondissant vers le rivage où elle aperçut Finaiguille et Fingal qui avaient l'air de se disputer. Sépia trouva un rocher sur lequel se percher en attendant qu'ils aient fini.

Fingal disait qu'il ne voyait pas pourquoi Crispin ne pourrait pas être couronné, avec ou sans la Pierre du Couronnement, et qu'ils pourraient toujours organiser une autre cérémonie après le retour d'Oursin, Finaiguille insistait sur l'importance de la tradition en rappelant qu'ils avaient besoin de la Pierre du Couronnement pour prouver que Crispin était le vrai roi. Fingal se roulait dans le sable arguant que n'importe qui, avec la moitié d'un œil et quelque chose qui ressemblait à un cerveau pouvait voir que Crispin était le vrai roi, et Sépia observait les dessins que faisaient les vagues sur le sable. Pomme vint les rejoindre et, comme d'habitude, ils tentèrent de se rassurer en s'affirmant mutuellement qu'Oursin devait aller bien, et qu'il allait rentrer. Pomme se posait à voix haute des questions sur le capitaine Traînelapatte, qui était reparti, et sur sa pauvre femme, Mme Cott, la taupe la plus gentille qu'on ait jamais vue, qui disait qu'il était parti pour le service du roi mais si elle savait quel service, elle le disait pas, en tout cas, ou peut-être bien qu'elle avait pas le droit de le dire, allez savoir, pas vrai, pauvre Mme Cott, est-ce qu'elle en a pas, du courage. Quand Pomme fut obligée de s'arrêter pour souffler, Sépia bondit à bas de son rocher pour leur expliquer ce qu'elle voulait faire.

– Oh, tu vas à la grotte avec le toboggan aquatique ? lui demanda Fingal. Je peux venir ?

– Tu vas passer ton temps à t'amuser sur le toboggan, lui dit Finaiguille.

– Oui, s'il te plaît, insista Fingal.

– Oh, se souvint soudain Finaiguille, ce matin, j'ai promis à maman de l'aider à garnir les nids pour l'hiver.

– On pourrait y aller demain, proposa Sépia. Mais demain, je dois faire répéter la chorale. Tu crois qu'on pourrait tous les emmener à la grotte, si leurs parents sont d'accord ? Ils vont adorer la grotte aux chansons, et l'acoustique est tellement bonne ! J'aimerais beaucoup qu'ils puissent s'entendre là-bas. Tu crois qu'on pourrait les emmener avec nous ?

– Gorsen dit que c'est dangereux, objecta Finaiguille, mais tu es allée là-bas des tas de fois, non ?

– Oh ! Gorsen dit ça comme ça, laissa tomber Fingal. Ce que je crois, c'est qu'il veut se garder les grottes pour lui tout seul. Un lieu de rendez-vous intime et romantique pour impressionner ses petites amies.

Pastor n'avait jamais aimé les hauteurs, mais la tourelle de Sapin, ce n'était pas pareil. Sa simplicité aérienne, sa cheminée toujours impeccable, et l'impression de sainteté qui s'en dégageait n'avaient jamais manqué de l'apaiser. Ayant escorté Sapin en haut des escaliers, il s'agenouilla pour allumer lui-même le feu dans l'âtre et envoya Whittle, le jeune écureuil, chercher un petit déjeuner aux cuisines. Il tira un tabouret près du feu pour que Sapin pût s'asseoir.

– Que le Cœur te bénisse, Pastor, lui dit le prêtre en s'asseyant et en tendant ses pattes vers le feu. Je ne suis pas encore gâteux, mais c'est toujours très flatteur de voir mon feu allumé par un capitaine.

– Sapin, exigea Pastor avec exaspération, est-ce que vous pouvez m'expliquer toute cette histoire des brumes ? Je n'y comprends rien. Elles sont supposées protéger l'île, mais elles nous empêchent simplement d'aller secourir les nôtres.

Sapin ferma les yeux, serra ses pattes l'une contre l'autre et se balança doucement d'avant en arrière sur son tabouret, sans même remarquer le retour de Whittle avec le petit déjeuner. Pastor était sur le point de lui demander si tout allait bien quand il ouvrit les yeux, se secoua et dit :

– Le Cœur est grand, Outrebrume est une petite chose. Petite et belle. Les brumes ont été placées là pour nous protéger d'une attaque. Ceux de nos propres animaux qui partent par la mer ne peuvent pas revenir par la mer. Ce qui fait que les exilés ayant apporté sur notre île la guerre et la misère ne peuvent pas recruter une armée pour revenir et tout recommencer. Mais les brumes ne sont pas là pour tenir à distance les braves et les fidèles. Comme Traînelapatte avec ses tunnels. Traînelapatte est parti deux fois. Personne n'est jamais parti trois fois, puis revenu. Ce n'est peut-être pas possible. Mais personne ne comprend complètement les brumes, en dehors du Cœur qui nous les a données.

– Enfin, Bogue a pu amener des mercenaires, fit remarquer Pastor. Les brumes ont laissé passer leurs bateaux.

– Hum, dit Sapin. Cela me trouble vraiment. Pourquoi est-ce que certains bateaux arrivent jusqu'ici, et d'autres non ? Seul le Cœur le sait. Et le Cœur sait qu'Outrebrume ne peut pas vivre totalement coupé du reste du monde, peu importe en quoi il consiste.

– Mais pourquoi Grisemine, parmi tous les endroits possibles ? Depuis que Bogue est parvenu au pouvoir, nous avons eu plus de bateaux de chez eux qu'avant.

– Hum, dit Sapin. Seul le Cœur le sait. Mais quel délicieux petit déjeuner, Whittle ! Ce pain sent délicieusement bon !

– Et j'ai apporté du poisson pour le capitaine Pastor, s'empressa de dire Whittle.

Il ne savait pas vraiment quelle quantité de poisson apporter, alors il avait veillé à ce que la ration fût abondante. D'un geste vif, il enleva un poil d'écureuil tombé sur le beurre en espérant qu'on ne l'aurait pas vu.

– C'est très prévenant de ta part, lui dit Pastor, en notant que Whittle avait rapporté du poisson pour toute une famille de loutres. Peut-être que je pourrais en emporter pour Mme Arane.

– Comment va-t-elle, au fait ? s'enquit Sapin en versant du cordial dans les gobelets.

– Elle est de mauvaise humeur, et elle a hâte que tout cela soit fini, dit Pastor en haussant les épaules. La mère Câline dit que ce sont des jumeaux, mais Arane n'y croira pas avant de les avoir vus. Merveilleux, ce cordial chaud, Whittle.

Après avoir fini son repas, il alla sans se presser à la Porte de la Source et proposa du poisson à Arane, mais elle se retourna avec effort dans son nid en lui disant qu'elle n'en voulait pas.

– Laisse-moi, murmura-t-elle.

Il s'en alla donc. Après son départ, elle envoya chercher la mère Câline.

En quittant la Tour, La Semeuse trouva une porte à claquer et la claqua deux fois très fort en espérant que le bruit réveillerait quelqu'un. Elle s'était époumonée à discuter avec ces gardes qui ne voulaient pas la laisser approcher Lord Crockenpique. Ils avaient même dit qu'il valait mieux qu'elle ne voie pas ce que Lord Crockenpique avait fait à la chambre de Lady Belle, et elle leur avait répliqué avec virulence qu'il vaudrait mieux qu'ils ne voient pas, eux non plus, ce qu'elle allait faire à Lord Crockenpique.

Elle contourna la Tour en courant, ignorant la mère Câline et la fille de Traînelapatte, Miette, qui se hâtaient en direction de la Porte de la Source. Dès qu'on laisserait Lord Crockenpique mettre un pied hors de cette chambre, il la trouverait en train de l'attendre.

Chapitre 18

Oursin était assis dans la chambre ronde éclairée par le feu, avec Juniper à côté de lui, Cèdre et Frère Flamme lui faisant face. Tout était devenu silencieux, mais ce silence semblait bourdonner, comme la vibration d'une note qu'on vient de jouer.

– La première chose que tu dois comprendre, lui dit Cèdre, c'est que je ne suis pas de cette île, mais que je peux me souvenir de l'endroit d'où je viens, pas clairement cependant. C'était une île appelée Cendrardente parce qu'on disait que la montagne qui était au centre était un volcan dont tout le monde pensait qu'il était éteint.

– Excusez-moi, lui demanda Oursin, un volcan, qu'est-ce que c'est?

– C'est une montagne qui se réchauffe par l'intérieur, si fort qu'elle finit par exploser, lui expliqua Cèdre. Elle est si chaude qu'elle fond et déverse des torrents de feu, après quoi, il y a de la cendre partout. Je n'arrive pas à bien m'en souvenir. Tout ce dont je me souviens, ce sont des cris et cette lueur rouge, et mon père me soulevant pour m'emmener en courant jusqu'à un bateau. Nous avons tous quitté notre île pour toujours, et nous nous sommes installés ici ou là. Certains d'entre nous sont venus à Grisemine, qui était très bien à ce moment-là. Les écureuils de Cendrardente avaient tendance à rester entre eux, et il y en avait une qui est devenue ma meilleure amie. Je ne me rappelle pas un seul instant où elle n'ait pas été là. Plus âgée, elle était comme une grande sœur pour moi. Elle aidait les personnes qui s'occupaient de moi quand j'étais petite et je l'admirais. Elle était ravissante. C'était l'animal le plus gentil que j'aie jamais connu, et la première qui m'ait parlé d'Outrebrume. Elle n'y était jamais allée, mais en avait entendu parler et elle espérait trouver le moyen de s'y rendre un jour. Oursin, c'est d'elle que je tiens cette envie. Je me rappelle très bien la façon dont les animaux la regardaient et murmuraient à son sujet, car elle était Élue.

– Pardon ? lui dit Oursin.

– Elle était... enfin, elle était plus ou moins de la même couleur que toi, expliqua Cèdre. Ici, on dit un Écureuil Marqué mais, à Cendrardente, ils appellent cela être Élu.

Oursin avait le souffle coupé. Sa fourrure le démangeait.

– Elle n'était pas exactement comme toi, lui dit Cèdre. Elle avait le dos d'une couleur rouge écureuil qui se nuançait en une teinte miel de chaque côté, avec plus de rouge que toi sur les oreilles et la queue mais, pour le reste, elle te ressemblait. Elle s'appelait Amande. On s'intéressait beaucoup à elle à cause de la prophétie sur un Écureuil Marqué qui serait le libérateur de l'île. La plupart des vieux sages sentencieux de l'île pensaient que le libérateur serait un mâle et beaucoup disaient qu'il y avait trop de rouge sur elle pour qu'elle pût être un véritable Écureuil Marqué mais les animaux avaient les yeux fixés sur Amande. Beaucoup des pratiques de guérisseurs que j'ai apprises me viennent d'elle et de sa famille.

« Quand la reine est morte, Mélèze était la première sur la liste de succession, mais elle n'était alors qu'un petit enfant. Bois d'Argent devint régent. Au début, il n'était pas trop mauvais. Mais il est devenu de pire en pire et des animaux se sont mis à quitter l'île. Amande aurait voulu l'aider – son cerveau était malade – mais il ne voulait pas en entendre parler. Nous avions un excellent jeune prêtre très doué. Il s'appelait Chandelle, et les animaux parlent encore de lui. Il était déjà en train de former Flamme, mais le roi n'écoutait pas les prêtres, seulement Fumerolle.

– Excusez-moi, l'interrompit Oursin, mais je ne comprends pas cette histoire de Fumerolle et de sa magie. Je veux dire, est-ce que c'est vraiment de la magie ? Est-ce qu'il a vraiment un pouvoir, ou est-ce qu'ils croient tous simplement qu'il en a un ?

– C'est une bonne question, répondit Flamme. Il perçoit sans doute des choses qui échappent à la plupart des animaux. On pourrait appeler ça un sixième sens. Mais des tas d'animaux ont ce don, et ça n'en fait pas des sorciers. Dans le cas de Fumerolle, cela suffit à faire croire au roi qu'il en est un. Que sa magie, et tous ses micmacs avec des cadavres, ait réellement un effet, c'est difficile à prouver. Mais je vais vous dire ce dont je suis vraiment sûr. D'abord, le roi y croit dur comme fer, et cela donne à Fumerolle un pouvoir sur lui. Et ce que je sais aussi, c'est que le mal est à l'œuvre en Fumerolle et agit à travers lui. Mais le mal est à l'œuvre en beaucoup d'animaux, malheureusement, comme Granit et le roi, sans qu'il y ait là-dedans rien de magique.

– Je vois, murmura Oursin.

– Le roi était fasciné par la magie, et il la craignait aussi, continua Cèdre. C'est toujours pareil avec la magie : les animaux pensent qu'ils peuvent contrôler ce pouvoir, et ils découvrent trop tard que c'est la magie qui les contrôle. Mais il faut que tu saches ce qui concerne Amande. Quand sa famille a quitté l'île, elle est restée.

Oursin allait lui demander pourquoi, mais Cèdre poursuivit :

– Fumerolle a convaincu le roi que quand tout allait bien sur l'île, c'était grâce à son horrible magie et que, si les choses allaient mal, c'était parce que son pouvoir ne s'étendait pas assez loin. Quoi qu'il fasse par ailleurs, il détruisait le cerveau du roi. Frère Chandelle aurait pu lui aussi quitter l'île, mais il sentait qu'il lui fallait rester et protéger de son mieux les animaux contre Fumerolle et, puisque Chandelle restait, Amande est restée aussi. Amande et Chandelle s'aimaient, et Flamme les a mariés, mais en secret. C'était nécessaire, car le roi se méfiait déjà assez d'eux, particulièrement d'Amande à cause de sa couleur. Quand Amande m'a dit qu'elle attendait un bébé, nous savions bien qu'il ne fallait pas que le roi le découvre.

« À propos de ce bébé, Chandelle fit une prophétie :

« "Il provoquera la chute d'un puissant souverain." Il ne savait pas ce que ça voulait dire, mais il était sûr que ça venait du Cœur. Nous n'en avons rien dit à personne mais, je ne sais comment, le roi en eu vent. Après quoi il devenait beaucoup trop dangereux pour Amande et Chandelle de rester plus longtemps, et nous leur avons préparé un bateau pour qu'ils puissent quitter Grisemine.

« La nuit où ils devaient se sauver, impossible de trouver Chandelle ! Amande, bien sûr, ne voulait pas partir sans lui. Ce fut terrible, Oursin. Le matin suivant, on trouva Chandelle mort au pied du Pic de l'Aigle, et personne n'a jamais su s'il était tombé ou si on l'avait poussé. Les îliens perdaient déjà courage. Ils étaient comme tu les vois à présent, terrifiés par Fumerolle et par les archers du roi, la santé ruinée par la poussière des mines d'argent. Ils avaient trop peur pour oser demander comment leur prêtre était mort. Il y en avait trop, de ces ennemis du roi que l'on retrouvait morts au pied de falaises ou flottant sur l'eau. Certains étaient tués pour les besoins de la magie, d'autres s'évadaient. Tout cela est horrible, Oursin, j'en ai peur.

– Oui, le pressa Oursin. Mais qu'est-il arrivé à Amande ?

– D'abord, on a mis Mélèze et Flamme à l'abri en faisant croire à tout le monde qu'ils s'étaient sauvés. Comme cela, le roi ne les ferait pas poursuivre pour les assassiner. Ils auraient pu s'en aller, mais tous deux avaient le sentiment qu'ils devaient rester avec les animaux d'ici. Bien que jeune, j'étais une bonne guérisseuse, alors je ne risquais rien, d'autant moins que je faisais semblant d'être du côté de Bois d'Argent. Je sais ce qu'il se passe à la cour et je n'ai jamais cessé d'aider les mélèzistes. On pourrait dire, Oursin, que je suis une traîtresse.

– Personne ne pourrait vous traiter de traîtresse, lui assura Oursin. S'il vous plaît, qu'est-il arrivé à Amande ?

– Après la disparition de Chandelle, il fallait qu'elle se sauve avant que Bois d'Argent puisse lancer ses gardes à ses trousses. Il n'allait pas prendre le risque de les laisser vivre, ni elle ni son bébé. Quand je l'ai vue pour la dernière fois, elle m'a apporté ce bracelet. C'était le genre de chose que les femelles écureuils avaient l'habitude de faire en ce temps-là, échanger des bracelets tissés avec leurs propres poils au moment de la mue. Elle allait s'embarquer clandestinement à bord d'un navire le soir même. Un navire qui était déjà allé en Outrebrume et dont elle espérait qu'il y retournait peut-être.

Avec des gestes délicats, elle ramassa le bracelet, le retourna et le reposa. Sa patte tremblait. Elle détourna le visage et marqua un arrêt avant de poursuivre :

– Elle avait été une amie, une sœur, presque une mère pour moi, et j'aurais tant voulu partir avec elle. Je lui disais qu'elle aurait besoin de moi à la naissance du bébé, mais elle me répondait que Grisemine avait encore plus besoin de moi. Je suis allée jusqu'à la mer regarder le navire mettre les voiles, et le regret me serrait le cœur.

Fasciné, Oursin fixait le bracelet. Son cœur battait plus vite.

– Le bateau était déjà en mer, dit-elle. Et je ne l'ai jamais revue. Je n'ai jamais su si elle était arrivée en Outrebrume.

« Elle y est arrivée, se dit Oursin, le cœur battant la chamade. Par pitié. Elle y est arrivée. »

Il fixait le bracelet comme s'il renfermait son histoire personnelle mais qu'il ait eu besoin de sa voix à lui, Oursin, pour la raconter. Il imaginait un navire accostant en Outrebrume, et un écureuil pâle débarquant discrètement et s'éloignant. Il avait des fourmillements dans les oreilles. Il mourait d'envie de toucher le bracelet, mais le bijou reposait là comme un objet sacré et le moment n'était pas venu.

– Mais, continua Cèdre d'une voix douce, les jeunes qui sont nés cette année-là ont à peu près ton âge, Oursin. Peut-être est-elle arrivée en Outrebrume après tout.

Le fourmillement se mua en frisson. Oursin se rappela tout ce qu'on lui avait raconté sur sa venue en Outrebrume : comment il était tombé du ciel, comment Pastor avait cru qu'un goéland l'avait peut-être laissé tomber, et qu'on n'avait jamais retrouvé sa mère. Il tenta de parler, mais n'y parvint pas.

Cèdre lui tendit la boîte.

– Cela t'appartient, Oursin.

Tout doucement, d'une patte tremblante, il sortit le bracelet. Il était devenu raide avec le temps, et Oursin craignit de l'abîmer. Il avait envie de le serrer contre sa joue pour sentir cette pâle fourrure d'écureuil aussi près que possible de son visage mais, comme il y avait là trop d'autres animaux, il se contenta de le porter à ses lèvres une seconde. Il se vit en train de revenir dans son nid ce soir-là avec le bracelet entre ses pattes. Puis il le reposa.

– S'il vous plaît, vous voulez bien en prendre soin pour moi ? demanda-t-il.

Il parlait à voix basse, plus basse qu'il n'aurait voulu.

– C'est que, si je l'emportais maintenant et qu'ils le trouvent, ils pourraient me le prendre.

– Bien sûr, c'est ce que je vais faire, lui dit Cèdre d'une voix douce. Et nous te ramènerons chez toi, Oursin.

Puis, comme l'écureuil ne disait toujours rien, elle ajouta :

– Voudrais-tu rester seul, à présent ?

– Oui, s'il vous plaît, lui répondit Oursin.

C'était exactement ce dont il avait envie. Il ne désirait pas même la compagnie de Juniper, ni de Cèdre. Il avait besoin de se retrouver seul pendant un petit moment avec sa propre histoire.

– Mais peut-être que je suis vraiment censé faire quelque chose pour cette île. Ou peut-être que je le devrais, après tout ce que vous venez de me dire, que j'y sois prédestiné ou non.

– Tu as été amené ici contre ta volonté, par la force, lui dit Frère Flamme. Il ne peut rien sortir de bon d'une contrainte exercée sur un animal, contre son cœur. Et nous avons le devoir de te protéger. En outre, Oursin, il te faut du temps pour assimiler tout cela. Veux-tu retourner dans ta cellule ?

– Il fait si froid, là-haut, intervint Cèdre.

– Je ne m'en rendrai pas compte, dit Oursin.

Seul dans sa cellule, il se mit à la fenêtre et leva les yeux vers le ciel. La lune et les étoiles brillaient d'un tel éclat que la terre gelée étincelait sous leurs rayons et, pour la première fois, Oursin ressentit un élan d'amour pour cette île. C'était là le sol ingrat que sa mère et son père avaient foulé de leurs pieds. C'était pour ces îliens épuisés, démoralisés, que son père était mort.

Il porta une patte à sa joue comme s'il pouvait encore sentir le contact des fibres moelleuses du bracelet et la douceur des poils d'écureuil.

– Chandelle, dit-il à haute voix. Amande.

Il connaissait leurs noms. Il était le fils de quelqu'un. Il se souvint de ce qui, en dehors de sa couleur, le singularisait.

Il était né une nuit d'étoiles filantes. Amande, l'Écureuil Élue, avait fini par arriver en Outrebrume, et les étoiles lui avaient fait honneur.

Il commençait à faire trop froid pour rester plus longtemps à la fenêtre. Il retourna vers son nid, tira la couverture sur ses épaules et se blottit pour la nuit.
– Bonne nuit, chuchota-t-il.

En Outrebrume, Pastor était couché tout éveillé, le corps replié autour de celui d'Arane qui entourait deux minuscules bébés loutres roulés en boule. Il ne pouvait s'empêcher de les regarder sans cesse, observant leurs yeux hermétiquement clos, leurs pattes douces qu'ils serraient contre leurs petits visages ronds, le fin duvet de leur première fourrure. De temps à autre, l'un des deux gigotait, se frottait le visage ou éternuait, et le cœur de Pastor débordait d'amour. Tôt ou tard, il faudrait bien qu'il dorme, mais il ne pouvait encore s'assoupir. Il n'aurait pu supporter de manquer une seule de leurs contorsions, un seul gémissement, ni le frémissement d'une moustache.

Ils n'avaient pas encore choisi le nom de la petite fille, mais le garçon s'appellerait Flux. C'était un beau nom aquatique pour une loutre et cela avait quelque chose à voir avec Oursin. C'était le flux des marées qui, à l'origine, avait amené Oursin en Outrebrume, et peut-être allait-il l'y ramener.

Finaiguille, Fingal et Sépia conduisaient à la grotte aux chansons le troupeau de petits choristes excités. Finaiguille prenait des nouvelles des bébés de Pastor et d'Arane, et Fingal lui disait qu'ils étaient ennuyeux.
– Ennuyeux ? s'étonna Finaiguille.
– Ils ne font rien. Sauf que l'un des deux a eu le hoquet.

Quand ils seront plus grands, je les emmènerai au toboggan aquatique.

Sépia et les petits écureuils gambadaient devant. On entendait des piaillements de joie quand ils se lançaient dans des glissades sur le sol gelé.

– Trop froid pour la chute d'eau, aujourd'hui, dit Sépia.

Apercevant sa cape, elle bondit sur elle et se drapa dans la chaude étoffe pour attendre que Finaiguille et Fingal l'aient rattrapée.

– Il ne fait jamais trop froid pour le toboggan aquatique, rectifia Fingal. Allez, venez, les petits piailleurs, entrez à l'intérieur, comme ça vous ne risquerez plus de tomber dans le vide.

– On ne tombe jamais ! cria un jeune écureuil avant de choir sur le sol avec un bruit mat.

Il tentait d'expliquer qu'il l'avait fait exprès, Finaiguille et Sépia houspillaient les plus jeunes pour les faire entrer dans la grotte aux chansons, quand Finaiguille cria brusquement :

– Stop !

Les petits écureuils se figèrent, les yeux écarquillés par la peur. Sépia s'immobilisa, entourant toujours de ses pattes les épaules des plus proches.

– Que se passe-t-il ? demanda-t-elle d'une voix pressante.

– Des traces de pas ! lui répondit Finaiguille.

Sépia poussa un soupir de soulagement, mais l'agacement lui hérissa le poil.

– Et c'est tout ? demanda-t-elle. Il y a toujours des hérissons qui viennent ici.

Elle guida les petits animaux de la chorale pour leur faire contourner les traces, qu'elle examina au passage.

– Il y avait quelqu'un ici le soir du jour où nous sommes venus chercher la Pierre du Couronnement, dit-elle. J'ai entendu quelque chose, et il y avait des empreintes de hérisson quand je suis repartie. Puis j'ai rencontré Sluggen et Crammen dehors.

– S'il te plaît, Sépia, intervint un petit hérisson, Fingal nous dit que le capitaine Gorsen amène ici ses petites amies.

On entendit des gloussements de rire aigus.

– C'est vrai, dit un autre. Ma sœur m'a dit qu'elle l'avait vu venir ici.

Sépia haussa les épaules.

– Cette grotte appartient à tout le monde. Maintenant, la chorale. Les voix graves – c'est-à-dire toi, Froufrou, puis Jachère et Grain, sur la gauche. Siskin… non tu ne dois pas rester à côté de Jachère. Je sais bien qu'elle est ta meilleure amie, mais j'ai besoin de toi de ce côté-là…

Il fallut un certain temps à Sépia pour mettre en place les petits animaux, tandis que Fingal se jetait à l'eau et que Finaiguille, curieuse de savoir si Gorsen amenait vraiment là ses petites amies, explorait une fissure dans le fond de la grotte. Il y eut de nombreux va-et-vient, regards jetés par-dessus l'épaule, des cris aigus – « Qu'est-ce qu'elle est en train de chercher ? » et : « Oh, regarde, il va dans l'eau » – des petits écureuils demandant la permission d'aller jouer dans l'eau tandis qu'une autre, qui s'appelait Twitch, pleurait en disant qu'elle ne voulait pas y aller, dans l'eau, et que sa grande sœur lui répliquait d'un ton brusque que personne ne la forcerait, et Twitch sanglotait encore plus fort, et quelqu'un demandait si on pouvait jouer à « qui est l'héritier d'Outrebrume ? ».

Sépia finit par taper du pied pour obtenir le silence et leva une griffe pour les diriger mais à peine avaient-ils chanté la première note que Finaiguille chuchota d'un ton pressant :

– Sépia ! Viens voir !

Elle était encore à demi engagée dans la fissure du rocher et lui faisait signe.

Sépia soupira.

– Qu'est-ce qu'il y a *encore* ?

– C'est important ! Toi aussi, Fingal ! Sans faire de bruit !

Elle se glissa dans un interstice incroyablement petit, dit à nouveau « chut ! », tourna brusquement à droite, à gauche, à droite, avant de disparaître dans une obscurité quasi totale. Après quoi elle saisit la patte de Sépia dans le noir et la serra pour lui intimer à nouveau le silence. En entendant quelqu'un prendre son souffle derrière elle, Sépia comprit que Fingal allait parler alors, à tâtons, elle lui mit le doigt sur la bouche.

Elle sentait une odeur de terre, de racines d'arbres et de pierre. Les grottes étaient sans doute reliées à un réseau de tunnels, et les racines d'arbres avaient ouvert une fente étroite dans le rocher devant eux. Elle entendit, venant de cette fente, une voix de hérisson. Au début, il lui fut impossible de comprendre un seul mot mais, à en juger par le ton de la voix, le hérisson semblait être en train de donner des instructions.

– ... Salle du Trône...

Ça, elle l'entendit clairement, puis vint quelque chose à propos d'une « attaque ». Mais c'était impossible, non ? Puis vinrent les paroles qui lui donnèrent la chair de poule et firent se dresser tout droits ses poils...

– ... une fois que Crispin sera mort...

Elle sentit sa fourrure se hérisser et appuya sa main sur sa poitrine. En silence, tous repartirent en se glissant dans le passage par lequel ils étaient venus, pour revenir dans la pénombre de la grotte emplie des bavardages des petits écureuils qui, à présent, se poursuivaient tout autour en se défiant mutuellement de sauter dans l'eau.

– Non ! cria Finaiguille d'un ton si sec et impérieux qu'instantanément, ils se tinrent tranquilles et se turent. Restez où vous êtes et ne faites plus un seul bruit !

Finaiguille, Fingal et Sépia se réunirent à faible distance, serrés les uns contre les autres. À en juger par l'expression de Fingal, même lui prenait cela au sérieux. Son visage faisait penser à celui de Pastor.

– Ils complotent pour assassiner le roi ! chuchota Finaiguille.

– Mais qui pourrait bien en avoir envie ? s'étonna Sépia.

– Qui que ce soit, ils doivent avoir trouvé un chemin vers la Salle du Trône en partant d'ici. Les tunnels doivent être reliés à celui que j'avais trouvé de l'autre côté du lac. Je vais y aller à la nage et arriver auprès de Crispin avant eux.

– Cela prendra trop de temps ! s'exclama Finaiguille. La dernière fois, il t'a fallu toute la nuit !

– Seulement parce que j'ai essayé d'abord de remonter jusqu'ici, qu'Espoir avait besoin de se reposer et qu'il fallait le porter. On perd du temps.

– Tu risques de te faire prendre, le mit en garde Sépia.

– Pas forcément, lui répondit Fingal en disparaissant en aval de la chute d'eau.

– Je vais y aller par le haut des arbres, dit Sépia. J'irai plus vite que les hérissons dans les tunnels.

– Et moi, j'irai par les bois, conclut Finaiguille, mais il faut d'abord ramener tout ce petit monde à la maison.

Sépia claqua dans ses mains.

– Pas de répétition aujourd'hui ! cria-t-elle. On a quelque chose de très important à faire. T'occupe pas de savoir quoi, Siskin. Rentrez chez vous au galop !

Il y eut quelques petits cris de protestation mais Sépia les eut bientôt laissés loin derrière elle. Finaiguille les fit sortir de la grotte et les dirigea vers le bois, confiant les plus petits à leurs frères et sœurs plus âgés ainsi qu'à Damson qui, vivant près de là, était sortie pour voir à quoi rimait tout ce tapage. Il y eut encore des piaillements venant de ceux qui voulaient aller avec Sépia, mais elle était déjà loin, bondissant d'un arbre dénudé au suivant, se balançant et rétablissant son équilibre avec sa queue quand des brindilles sèches se cassaient net et que des branches pliaient avant de se détendre comme un ressort, ne s'arrêtant que quand elle devait absolument reprendre son souffle, qui formait des nuages de brume autour d'elle. L'air glacial de l'hiver lui faisait mal aux poumons. Jamais encore elle n'avait volé aussi vite d'un arbre à l'autre, jamais elle ne s'était lancée à une allure aussi folle au-dessus du sol nu de la forêt, jamais, non, jamais auparavant ses pattes n'avaient à ce point tremblé d'épuisement. Avant qu'elle n'ait atteint la Tour, la soif rendait sa gorge râpeuse, ses pattes lui faisaient mal et flageolaient.

En cette fin d'après-midi d'hiver, la lumière baissait déjà. Pour Sépia, à bout de forces, les murs de la Tour d'Outrebrume avaient un aspect tellement sévère que le courage lui manqua, mais c'était le chemin le plus rapide vers le couloir sur lequel donnait la Salle du Trône. Elle prit une profonde inspiration et rassembla ses forces pour l'escalade. À la troisième tentative, elle réussit le bond qui lui permit de s'agripper et de grimper le long du mur de pierre, de basculer la tête la première par une fenêtre et de tituber jusqu'au couloir où Gorsen et Lumberen étaient de garde. Ils n'avaient pas l'air de s'agiter, ils ne combattaient aucun intrus ! Elle n'arrivait pas trop tard !

Crispin était assis tout droit sur son trône, la tête et la queue à l'alignement, les pattes sur les bras sculptés, le visage sévère. Frère Sapin était assis sur un tabouret bas auprès de lui. Un jeune page taupe, Burr, était de service à côté d'une table où on avait disposé du vin et des biscuits, un feu crépitait doucement dans l'âtre et, intouchée, l'épée que les envoyés avaient offerte à Oursin était posée sur la cheminée. Dressé de toute sa hauteur, l'air digne et le regard furibond, Lord Crockenpique, sa chaîne d'argent autour du cou, se tenait en face de Crispin.

– Donc, dit Crispin d'une voix patiente, vous continuez à vous plaindre de vos appartements, de votre privation de liberté et des visites de Maîtresse Tay. Vos appartements sont parmi les plus beaux de l'île. On ne vous a, bien sûr, pas laissé en liberté, après ce que vous avez fait quand vous l'étiez. Quant à Maîtresse Tay, c'est une loutre très instruite et distinguée. Vous devriez vous estimer honoré de sa compagnie. Est-ce que cela ne vous aide pas à passer le temps pendant votre emprisonnement ?

– Ce n'est pas vraiment le problème, Majesté, répondit Lord Crockenpique d'un air farouche. Nous ne devrions pas du tout être captifs dans cette île.

– Le problème, rappela Crispin, c'est qu'Oursin d'Outrebrume ne devrait pas être captif dans la vôtre. Par pitié, ne me racontez pas une fois de plus qu'il est parti de son plein gré !

– Allons, plus lentement, petite Sépia, disait Gorsen, à l'extérieur de la Salle du Trône, en se penchant au-dessus d'elle dans une bouffée d'eau de toilette. Respire à fond et recommence.

– Mais on n'a pas le temps ! insista Sépia hors d'elle. C'est très urgent !

– Donc, tu crois avoir entendu des hérissons, Sépia ? Redis-moi – c'est important – redis-moi exactement ce que tu les as entendus dire.

– Ils disaient qu'il allait y avoir une attaque, puis quelque chose du genre « une fois que Crispin sera mort », lui répondit Sépia.

Lumberen riait, et elle eut envie de le frapper.

– Tu es sûre de cela ? lui demanda Gorsen d'un air grave.

– Oui, j'en suis sûre, dit-elle en tapant sa patte par terre.

– Alors, c'est un peu court, comme preuve d'un complot, non ? lui dit-il en lui souriant gentiment.

Il se pencha plus près d'elle et reprit d'une voix plus douce :

– Ils devaient sans doute discuter de ce qu'il se passera quand Sa Majesté mourra – tu sais bien que cela lui arrivera un jour –, qui sera alors à notre tête au cas où nous serions attaqués, et ainsi de suite. Tu t'es conduite en brave petit écureuil, Sépia, mais je ne crois pas qu'il y ait là quoi que ce soit d'inquiétant.

Sépia était rouge de confusion. Gorsen avait peut-être raison et elle n'était alors qu'une stupide petite femelle écureuil avec trop d'imagination, transformant des bribes de bavardage en un complot contre le roi. Mais cela n'avait pas donné l'impression d'une conversation innocente entre hérissons, et elle savait que chaque animal avait le droit de voir le roi.

– Quand même, dit-elle d'une voix ferme. Je veux parler tout de suite au roi. On ne doit pas prendre de risques.

– Non, on ne doit pas prendre de risques, acquiesça Gorsen en refermant ses pattes sur la gorge de Sépia.

Crispin proposa du vin à Lord Crockenpique et le vit regarder d'un air méprisant la taupe qui était en train de le servir. Burr était nerveux et, comme ses pattes tremblaient, il renversa un peu de vin. Il l'essuya avec une serviette tandis que Lord Crockenpique laissait échapper un profond soupir.

– C'est bien, Burr, dit Crispin à la taupe. Lord Crockenpique, si vous n'avez rien d'autre à me dire, le hérisson de garde va vous raccompagner à...

– Ma prison ?

– Votre chambre, rectifia Crispin.

Crockenpique s'inclina avec raideur.

– Comme le voudra Votre Majesté, répondit-il. Permettez-moi de boire à la santé de mon roi.

Il éleva la voix :

– Au roi Bois d'Argent !

D'un grand geste, il but le vin, puis eut un rapide mouvement de patte qui poussa Crispin à tendre la main vers son épée.

Dans un bruissement accompagné d'un éclair d'argent,

Lord Crockenpique tira un poignard de sous sa cape et se jeta en avant. Un revers de l'épée de Crispin envoya valser le poignard à travers la pièce, mais Crockenpique saisit l'épée d'Oursin sur la cheminée.

Sépia se débattait, donnait des coups de pied, griffait, luttait, essayait de crier et mordait de toutes ses forces la patte qui lui couvrait la bouche, au point que Gorsen céda un instant à la douleur et que Sépia put tirer très fort sur sa cheville. On entendait dans la Salle du Trône des voix appeler la garde. Perdant l'équilibre, Gorsen tomba lourdement et Sépia l'enjamba pour courir vers la porte, mais Lumberen y arriva avant elle. Elle tenta d'appeler à l'aide, mais n'y parvint pas. Tout se passait en même temps. La Semeuse déboulait dans le couloir et se jetait sur la porte, Sapin allait à la fenêtre pour demander de l'aide à grands cris, Lord Crockenpique était à terre, en train de se colleter avec le page Burr, Lumberen avait tiré une épée de sous sa cape et se battait contre Crispin et, tandis que Sépia se jetait sur son bras armé pour le mordre, le sol se mit à trembler comme s'il allait s'effondrer. La Semeuse arrachait Lord Crockenpique des pattes de Burr et lui plantait ses griffes dans les épaules. Sépia fut éjectée du bras de Lumberen, Crispin se pencha pour saisir Lord Crockenpique par la peau du cou et se retourna pour décocher un coup à Gorsen qui venait de le frapper, tandis que Lumberen lançait une épée à Lord Crockenpique. Burr était en train de mordre la cheville d'un hérisson et, de sous les lames du plancher, Fingal apparut en criant « Trahison, Votre Majesté ! » avant de se lancer dans la bataille. Frère Sapin saisit la nappe pour la jeter sur la tête de Lord Crockenpique.

Fingal, ayant fait tomber Lumberen d'un revers de sa queue, essaya de traîner le trône pour le placer au-dessus du trou dans le plancher, mais Sluggen était déjà en train de grimper dans la pièce. Fingal le frappa sur la tête et le fit tomber à la renverse, entraînant dans sa chute quelques-uns de ceux qui venaient après lui. Docken et une compagnie de taupes accouraient en provenance du couloir aux cris de : «Trahison ! Protégez le roi !» Il y eut des cris et des chocs, du sang sur les fourrures – Pastor en personne s'était rué dans la pièce – et, tout d'un coup, ce fut fini. Docken, Pastor et Crispin appuyaient la pointe de leurs épées sur la gorge de Lord Crockenpique et des hérissons rebelles. Fingal ramassa le poignard tombé des mains de Gorsen, regarda ce que faisait Pastor et l'imita. Frère Sapin s'occupait de Burr, qui semblait blessé et tremblait. Des gardes bloquaient l'entrée et la fenêtre, et deux d'entre eux s'efforçaient de retenir La Semeuse qui, en larmes, hurlait des insultes à Lord Crockenpique.

– Du calme, La Semeuse, lui enjoignit Crispin, encore essoufflé par le combat. Tu as fait ta part avec bravoure, et tu peux te reposer, maintenant.

– Je l'ai fait pour ma Dame ! gronda La Semeuse.

– Je sais, lui dit Crispin. Gardes, emmenez-la et confiez-la à un écureuil de bon sens qui puisse la calmer. Qu'on emmène sous bonne garde Lord Crockenpique, Gorsen et Lumberen à la Salle des Assemblées, mettez les autres en cellule.

Pastor s'inclina et donna des ordres. Les rebelles furent emmenés. Fingal signala qu'il restait encore de cette vermine en dessous, disparut dans le trou et en ressortit peu après pour dire que ceux qu'il avait assommés étaient encore là, un petit peu abîmés.

– Alors, je m'occuperai d'eux tout à l'heure, dit calmement Frère Sapin en tapotant la jeune taupe sur l'épaule. Tu as été brave, Burr. Quelle bonne chose que tu aies renversé ce vin. Il en restait assez par terre pour faire glisser les hérissons.

– C'était du vin ? demanda Fingal. Je me disais que ce plancher avait été simplement mouillé par le passage d'une loutre ! Désolé de ne pas être arrivé plus tôt, Votre Majesté.

– Des animaux loyaux et fidèles, voilà ce que vous êtes tous, dit Crispin en jetant son bras autour des épaules humides de Fingal. Bien joué, et merci. Je dois la vie à chacun d'entre vous et l'île vous doit plus qu'on ne pourra jamais savoir. Burr, c'était bien ! Tu es blessé ? Non ? Il faudra nous assurer que ta famille sache combien tu as été brave. Les taupes, envoyez quelques écureuils rapides pour réunir tous les membres du Cercle qu'ils pourront trouver et les envoyer à la Salle des Assemblées. J'ai également besoin de deux bonnes taupes spécialistes du creusement de tunnels pour aller faire des recherches sous la Salle du Trône.

La mère Câline et une équipe de hérissons efficaces se glissèrent en silence dans la pièce pour soigner les blessés. Une procession muette se mit en route vers la Salle des Assemblées : des gardes, Lord Crockenpique, Gorsen, Lumberen, Sapin, Crispin et Docken qui saignait du fait d'une coupure à une patte, mais s'entêtait à dire qu'il n'avait pas besoin d'aide.

– Je vous rejoins tout de suite, cria Pastor.

Fingal, qui n'était pas venu souvent dans cette salle, était couché sur le dos sous le trône et l'inspectait avec soin.

– Sors de là, Fingal, lui ordonna Pastor. Tu es dans la Salle du Trône, ici, pas dans une grotte à marée basse.

Fingal sortit en se tortillant.

– On va avoir besoin de toi dans la Salle des Assemblées.

– Bien ! dit Fingal.

– Bon, alors, bouge ! lui intima Pastor.

Et comme Fingal s'éloignait à grandes enjambées maladroites, il ajouta :

– Tu as été bien, toi.

Fingal se retourna pour lui sourire par-dessus son épaule :

– J'ai aimé ça, lui dit-il.

Pastor rappela un des gardes.

– Nous allons avoir besoin de Maîtresse Tay et de cette autre petite femelle écureuil de Grisemine, Étournelle, au cas où elle saurait quelque chose. Et puis aussi de Whittle, puisqu'il étudie le droit et l'histoire. Sépia, est-ce que tu voudrais bien... ?

Mais, en se retournant, il vit que Sépia avait les yeux pleins de larmes, et s'agenouilla devant elle, inquiet.

– Sépia, lui dit-il, tu as été si brave et je te néglige ! Tu es blessée ?

Sépia porta ses mains à sa gorge.

– Peux pas..., chuchota-t-elle d'une voix rauque en se donnant beaucoup de mal pour avaler sa salive... Il a essayé de m'étrangler, et...

– Tu ne peux plus parler ? s'enquit Pastor.

– Chanter, murmura Sépia en se réfugiant contre l'épaule de Pastor pour y sangloter à cœur perdu.

On ne s'était guère servi de la Salle des Assemblées ces derniers temps et, bien que quelqu'un y ait allumé un feu en toute hâte, il y régnait un froid rébarbatif. La tribune toute neuve construite pour la Brigade des Hérissons se faisait d'autant plus remarquer qu'elle était vide. Une couche de poussière recouvrait les fauteuils apportés pour le couronnement et les nouvelles tapisseries, sauf une, intacte, qui représentait une jeune femelle écureuil coiffée d'un bandeau d'or. Elle les regardait avec sérénité. Les yeux de Crispin cillèrent quand il vint prendre sa place sur l'estrade dans un silence lugubre et glacial. On avait envoyé chercher Tay et elle se tenait toute droite, rigide, avec Étournelle à côté d'elle. Elle foudroyait du regard Fingal, dont la présence l'exaspérait visiblement. Whittle était debout deux pas derrière Frère Sapin, à droite. Pastor et Sépia arrivèrent, cette dernière s'efforçant de retenir ses larmes, Pastor le visage sévère et les lèvres pincées. Le capitaine se glissa discrètement vers l'estrade pour dire quelque chose à l'oreille de Crispin.

Devant l'estrade, Lord Crockenpique, Gorsen et Lumberen étaient debout, les pattes attachées, chacun d'eux surveillé par un garde l'épée à la main. Les animaux du Cercle, le visage fermé, se tenaient en demi-cercle autour d'eux. La mère Câline, qui s'était occupée des blessés, vint les rejoindre et, quand tout le monde fut là, Crispin prit la parole :

– Gorsen, dit-il lentement, Lord Crockenpique, et vous tous qui avez pris les armes aujourd'hui contre moi et mes sujets, vous avez mis en danger les paisibles animaux d'Outrebrume. Gorsen, vous avez tenté d'assassiner notre jeune et loyale Sépia. Vous étiez l'un des animaux en qui nous avions le plus confiance, vous qu'Outrebrume a nourri toute votre vie. Expliquez-vous.

Gorsen s'éclaircit la gorge et se leva.

– Bien volontiers, Crispin, dit-il. Pardonnez-moi de ne pas

vous appeler Majesté, mais vous n'êtes rien de ce genre. Vous n'êtes qu'un écureuil à la queue frétillante. Je crois qu'en certaines contrées, on les appelle des rats des bois.

Pastor avait la main sur la garde de son épée, mais il ne quittait pas des yeux Crispin.

– Poursuivez, Gorsen, lui dit calmement Crispin.

– Les seuls rois qu'ait connus Outrebrume étaient des hérissons, dit-il. Pendant des générations, nous avons eu des rois hérissons et cette île fut bien gouvernée. Le roi Cœurdepique a été le dernier. Son fils a été assassiné par un écureuil. Qui a renversé le roi Cœurdepique ? Bogue et Belle. Des écureuils. Et – il éleva la voix en parlant plus lentement pour se faire mieux entendre – l'écureuil Bogue a poussé le roi à euthanasier certains jeunes ! L'écureuil Bogue nous a contraints à travailler sous terre dans des coins reculés de l'île ! Tous nos malheurs ont été provoqués par des écureuils !

– Puis-je intervenir ? demanda Frère Sapin d'une voix douce. Ils furent provoqués par deux écureuils seulement, Bogue et Belle. L'écureuil Crispin et la loutre Pastor vous ont délivrés.

– Ils ne faisaient que leur devoir de capitaines, éluda Gorsen d'un ton léger. Je n'ai rien à redire à cela. Ce furent de parfaits capitaines. Mais ayant libéré l'île d'un écureuil félon, tyrannique et assassin, ils ont encore choisi un écureuil pour le faire roi.

– Je m'inscris en faux, dit une voix de femelle claire et sévère.

Et Tay s'avança avec un froncement de sourcils qui faisait ressortir plus que jamais ses fortes moustaches sombres.

– Personne n'a fait roi Crispin. Selon les lois d'Outrebrume, il était le premier dans la ligne de succession au trône. On pourrait éventuellement débattre de son aptitude à régner, mais non de son droit.

– Merci, Tay, lui dit Crispin.

Gorsen posa sur Tay un regard méprisant.

– C'est ce à quoi je pouvais m'attendre d'une loutre, dit-il avec détachement. Les loutres sont faites pour aller patauger dans les torrents, tout comme les écureuils ne savent que récolter et transporter de la nourriture. Les taupes sont parfaitement heureuses si on les maintient sous terre, et elles ne parlent pas beaucoup parce qu'aucune taupe n'a jamais rien d'intéressant à dire. Les hérissons sont des animaux terriens. Nous abordons les choses de la vie calmement, avec bon sens. Nous avons de la dignité et la compréhension des choses. Le roi Cœurdepique était un vrai roi, un bon roi. Qui peut respecter un roi qui a…

Il eut un reniflement amusé.

– … une queue en broussaille et du poil dans les oreilles ? Un roi qui grimpe aux arbres ? Ceux qui, aujourd'hui, se sont battus contre Crispin – moi-même, Lumberen, Sluggen, Crammen et nos partisans – avaient prêté serment à une fraternité secrète de hérissons, et même nos parents les plus proches n'avaient pas entendu parler de nos plans. Les autres membres de la Brigade des Hérissons n'ont rien à y voir. Nous étions un petit groupe trié sur le volet, pas plus de dix, mais nous avons fait le serment que nous ne connaîtrions pas de repos avant d'avoir remis un hérisson sur le trône. Nous étions peu nombreux, nous étions déterminés, nous étions loyaux à notre espèce. Nous aurions donné notre âme pour la cause.

– Et de quelle cause s'agissait-il, Gorsen ? demanda Sapin.

– Simplement de tuer Crispin l'usurpateur et ceux qui tenteraient de le défendre, répondit Gorsen avec un petit sourire narquois. Vous m'avez donné une opportunité en or, Crispin, quand vous m'avez envoyé garder Lord Crockenpique. En hérisson seigneurial qu'il est, il m'a traité comme un frère. Il m'a parlé de Grisemine, qui est un endroit où l'on traite les hérissons avec le respect qui convient. J'ai conclu un pacte avec lui. Je serais roi d'Outrebrume, sous la tutelle du roi Bois d'Argent, et Outrebrume deviendrait une île bien dirigée, avec bon sens, comme Grisemine. Nous avons pensé que nous pourrions même envoyer des esclaves à Grisemine, en témoignage de notre loyauté. Vous ne vous étiez douté de rien, n'est-ce pas ? Tout cela est de votre faute, à l'évidence. Vous m'avez affecté à la garde de Lord Crockenpique. J'ai entendu vos conversations. C'est même moi que vous avez chargé de condamner le vide sous la Salle du Trône !

– Nous vous faisions confiance, lui dit Pastor.

– Oui, et je n'en attendais pas moins d'une loutre, lui répondit Gorsen. C'est parce que l'eau vous a noyé le cerveau. Et vous, les écureuils, toutes ces pommes de pin que vous mangez doivent vous empêcher de réfléchir.

Crispin se leva et marcha sur Gorsen avec une extrême lenteur, en regardant le hérisson droit dans les yeux. Même Sépia, qui l'aimait et avait confiance en lui, le trouva effrayant.

– Gorsen, lui dit-il d'une voix très calme, vous avez trahi vos frères îliens. Vous avez envoyé à la mort nos bonnes et loyales taupes et laissé croupir Oursin des Étoiles dans une prison étrangère. Vous avez mis en danger des jeunes de chez nous. Vous avez trahi la race des hérissons et poussé vos compagnons à la rébellion. Et tout cela parce que vous pensez que les hérissons sont supérieurs alors que, sur cette île, aucune race n'est supérieure aux autres. Si vous aviez réussi, les animaux d'Outrebrume auraient haï tous les hérissons pendant les générations à venir, juste à cause de l'amertume de dix hérissons qui voulaient imposer leur façon de voir.

Gorsen tenta de soutenir le regard de Crispin, mais sans succès. Le roi s'approcha encore, et son adversaire tressaillit.

– Emmenez-le, ordonna Crispin, ainsi que Lumberen et Lord Crockenpique. Qu'on les mette en cellule, sous bonne garde.

Les soldats s'inclinèrent et sortirent en procession avec les prisonniers.

On entendit un dernier cri, venant du seuil de la salle :

– Mort à Crispin !

– Oh, taisez-vous, dit Pastor d'un ton las.

Docken resta de garde. Sépia ne s'éloignait pas de Pastor et Sapin parlait au jeune Whittle. Toujours à la même place, à côté de Tay, Étournelle se tenait immobile, tendue, les yeux écarquillés et les griffes rentrées.

– Nous ne savons toujours pas comment ils faisaient parvenir leurs messages à Grisemine, dit Pastor. Aucune taupe ne manque à l'appel. Personne, en fait.

– Sauf…, commença Crispin.

– Juniper, dit Pastor.

Sépia le tira énergiquement par la patte en secouant la tête.

– J'espère que ce n'était pas lui, dit Pastor. Mais nous ne pouvons nous permettre de ne pas l'envisager.

Étournelle finit par s'écarter de Tay. Elle bondit en avant

maladroitement, s'arrêta à faible distance de Crispin, fit une révérence et prit une profonde inspiration.

– S'il vous plaît, Majesté, dit-elle.

Elle se tortilla un peu, puis noua ses mains derrière son dos avec fermeté et se redressa.

– Je crois savoir comment ils ont fait.

– Continue, l'encouragea Crispin d'une voix douce.

– Majesté, dit-elle d'un air concentré, dans notre île, j'étais la plus jeune femelle écureuil de la cour. Je pensais que c'était un immense honneur d'être envoyée en mission avec les ambassadeurs, et j'étais très fière de vous avoir menti, même si je me disais que je me ferais prendre. Je pensais que vous alliez me jeter dans un horrible cachot mais que, au moins, j'aurais servi mon île ! Grisemine n'a rien à voir avec Outrebrume. Si j'avais su, enfin, je veux dire, si j'avais su comment vous étiez, tous, et à quoi ressemblait Outrebrume, je ne l'aurais pas fait, et j'espère que vous allez retrouver Oursin et je suis terriblement désolée de vous avoir menti, mais je croyais que c'était ce que je devais faire.

« Lord Crockenpique et les autres étaient tous très importants, pas moi. J'étais... quel est le mot, déjà ? Superflue. Ils ne m'ont pas tout dit de leurs projets mais, ce qu'ils ne m'ont pas dit, je crois l'avoir découvert à présent.

« Il y avait à Grisemine un hérisson qui s'appelait Farfouille : c'était un espion. Beaucoup de rumeurs couraient à son sujet, et je ne sais pas combien d'entre elles étaient vraies – on disait qu'il montait sur le dos d'animaux pour les poignarder, ou les pousser du haut d'une falaise. Il était fort, mais ce qui faisait de lui un bon espion, c'était qu'il était très petit pour un adulte, avec des os fins, et qu'il pouvait se faufiler dans des cachettes où personne n'aurait pensé à aller le chercher. Quand nous avons pris le bateau pour venir ici, Lord Crockenpique a insisté pour avoir une cabine pour lui tout seul, si bien que nous avons dû nous entasser à trois dans une cabine pour deux. Et quand on a débarqué sa malle, il attachait beaucoup d'importance à la façon dont on la transportait, puis il a insisté pour la défaire lui-même alors que, d'habitude, il se laisse volontiers servir.

– Je me souviens les avoir vus peiner pour la porter, Majesté, remarqua Docken.

– Alors, je me dis que Farfouille était peut-être à l'intérieur, continua Étournelle. Il serait venu spécialement pour informer le roi Bois d'Argent de tout ce qu'il aurait eu besoin de savoir. Oh...

Elle s'arrêta brusquement.

– Seulement, il n'aurait pas pu rentrer, non ?

– D'après ce que vous me dites, il aurait pu passer par des tunnels de taupes, dit Crispin. Mais sans être vu par nos taupes ? Et à temps pour prévenir le roi ?

– Excusez-moi, Majesté, intervint Fingal, mais il y avait un bateau à côté de la chute d'eau et il n'y est plus. Désolé, je ne pensais pas que c'était important.

– Rien n'aurait pu te faire penser que ça l'était, Fingal, lui dit Crispin. Personne n'en aurait tiré aucune conclusion. Est-ce que Farfouille aurait pu ramer seul pendant toute la traversée ?

– Je suis sûre qu'il aurait pu,Majesté, répondit Étournelle, qui poursuivit avec nervosité. S'il vous plaît, Votre Majesté ?

– Oui, Étournelle, lui dit Crispin.

– Vous avez été bons pour moi, même quand vous avez

compris que je mentais. J'ai eu une belle chambre, et vous m'avez parfois laissée sortir au soleil pour que je puisse voir Outrebrume. Rien n'est aussi beau à Grisemine – c'est rude et poussiéreux, là-bas, et misérable. Pas comme ici, où les animaux peuvent jouer dans les chutes d'eau et où, quel que soit le travail qu'ils font, ils ont l'air d'y prendre du plaisir. Maîtresse Tay est venue tous les jours, parfois juste pour me mettre au courant des lois, mais d'autres fois elle me racontait des histoires, et c'étaient de merveilleuses histoires, même… hum…

– Même de la façon dont Tay les racontait, chuchota Fingal à Sépia.

– … de toute façon, je ne sais pas si vous allez me croire, et ça n'a pas d'importance, continua-t-elle très vite. Je ne savais pas qu'il pouvait exister quelque part un endroit aussi merveilleux que celui-ci, si vert et feuillu, si libre, et je ne savais pas à quoi ça pouvait ressembler d'y vivre. Et je jure que si j'avais su ce qu'ils avaient prévu, je vous l'aurais dit.

Elle s'arrêta pour reprendre son souffle et s'agenouilla.

– S'il vous plaît, Majesté, je voudrais rester, dit-elle. Même si vous m'enfermez dans une cellule pour toujours. Même si on me donne à faire le travail le plus dur dans la partie la plus froide et la plus solitaire de l'île. Et je serai la fidèle servante de Votre Majesté mais, s'il vous plaît, Votre Majesté, laissez-moi rester.

– J'y réfléchirai, Étournelle, en temps utile, lui répondit Crispin. En attendant, on va vous ramener à votre chambre.

– Oui, Votre Majesté, dit-elle.

Et on l'emmena, toute menue entre les deux loutres qui l'encadraient. La plupart des animaux qui restaient furent congédiés. Crispin envoya chercher des boissons et s'assit par terre avec Sépia, Pastor, Fingal, Docken et Sapin.

Sépia prit une gorgée de son vin d'épices, mais avaler lui faisait mal et elle s'efforça de retenir ses larmes. Elle ne voulait laisser personne penser qu'un mal de gorge pouvait la faire pleurer.

– Sépia, lui dit Crispin, il se passe quelque chose ?

– Gorsen a tenté de réduire au silence la plus belle voix de l'île, répondit Pastor d'un air sombre.

– Voulez-vous que j'y jette un coup d'œil ? proposa la mère Câline.

Et elle entraîna Sépia hors de la Salle des Assemblées. Crispin se tourna vers Docken.

– Vous avez combattu vos propres camarades pour me sauver, lui dit-il.

– Rien à voir avec mes camarades, Majesté, répondit Docken d'un ton bourru. La plupart des membres de la Brigade des Hérissons vous sont fidèles, Majesté. C'est juste quelques-uns d'entre eux qui ont mal tourné.

– Je vous connais, et je sais que vous êtes un animal loyal, dit Crispin. Nous avions déjà envisagé votre nomination au Cercle. Vous serez promu officiellement dès le retour d'Oursin.

– Oh, Majesté ! s'exclama Docken tandis que son visage s'éclairait d'un large sourire. J'espère que ça ne pose pas de problèmes si je le dis à Triboulette ?

– Vous pouvez aller le lui annoncer tout de suite, si vous voulez, lui répondit Crispin.

Docken s'inclina profondément avant de sortir en courant.

– Fingal ? appela Crispin.

– Oh, salut ! s'exclama Fingal.

– Tu t'es bien conduit, en loutre vaillante.

– Toujours à votre disposition. Est-ce que je peux aller nager, à présent ?

– Un peu plus de respect pour le roi, Fingal, lui chuchota Pastor.

Mais Crispin riait.

– Va et tâche d'attraper un poisson, Fingal, lui accorda-t-il.

Il ne resta finalement plus que lui, Pastor et Sapin.

– Je suis heureux que Juniper soit disculpé, dit Crispin. Je me pose des questions sur Étournelle. Dit-elle la vérité, ou a-t-elle une idée derrière la tête ?

– J'aimerais bien le savoir, murmura Pastor.

– Donnez-lui du temps, suggéra Sapin. Nous le saurons. Quant à Gorsen et à ses amis, leur long esclavage les a rendus amers et ils se sont monté la tête. Il était facile pour Lord Crockenpique d'exploiter leur frustration. Ils avaient besoin de catalyser leur haine sur quelqu'un, et cela a été vous, parce que vous êtes le roi.

– Que le Cœur me vienne en aide, dit Pastor, mais quand il se tenait là, si froid et arrogant, je lui serais volontiers rentré dedans.

– Mais aucun d'entre vous n'a porté la patte sur lui, remarqua Sapin. Voilà ce qu'est la noblesse. Être à même de frapper pour se défouler de sa colère, et ne pas le faire.

Il étouffa un bâillement et boita en direction de la fenêtre.

– Il fait déjà noir. Les lumières d'Oursin sur l'eau. Hum. Clair de lune, lumière du feu, le Secret.

– Est-ce que vous avez maintenant une idée de ce que ça veut dire ? lui demanda Pastor.

– Non. Mais je suis sur la voie.

Il se pencha plus près de la fenêtre.

– Eh bien ? Seigneur !

Pastor et Crispin bondirent sur leurs pattes.

– Qu'est-ce que c'est ?

– La neige, dit-il.

CHAPITRE 19

Finaiguille arriva alors que tout était terminé. Crispin lui raconta les derniers événements et elle alla retrouver Sépia qui s'apprêtait à quitter la Tour. Dans le crépuscule, elles s'enroulèrent dans leurs capes et s'arrêtèrent en haut de l'escalier.

La neige. Même si elle avait pu parler, Sépia n'aurait rien dit. Son cœur était sensible à la magie de la neige, et elle la savourait. Se détachant sur le ciel violet, avec ses brumes et ses nuages, de doux flocons dérivaient paresseusement jusqu'au sol. Ils se déposaient sur les saillies et les balustrades, caressants comme des plumes, silencieux comme une prière, et atterrissaient délicatement sur les fourrures et les moustaches, les pattes et les museaux.

Arane laissa les bébés blottis dans leur propre chaleur, en sécurité dans le nid, et alla en se tortillant jusqu'à la Porte de la Source. Relevant la tête, elle renifla l'air et regarda tomber la neige. Pastor, de retour de la Salle des Assemblées, se demandait par où commencer pour tout lui raconter. Il s'arrêta, la neige tombant tout autour de lui, et offrit une prière pour Oursin.

À une fenêtre haute, Étournelle appuyait ses pattes contre la croisée. Neige sur Outrebrume. Peut-être lui permettrait-on de sortir un petit moment le lendemain. Sur une île comme celle-ci, peut-être vous laissait-on jouer dans la neige. Et peut-être pourrait-elle trouver un moyen de se rendre utile. N'importe quoi pourvu qu'on la laisse rester et qu'on ne la renvoie pas à Grisemine. «S'il vous plaît, s'il vous plaît, laissez-moi rester ici», chuchota-t-elle sans savoir à qui elle adressait cette prière.

Pomme avait passé la journée avec Damson, qui s'inquiétait toujours pour Juniper. Maintenant, Pomme se hâtait de rentrer chez elle à travers bois, ramenant sur elle les pans de sa vieille cape verte, baissant la tête sous la neige, puis s'accroupissant pour entrer dans la souche d'arbre où elle vivait, allumant un feu de ses pattes frissonnantes, débouchant une bouteille de cordial.

—Voilà un bon truc costaud pour se réchauffer, bien que ce soit pas à moi de le dire, un truc qui vous remet de la fourrure sur les oreilles, murmura-t-elle pour elle-même.

Elle referma la bouteille en enfonçant bien le bouchon.

- Et puisse le Cœur ramener mon Oursin à la maison avant que ce temps-là ne devienne encore pire.

Les yeux perdus dans le feu, elle serra ses bras autour d'elle en priant pour qu'Oursin n'ait pas froid.

*

Une lanterne à la patte, Whittle frappa à la porte de la chambre de Frère Sapin dans sa tourelle et, n'entendant pas de réponse, jeta un coup d'œil à l'intérieur. Le prêtre était étendu de tout son long sur son lit, profondément endormi, toujours revêtu de sa vieille tunique. Whittle trouva une cape et l'en recouvrit doucement. Chaque jour, il attendait l'heure de sa leçon avec impatience. Frère Sapin devait lui parler du Vieux Palais des taupes, et de la façon dont on était en train de fermer les anciens accès pour en ouvrir de nouveaux. Encore plus excitant, il allait lui raconter l'histoire de ces cas très rares – si rares que la plupart des animaux n'avaient pas l'occasion d'y assister au cours de leur vie – où les brumes changeaient, se déplaçaient, et comment toutes sortes de choses merveilleuses arrivaient alors. Mais cela devrait attendre. La journée avait été longue et fertile en événements préoccupants. Au plus profond de son sommeil, même Frère Sapin semblait vulnérable. Whittle dit une prière en silence, sortit sur la pointe des pieds, puis se glissa de nouveau à l'intérieur pour récupérer sa lanterne, qu'il avait oubliée.

En haut de la Forteresse de Grisemine, Bronze se pencha par-dessus les remparts pour observer Cèdre. Il lui avait été difficile de l'espionner, car il avait dû se traîner jusqu'aux mines tous les jours tandis qu'elle était affectée dans la Forteresse, bien au chaud. Mais, tôt ou tard, elle commettrait une faute et rendrait une visite de trop au Phénomène. Il n'avait sûrement pas besoin d'être lavé aussi souvent. La prochaine fois qu'elle s'y risquerait, il la prendrait la main dans le sac.

Il espérait que ce serait bientôt. Il était impatient de l'éliminer. Cela valait le coup, rien que pour la voir tomber en disgrâce et assister à son exécution. Et, avant longtemps, il serait le commandant Bronze. Ou le Lord Marshall Bronze. Pourquoi pas ?

Oursin était resté enfermé toute la journée dans sa cellule nue. Maintenant qu'il n'y avait plus moyen d'y cacher un autre écureuil, Juniper restait avec les mélèzistes. Ces journées solitaires lui paraissaient interminables. Malgré la découverte d'un filon d'argent, le roi avait l'air de ne plus supporter sa présence et avait pris l'habitude de se rendre aux mines sans lui. Mourant d'ennui et de solitude, s'agitant sans cesse, il avait tracé des carrés par terre en raclant le sol pour pouvoir y jouer aux « cinq premiers » mais il fallait que ce soit sa patte droite qui joue contre sa patte gauche, et qu'il fasse semblant de ne pas savoir ce qu'il allait faire au coup suivant. Au moins, cela détournait son attention de la fenêtre. Tôt ou tard, il allait se mettre à neiger, et Fumerolle réclamerait son dû : lui, Oursin.

Cèdre était parvenue à convaincre le roi que l'Écureuil Marqué était une créature délicate qui pourrait mourir d'un rhume, faisant alors peser sur l'île une malédiction et privant Fumerolle du plaisir de le tuer, si bien qu'on lui avait octroyé un feu dans la cheminée. Las de sentir cette fenêtre dans son dos comme un spectre menaçant, il posa sa poignée de galets et traversa la pièce pour se rapprocher du feu. S'il devait neiger, il neigerait. Les mélèzistes viendraient peut-être à son secours…

La porte s'ouvrit avec fracas. Oursin pivota sur lui-même.

« Trop tard. Ils viennent me chercher. »

– L'Écureuil Marqué chez le roi ! cria Filoche.

Et on emmena Oursin jusqu'à la vaste salle tapissée d'argent où l'on ne voyait d'autre lumière que la lueur tremblante des bûches dans l'âtre. Le roi Bois d'Argent était fièrement assis sur son trône, Granit et Fumerolle derrière lui. Ce fut un soulagement pour Oursin d'apercevoir Cèdre près de la cheminée, bien qu'elle portât son heaume de commandante et qu'il n'osât pas la regarder en face.

La joie sauvage qui se lisait sur le visage du roi avait quelque chose de déroutant et d'effrayant. Il marcha d'un pas théâtral jusqu'à la cheminée, fit voler sa cape autour de lui et eut un sourire d'un éclat terrifiant.

– Tu y es arrivé, le Phénomène ! s'exclama le roi. Tout cet argent !

Il se rua sur Oursin et le prit par les épaules, souriant d'un sourire épanoui tout contre son visage.

– On était sur le point d'abandonner, mais on a continué à suivre ce filon que tu avais trouvé. Oh, sacré Phénomène ! Tellement d'argent ! Tout cet argent luisant, étincelant, merveilleux, du meilleur et du plus beau, et puis en telle quantité ! Il faut que tu le voies par toi-même, Oursin, il le faut absolument ! C'est trop magnifique !

De la patte, il fit un signe impatient à ses serviteurs.

– Apportez-lui du vin ! Apportez-lui des gâteaux ! Apportez-lui une cape ! Qu'on lui donne des bijoux ! Il faut que tu le voies, ce délicieux argent. Il fait trop noir, à présent, trop noir. Mais tu le verras, tu le verras.

Il y eut un raclement et une respiration sifflante, celle de Fumerolle.

– Oh, oui, Fumerolle, tu vas l'avoir, lui dit-il d'un ton cassant. Il a fait ce que nous voulions ! Il a trouvé pour nous tout ce bel argent. Mais la neige n'a pas commencé à tomber, alors il va falloir que tu l'attendes encore un peu !

Oursin sortit ses griffes. C'en était déjà assez qu'ils veuillent le tuer, sans qu'il fût besoin qu'ils se chamaillent à son sujet comme deux petits écureuils se disputant une noisette.

– Est-ce qu'il faut que je t'affûte une épée, Fumerolle, ou est-ce que tu auras tout ce qu'il te faudra le moment venu ? lui demanda Granit en détaillant Oursin de haut en bas. À moins que tu ne veuilles un archer qui le suive partout ?

– Il vaudrait mieux le tuer trop tôt que trop tard, gronda Fumerolle. Il a fait tout ce qu'il devait faire.

– On pourrait le laisser sur les remparts pour qu'il gèle sur pied, suggéra Granit.

Il recula, les bras croisés, en regardant Oursin.

– Ce n'est qu'une mauviette, le froid suffirait à en venir à bout. Mais je suis sûr que tu préférerais avoir le plaisir de lui enfoncer un couteau dans le cœur. Ou peut-être préférerais-tu une dague ?

Fumerolle siffla doucement entre ses dents.

– Je le veux entier, son cœur, entier, dit-il. Puissante magie.

– Je vous demande bien pardon, monsieur, lui dit Granit. J'oubliais la puissante magie. Avez-vous entendu cela, ô Haute Splendeur d'Argent ? Plus tôt il aura fait sa puissante magie, plus tôt vous pourrez envahir Outrebrume.

Oursin s'étrangla. Il eut froid et chaud à la fois, voulut dire qu'Outrebrume ne pouvait être envahie, mais la voix lui manqua. C'était trop terrible, au-delà des mots.

– Envahir Outrebrume ? coupa sèchement Cèdre de sa place à coté du feu. Pardonnez-moi, Haute Splendeur d'Argent, je ne savais rien de ce projet !

– Oh, Lord Marshall ! se plaignit le roi en faisant la moue. C'était à moi de le dire ! Et voilà ! Vous voyez, même la commandante Cèdre n'était pas au courant, il n'y avait que vous, moi, et ce cher Fumerolle. Mais bientôt, tout le monde saura. Est-ce que ce n'est pas merveilleux ?

Il tourna vers Oursin son regard étincelant.

– Tu disais toi-même qu'une île devrait avoir de la bonne terre et des arbres sains, toutes ces choses charmantes, eh bien, je vais les avoir. La magie de Fumerolle va me mener en Outrebrume ! Avec ton aide !

Oursin s'apprêtait à dire qu'il défendrait Outrebrume et Crispin jusqu'à son dernier souffle, mais Fumerolle siffla dans sa direction.

– Une magie si puissante, dit-il de sa voix râpeuse, avec cette fourrure, avec ces griffes, ces os, ce cœur. Assez puissante, même, pour transpercer ces brumes, oh, oui.

Les griffes d'Oursin sortirent et se tendirent. Son poil se hérissa.

– Vous vous trompez complètement là-dessus rétorqua-t-il en espérant de tout son cœur avoir raison. Votre magie n'est pas plus forte que le Cœur qui nous a donné les brumes.

– Oh, quel dommage que tu ne doives pas vivre assez longtemps pour vérifier, lui dit le roi dans un éclat de son rire aigu. N'est-ce pas délectable ? Pense seulement à la tête que fera le roi Crispin quand il verra les brumes s'ouvrir et mon magnifique navire cingler vers Outrebrume ! Et toutes mes taupes qui accourront par les tunnels... Qu'est-ce qu'on va s'amuser !

– Même si vous pouviez traverser les brumes, objecta Oursin, vous ne pourriez pas prendre Outrebrume. Tous les animaux de l'île...

– Me soutiendront, compléta le roi. J'aurais tendance à penser que c'est déjà le cas. Farfouille m'a fait un rapport si intéressant sur Outrebrume quand il est venu m'annoncer l'arrivée de ce petit commando de taupes. Il disait qu'il y avait sur l'île des hérissons tout prêts à se soulever contre le roi et à le tuer.

– Non ! hurla Oursin.

Le roi fit de la patte un geste d'adieu.

– Ils l'ont déjà probablement fait à présent, dit-il en haussant les épaules. Emmenez le Phénomène. Enfermez-le.

– Ils ne se soulèveront jamais... ! cria Oursin.

Mais on le traîna vers sa cellule. On y avait déjà remis en place un mobilier magnifique et il donna des coups de pied dans les coussins, marcha à grands pas vers la fenêtre pour en étreindre les barreaux à pleines pattes, défiant la neige qui menaçait de tomber. Des secours étaient peut-être en marche, envoyés par Crispin, et Cèdre devait avoir prévu quelque chose. Il y avait encore de l'espoir. Il fallait qu'il y en ait.

Bien sûr, les hérissons d'Outrebrume n'allaient pas se soulever contre Crispin. Et s'ils le faisaient, après tout ? Il devait encore y avoir sur l'île des animaux qui avaient soutenu Bogue. Crispin était peut-être mort ou en grand danger et lui, il était là, dans une petite chambre de cette tourelle, entouré de coussins.

*

Granit rentra dans sa chambre austère, où des épées et des dagues pendaient aux murs, et où des bouteilles vides jonchaient la table. Farfouille s'y glissa à côté de lui.

– Vous vouliez me voir, Lord Marshall ? chuchota-t-il.

Granit décrocha du mur une petite dague d'argent.

– C'est pour toi, garde-la, lui dit-il. Et une bouteille de la meilleure eau-de-vie quand ce sera fait. Je veux que Bronze soit neutralisé ce soir. Il pose trop de problèmes, plus qu'il n'en vaut la peine.

En Outrebrume, la nuit était calme et plongée dans le silence de la neige quand le roi Crispin frappa à la porte de la tourelle de Sapin. Il n'obtint pas de réponse.

– Sapin ?

Il frappa encore, tout à fait sûr que Sapin était à l'intérieur, mais seul le silence lui répondit. Avec précaution, il ouvrit la porte.

Il n'y avait pas d'autre lumière que celle du feu vif qui brûlait dans l'âtre et une chaude fragrance d'épices et de bois de pommier parfumait l'air. Les flammes projetaient des lueurs tremblotantes, dansantes, sur les murs nus, sur la table toute simple avec son gobelet et son assiette, sur les tabourets bas, sur le petit lit impeccable et sur la silhouette du prêtre qui, par la fenêtre ouverte, se penchait sur le ciel nocturne, tournant la tête à droite et à gauche. Crispin entra sans bruit.

Sapin ferma la fenêtre et bondit vers celle d'à côté sans manifester le moindre signe qu'il avait remarqué ou non la présence du roi. Il se pencha, regarda les étoiles puis alla sans se presser à la fenêtre suivante, puis à celle d'après. Il finit par fermer la dernière, fit un signe de tête à Crispin et boita en direction du feu où il mit à chauffer une petite casserole de cordial de baies, tout en se penchant pour se réchauffer les pattes. Il prit un second gobelet dans l'âtre.

– Je veux vous consulter à propos de nos prisonniers, dit Crispin. Gorsen, Lumberen, Sluggen, Crammen et les autres. Quelles sont les meilleures mesures à prendre à leur sujet ?

– Hum, répondit Sapin, qui avait l'air de penser à autre chose. Laissez-les refroidir.

– Et ensuite ?

– Ensuite, nous verrons.

Il se précipita de nouveau à la fenêtre, leva les yeux vers le ciel, sourit comme s'il venait d'y reconnaître un ami, et revint en comptant sur ses griffes.

– Une, deux, trois... quatre... cinq ? énuméra-t-il comme s'il pensait tout haut. Quatre ou cinq nuits, et nous aurons des étoiles filantes.

Un frisson de crainte et d'espoir parcourut Crispin. Quel que soit le nombre de nuits de ce genre qu'il eût connues, elles continuaient à le fasciner et à l'électriser. Les étoiles passeraient-elles pour le meilleur ou pour le pire ? Cela ne servait à rien de le demander à Sapin. Même lui n'en savait rien. Mais ces nuits-là signifiaient toujours quelque chose et cette fois-ci, leur course céleste comportait des enjeux considérables.

– Clair de lune, lueur du feu, et le Secret, murmura Sapin qui s'assit près de l'âtre en se balançant légèrement, les pattes sur les genoux et les yeux fermés.

Crispin se demanda s'il pensait aux mots qu'il prononçait ou bien s'il les répétait dans une transe mystique, ou encore s'il n'était qu'un vieil écureuil s'assoupissant près du feu un soir d'hiver.

CHAPITRE 20

Encore de garde sur les remparts. » Tous les autres, y compris Granit, fêtaient la découverte de tout cet argent, et Bronze était supposé monter la garde sur les remparts. Il aurait préféré avoir à garder le Phénomène pour le cas où Cèdre se montrerait. À défaut, il aurait pu au moins marcher de long en large devant la porte en parlant à haute voix de neige et de couteaux rouillés, pour s'assurer que le Phénomène ne dorme pas bien. Pendant qu'il était là, il pouvait aussi bien guetter les signes de l'arrivée de la neige.

Le hérisson de la relève aurait dû être là, à présent. Il était en retard. Quand il finit par arriver, Bronze gronda contre lui :

– Tu as pris ton temps, espèce de brosse à récurer, fainéant, lui dit-il.

– Pas de ma faute, grogna le garde. La commandante Cèdre donnait des ordres pour le Phénomène.

– Cèdre ! s'exclama Bronze.

Il fit un pas en avant, les piquants hérissés.

– Ouais, confirma le hérisson. Il a fallu que je la couvre pendant qu'elle allait à sa cellule.

Jubilant, triomphant, Bronze le bouscula et dévala les escaliers sans voir l'ombre menue, lustrée de Farfouille. Une douleur vive et froide lui transperça le cou, puis il y eut un jaillissement de sang chaud. Ce fut la dernière chose qu'il ressentit.

Devant la porte de la cellule, Filoche faisait impatiemment les cent pas. Elle était de service avec un vieux garde qui avait trop bu et n'arrivait pas à rester éveillé. Quand la commandante Cèdre vint voir le prisonnier, elle n'eut pas envie de se montrer agréable.

– Le Phénomène doit être nettoyé avant qu'on le donne à Fumerolle, dit Cèdre.

Filoche se redressa de toute sa taille. Elle était plus grande que la commandante.

– J'ai des ordres pour ne laisser entrer personne, assena-t-elle. Et si vous pouviez l'emmener, on ne vous laisserait pas partir seule avec lui. Il faudrait que vous soyez escortée.

– Vous méritez d'être rétrogradée, lui dit Cèdre en désignant d'un signe de tête le garde somnolent. Filoche, je vous fais une faveur. Si Fumerolle vient ici – et croyez-moi, il va venir, à la première trace d'un flocon de neige – et s'il découvre que le prisonnier n'a pas été lavé et préparé pour lui, vous serez la prochaine pour son couteau. Au mieux, vous ne ferez plus partie de la Garde Rapprochée.

Filoche hésita.

– Vous ne pourriez pas tout apporter ici et le laver dans sa cellule ? demanda-t-elle. Je peux envoyer chercher une bassine d'eau chaude.

Dans sa cellule, Oursin, l'oreille collée à la porte, ne perdait pas une miette de la discussion et se mordait la lèvre. Il devait bien y avoir quelque chose qu'il pouvait faire pour amener Filoche à déverrouiller la porte. Le feu brûlait toujours dans la cheminée. S'il arrivait à faire assez de fumée pour la convaincre qu'un incendie s'était déclaré, elle serait bien obligée de venir à sa rescousse... mais elle amènerait toute la Garde Rapprochée avec elle. Cèdre était probablement tout à fait capable d'imposer à Filoche sa volonté, pour peu qu'elle le veuille. Mais elle ne le voudrait pas. Tout devait paraître normal.

Elles continuaient à discuter, et Filoche faiblissait peu à peu. Si Cèdre s'efforçait de la persuader qu'il fallait le laver, cela pourrait l'aider s'il avait l'air d'en avoir besoin. Il jeta un coup d'œil rapide autour de sa cellule.

Il bondit jusqu'à la cheminée et prit une baguette de bois dans le panier de bûches pour répartir les cendres en une fine couche. Il les toucha prudemment et constata qu'elles étaient tièdes. Il y plongea les pattes, s'en frotta le visage, et de sa voix la plus désespérée, la plus suppliante et la plus pressante, il cria :

– À l'aide !

La serrure cliqueta. Filoche et Cèdre entrèrent en coup de vent.

Oursin se tenait debout devant elles, la fourrure, le visage et les pattes couvertes de taches de cendres noires et grises. Il eut une toux rauque.

– Tombé dans le feu, dit-il en s'étranglant.

– Espèce de petit menteur de Phénomène, tu as essayé de t'enfuir par la cheminée ! gronda Cèdre. Viens avec moi !

Elle le saisit par la peau du cou et le traîna en passant devant Filoche.

– Je vais faire aussi vite que je peux, Filoche, et je vous le ramène avant qu'on l'envoie chercher. En attendant, nettoyez-moi tout ça ! Cette saleté de Phénomène a mis de la suie partout. Si le roi voit ça, il fera de votre fourrure un écran de cheminée.

Avant qu'elle ait fini de parler, ils avaient franchi la porte.

Elle l'avait traîné jusqu'à mi-chemin du couloir quand elle lui chuchota « bien joué ». Puis le bruit que tous deux redoutaient d'entendre les figea sur place. Les portes de la Chambre Haute s'ouvraient. On entendait rire le roi Bois d'Argent.

– Cours ! chuchota Cèdre.

Elle avisa une petite porte, l'ouvrit, y poussa Oursin et bondit à sa suite tandis que des piétinements et des voix résonnaient dans les escaliers.

Dans la Salle des Audiences, de lourds rideaux gris argent avaient été fermés sur la nuit. Un feu brillait dans la cheminée, avec des crépitements, des flammes bondissantes, et jetait une lumière rageuse sur le sol luisant et sur l'éclat d'argent des robes, des meubles, des gobelets. Des torches projetaient ombre et lumière derrière le roi qui se parlait à lui-même, tout agité.

Quelques notables étaient encore là, s'assoupissant peu à peu parmi les reliefs du banquet et les bouteilles vides. Le Lord Marshall Granit, vautré dans un fauteuil, réclamait encore du vin à grands cris et boxait le hérisson qui lui en apportait. Fumerolle était assis près du feu, les genoux entre ses pattes, et grommelait. Les serviteurs se faisaient tout petits. En cette fin de nuit passée à servir le roi dément, le sorcier pervers et le brutal Lord Marshall, il valait mieux ne pas se faire remarquer.

– Construire avec, marmonnait le roi. Tout cet argent ! Faire du commerce avec, acheter des armes avec. Oui. Des épées, en faire des épées, acheter des épées, des dagues, des fauteuils, des menottes, des casques. Non, c'est trop bien pour des casques ou des menottes. Vous voulez une armurerie, Lord Marshall ?

– Je suis une armurerie, grogna Granit.

– J'ai envie de voir ma nouvelle mine d'argent, reprit le roi. Peu m'importe qu'il fasse trop froid pour y travailler. Je veux seulement la voir. Je veux la toucher.

Il se tortillait d'impatience.

– Je veux qu'il fasse jour !

Bondissant à bas du trône, il marcha à grands pas vers la fenêtre.

– Rideau ! aboya-t-il.

Un écureuil se précipita pour ouvrir les rideaux et le roi émit un petit cri de joie.

– Il neige ! s'exclama-t-il.

Fumerolle sursauta et ses oreilles se dressèrent.

– De la neige ! Granit ! Venez voir !

À contrecœur, Granit alla en traînant les pieds jusqu'à la fenêtre.

– Enfer et damnation, c'est pourtant vrai, grogna-t-il.

– Le ciel me salue ! cria le roi. Je suis la Splendeur d'Argent, et le ciel lui-même me rend les honneurs !

On entendit des osselets tintinnabuler quand Fumerolle se précipita à son tour. Il leva les yeux vers le roi : sur son visage se lisait une intense supplication.

– Splendide Majesté, lui dit-il d'une voix qui tenait du ronronnement, vous m'avez promis. Vous avez promis que je pourrais l'avoir quand la neige tomberait. J'ai attendu si longtemps.

– Bonne idée, intervint Granit. Votre Majesté ne sera pas en sécurité tant que ce Phénomène restera dans les parages.

– Oh, mais, vraiment..., commença le roi.

– Votre Majesté est la Splendeur d'Argent, ronronna Fumerolle, et avec la magie que je ferai avec son cœur et son sang, vous le resterez pour toujours. L'éternelle Splendeur d'Argent. Immortelle Splendeur. Roi de Grisemine et d'Outrebrume. Pour toujours.

– Je ne peux plus attendre, dit le roi. Oh, mais je vais tellement regretter de devoir me séparer du petit Phénomène. Je m'y étais attaché. Enfin, j'ai promis, c'est sûr.

Il marcha vers les portes et éclata de rire quand les serviteurs les ouvrirent à la volée.

– Suivez-moi !

Rapide, impatient, le petit cortège se lança à l'assaut des escaliers. Fumerolle frappait chaque marche de son bâton, en murmurant : « Mort au Phénomène ! » au rythme de ses pas. À voix basse, les autres animaux se joignirent à lui pour scander cette mélopée funèbre. C'étaient des animaux de la Forteresse. Ils avaient bien servi le roi et avaient gagné le droit à une mise à mort.

– Mort au Phénomène ! Mort au Phénomène !

Filoche apparut à la porte de la cellule. Elle frottait ses pattes couvertes de cendres.

– La commandante Cèdre vient juste de l'emmener pour

sa toilette, ô Haute Splendeur d'Argent, dit-elle en s'inclinant. Elle ne mettra pas longtemps. Elle a dit que Fumerolle voulait qu'on le lave avant le sacrifice.

Fumerolle se contenta de frissonner en émettant un grognement bas et sonore. Filoche n'osait pas regarder le roi.

– J'ai vraiment discuté, dit-elle avec nervosité. Mais elle est commandante et j'ai dû obéir à ses ordres. En plus, c'était vrai qu'il avait besoin d'être lavé.

– Fumerolle, gronda le roi, as-tu ordonné qu'on le lave ?

Le sorcier retrouva l'usage de sa voix, basse, menaçante comme le sifflement d'un serpent.

– Non. Je n'ai rien dit à la commandante Cèdre. Je flaire une trahison.

Le roi pivota sur lui-même dans un ample mouvement de cape, les yeux égarés par la fureur.

– Trouvez-le ! hurla-t-il. Vous tous ! Trouvez-le ! Et trouvez aussi Cèdre ! Je veux la déchiqueter de mes propres griffes !

Cèdre entraînait Oursin dans les tunnels qui viraient et s'enfonçaient sous terre. Ils entendaient des pattes courir au-dessus d'eux et des voix aboyer des ordres.

– La chasse est ouverte, chuchota-telle à bout de souffle. Mais notre chemin vers la côte est plus court que le leur. Continue à avancer.

Ils finirent par déboucher dans la salle souterraine où Oursin avait fait connaissance des mélèzistes. Mélèze et Flamme étaient là, le visage pâle et figé, ainsi que Traînelapatte et Juniper, une cape sur le dos et prêts à partir pour un long voyage.

Cèdre jeta une cape autour des épaules d'Oursin.

– Gris pâle pour le camouflage, lui dit-elle. Nous avons

préparé pour vous un petit bateau, juste à côté du navire qui est à l'ancre dans le port.

Elle ajusta un baudrier avec un sabre autour de la ceinture d'Oursin, et quelqu'un lui pendit une besace à l'épaule.

– Il fait bon vent, vous aurez vite fait d'arriver en Outrebrume. On va vous conduire au rivage.

– Et pour traverser les brumes ? s'enquit Oursin.

– Nous avons suivi ta suggestion, lui répondit Cèdre avec un sourire éblouissant. Un groupe de mélèzistes est allé libérer les cygnes. Ils peuvent vous accompagner jusqu'aux brumes, puis vous faire passer par-dessus.

– Cèdre et moi, nous allons vous précéder dans les tunnels, dit Mélèze. Nous connaissons le chemin. Ensuite, Oursin et Juniper, puis Flamme et Traînelapatte suivront.

– Pour vous défendre si nécessaire, précisa Traînelapatte. Très bien, Votre Majesté.

Derrière Mélèze et Cèdre, ils s'élancèrent. Peu de paroles furent échangées, si l'on excepte les exclamations de Traînelapatte s'extasiant devant la taille et la structure des tunnels, tandis que les écureuils de Grisemine expliquaient que ceux-là n'étaient pas vraiment des tunnels, mais des terriers.

– De beaux terriers, alors, lâcha Traînelapatte, avant de s'arrêter sur place.

– Vite, Traînelapatte, lui enjoignit Cèdre.

– Chut ! fit Traînelapatte.

Il se coucha de tout son long, l'oreille collée au sol et le visage tendu par la concentration. Il se remit sur pied à toute vitesse et écouta à la paroi. Oursin et Juniper jetèrent un coup d'œil par-dessus leur épaule, les griffes crispées d'impatience.

– Ne bougez plus ! dit Traînelapatte en fronçant les sourcils.

Puis il bondit sur ses pieds et se remit à courir.

– Il y a des taupes qui déferlent dans ces tunnels comme si elles avaient le diable aux trousses, grommela-t-il. J'aimerais bien savoir ce qu'il s'est passé.

– Est-ce qu'elles nous suivent ? demanda Cèdre en haletant.

– Non, répondit Traînelapatte. Vont vers l'est. Vers Outrebrume.

Juniper se laissait distancer, sa respiration devenant sifflante et rauque. Oursin tendit la patte vers lui et le tira sans cesser de courir.

– Le roi Bois d'Argent a lâché ses taupes, haleta Oursin sans s'arrêter. Il veut Outrebrume.

– Eh bien, ce n'est pas comme ça qu'il va l'avoir, gronda Traînelapatte. Nous allons prévenir le roi. Les taupes sont en route, mais le bateau peut arriver là-bas avant elles.

Le terrier s'élargit en débouchant dans un entrelacs de racines d'arbres où l'air était plus frais. Ils ne devaient pas être loin de la surface.

– Nous arrivons bientôt, Juniper, chuchota Oursin.

– Déployez-vous, leur dit Mélèze. Il est moins dangereux de sortir par différentes issues. Nous ne serons pas loin les uns des autres. Vite !

Oursin plongea sous une racine d'arbre et rampa sans cesser d'entendre derrière lui Juniper chercher son souffle. Patte après patte, il se hissa entre les racines, se retourna pour aider Juniper et finit par se redresser. Il était bien loin de la Forteresse, sous le ciel glacial. Un pâle croissant de lune traversait lentement le ciel, très haut au-dessus de leurs têtes, et la lueur des étoiles étincelait sur une terre qui brillait déjà sous la neige et l'argent.

Soudain, la neige apparaissait à Oursin dans toute sa réalité. Des flocons tombaient doucement en virevoltant sans hâte jusqu'au sol. Ils venaient fondre sur la cape de Cèdre qui se glissait hors du terrier, sur les moustaches de Flamme qui levait son visage vers le ciel. Regardant à droite et à gauche, les oreilles et le nez aux aguets, Oursin et Juniper se précipitèrent. Traînelapatte arriva ensuite et, un par un, ils se trouvèrent tous à nouveau réunis, leurs capes étroitement serrées autour d'eux pour leur garantir chaleur et discrétion, trottinant sans s'arrêter vers la crête des dunes.

Quelqu'un bougea à proximité. Oursin n'osa pas tourner la tête, craignant de se faire remarquer. Devant eux aussi, il perçut une présence.

– Il y a d'autres animaux par ici, chuchota-t-il.

– Je sais, lui dit Mélèze en se hâtant. Ils sont tous de notre côté. Ils se joindront à nous si nous avons à combattre. Depuis que tu es arrivé, ils ont un espoir. C'est en partie dû au fait que Cèdre m'a répété ce que tu lui avais dit, sur la façon dont votre capitaine, en Outrebrume, vous avait poussés à parler aux autres animaux pour leur raconter ce qu'il se passait en réalité. C'est ce que nous avons fait depuis ton arrivée. Mais plus encore que cela, c'est dû à toi et à toi seul, Oursin. Rien que de savoir qu'il y a sur l'île un Écureuil Marqué leur donne du courage, sachant surtout que ce pourrait être le fils d'Amande et de Chandelle. Et pas seulement aux mélèzistes ! La plupart des animaux ne se sont accommodés de

Bois d'Argent et de Fumerolle que parce qu'ils étaient terrifiés. Tu leur as rendu l'espoir.

– Il commence à faire plus clair, dit Cèdre. Plus vite !

En silence et à toute vitesse, s'entraidant pour gravir les sentiers pierreux et glissants, ils finirent par atteindre à grand-peine le haut des dunes.

Dans la pâle lueur de l'aube naissante, Oursin regarda le port en contrebas et, une fois de plus, se dit que c'était là l'endroit le plus beau de l'île. Un navire majestueux y était encore ancré, que l'aurore faisait paraître grand et noble. Le petit canot les attendait, parfaitement immobile à la surface de l'eau.

« Notre bateau ! » pensa Oursin avec un frémissement d'impatience.

– Nous y sommes presque ! dit Mélèze.

Et se tenant les uns les autres par les pattes pour ne pas tomber, ils dévalèrent les dunes vers la baie. Puis une secousse brutale envoya Oursin au sol.

– Ils nous ont repérés ! haleta Juniper.

Tous se couchèrent dans le sable et les herbes sèches. Quand Oursin leva les yeux, il découvrit des silhouettes armées courant vers la plage, enlevant les arcs qu'elles portaient dans le dos, les bandant, mettant en place les flèches... il plaqua sa tête au sol.

– En arrière ! souffla Cèdre. Enterrez-vous !

La tête toujours baissée, Oursin rampa à reculons jusqu'au terrier le plus proche. Des volées de flèches sifflaient dans le ciel. Juniper et Flamme étaient de chaque côté de lui et ils reculèrent aussi loin qu'ils purent dans l'abri offert par un terrier sablonneux, peu profond, dont Cèdre cherchait déjà à défoncer les parois à la recherche d'un tunnel, mais en vain.

– Le seul chemin pour sortir est celui par lequel on est entrés, dit-elle. Ne bougez pas et gardez espoir. Où sont passés Traînelapatte et Mélèze ?

Flamme s'était aplati sur la terre sablonneuse.

– Ils se cachent dans les sous-bois en face de nous, dit-il. Ils sont sains et saufs.

Des voix se rapprochaient en aboyant des ordres, en posant des questions. Oursin rentra les épaules comme s'il avait pu se faire assez petit pour devenir invisible. En silence, ils dégainèrent leurs épées et se tassèrent sur eux-mêmes. Oursin avait l'impression que les battements de son propre cœur et la respiration de Juniper faisaient autant de bruit qu'un roulement de tambour. Juniper étouffa une toux.

Tandis que des animaux arpentaient lourdement les dunes, battant l'herbe rêche de leurs épées, s'appelant les uns les autres à grands cris, une rage soudaine s'empara d'Oursin, qui bouillait d'une fureur impuissante devant l'injustice de tout cela. Pourquoi est-ce qu'ils ne pouvaient pas, tous, le laisser tranquille ? Il n'avait jamais demandé à venir. Tout ce qu'il voulait, c'était rentrer chez lui !

Il prit une profonde inspiration. Cela ne servait à rien. Peu importait que cela soit juste ou pas, c'était la réalité, voilà tout. Il se rappela comme si c'était hier ce qu'il avait dit un jour à Finaiguille, sur un autre rivage : « Il me reste des choses à faire. Et des choses à être. Ce n'est pas comme si tu pouvais faire quelque chose de particulier, et voilà. Ce qui compte, c'est ce que tu continues à être. »

Il était là. Il ne pouvait rien y changer. Il avait parlé de faire quelque chose pour aider cette île et Flamme avait dit qu'il accomplirait cette tâche, si tel était son destin. Peut-être était-ce seulement en étant là, caché et traqué, qu'il pourrait le savoir. Son père était mort pour cette île. À présent, il allait peut-être, lui, se montrer capable d'y changer les choses, pour continuer l'œuvre entreprise par son père.

Des pattes couraient en tous sens au-dessus d'eux. Il entendit des gardes s'interpeller à grands cris :

– Si vous trouvez l'Écureuil Marqué, ne le tuez pas, disait une voix. Le roi le veut pour Fumerolle et, comme ça, le roi sera content, Fumerolle sera content, tout le monde sera content ! Sauf l'Écureuil Marqué. Oh, et puis il y a la commandante Cèdre. Le roi la veut vivante. Avant qu'il en ait fini avec elle, il n'en restera rien pour Fumerolle.

Oursin se retourna et prit ses genoux entre ses pattes, les yeux fixés droit devant lui. Il n'y avait qu'une chose à faire. Il se leva, enleva sa cape et brossa la suie qui tachait sa fourrure pour que sa vraie couleur apparaisse clairement.

– Couche-toi ! lui ordonna Cèdre.

Oursin saisit la patte de Juniper.

– Merci pour tout ce que tu as fait, lui dit-il. Pour être resté avec moi. J'aurais aimé que tu sois mon frère… Tu *es* mon frère. Cèdre, Flamme, merci pour tout.

– Nous ne sommes pas battus, lui dit Cèdre. Couche-toi.

– Ils ne vont pas tarder à arriver, dit Oursin. Un peu plus tôt, un peu plus tard, il y a de grandes chances qu'ils me trouvent et, s'ils me trouvent, ils vous trouveront aussi. C'est moi que veut Fumerolle. Si je me livre, ils n'iront pas à votre recherche.

Juniper agrippa sa patte. Ses yeux luisaient avec une intensité qui stupéfia et effraya Oursin.

– Non ! gronda-t-il d'un ton menaçant. Ne t'avise pas de

faire ça ! Je suis venu jusqu'ici pour te sauver, et tu crois que tu peux tout simplement sortir de là et te faire tuer ?

– Si je suis réellement destiné à faire quelque chose pour cette île, peut-être que c'est de cette façon-là, lui répondit Oursin.

– Ne sois pas stupide, rétorqua Juniper. Comment ta mort pourrait-elle aider qui que ce soit ?

– Je crois simplement que c'est peut-être possible, plaida Oursin avec désespoir.

Juniper rendait les choses beaucoup plus difficiles.

– Cela vous donnera une meilleure chance de vous évader et de sauver Outrebrume. Les taupes de Bois d'Argent sont en route. Si je me rends au roi maintenant, librement, vous pourrez vous glisser jusqu'à la baie, prendre le petit bateau et arriver chez nous avant les taupes. Prévenir Crispin. Vous non plus, Cèdre, vous n'êtes plus en sûreté ici. Ils seront si occupés à me traîner chez Fumerolle qu'ils en oublieront même de vous pourchasser, en tout cas assez longtemps pour que vous puissiez vous sauver. Vous pouvez prendre ma place dans le bateau. Dites-leur ce qu'il m'est arrivé, et à quoi ressemble Grisemine. Transmettez mon affection à tout le monde. Embrassez Pomme pour moi, et dites-lui que je la remercie pour tout.

Cèdre leva vers Flamme un regard suppliant.

– Dites-lui qu'il se trompe ! l'implora-t-elle. Oursin, je ne vais pas te laisser faire.

– Vous ne pouvez pas m'en empêcher, répliqua-t-il.

– Moi, si, dit Juniper.

Il se carra en face d'Oursin, le regard farouche et les griffes sorties.

– Ne te risque pas à faire un pas de plus. J'ai vu ce cul-de-basse-fosse dans lequel travaille Fumerolle, c'est infect, et je ne vais pas te laisser aller là-dedans. Et s'il pouvait réellement faire de la magie noire en se servant de toi ? Une magie qui pourrait mettre Outrebrume en danger ? Tu as pensé à ça ? Dites-lui, Frère Flamme !

Mais le regard de Frère Flamme était lourd de chagrin. Il posa ses pattes fines sur les épaules de Juniper. Il avait l'air fort et avisé, et Oursin pensa à Sapin en le regardant.

– Oursin a raison, dit-il tristement. J'aimerais bien qu'il ait tort, pourtant. Il a vu ce qu'il devait faire, et il va le faire. Quoi que puisse réaliser Fumerolle, il ne pourra jamais faire de magie noire avec un cœur aussi loyal. Le Cœur est plus puissant que toute la sorcellerie de Fumerolle. Le Cœur crée, le mal ne peut que détruire. Oursin, nous allons laisser le temps à Cèdre et aux autres de s'en aller et, ensuite, si les mélèzistes peuvent te sauver, nous le ferons. Peut-être que ces événements pousseront les îliens à affronter enfin Fumerolle.

– Merci, murmura Oursin.

Mais il ne lui semblait pas y avoir beaucoup d'espoir de ce côté-là. Il baissa la tête.

– Puis-je avoir votre bénédiction ?

– Que le Cœur te préserve, te réchauffe et t'accueille, lui dit Flamme. Et que le Cœur soit pour toujours avec ceux que tu aimes, Oursin des Étoiles Filantes.

Flamme le serra dans ses pattes, puis Juniper, et enfin Cèdre l'embrassa comme une mère avant de chercher dans la sacoche qu'elle portait sous sa cape.

– Le bracelet de ta mère, dit-elle. Veux-tu le prendre avec toi ?

Il regarda le cercle pâle posé sur sa patte et le toucha délicatement. Il ne fallait pas que le bijou tombe entre les pattes de Fumerolle, mais cela faisait du bien de le revoir encore une fois.

– Portez-le à Crispin, s'il vous plaît. Demandez-lui de le garder pour moi.

Cela lui faisait mal de ne pouvoir en dire plus. Mais le temps manquait et aucun mot n'était assez fort. Juniper aurait pu, lui aussi, devenir un écureuil de la Tour, et ils auraient pu travailler ensemble, s'apprendre mutuellement des choses nouvelles, et aussi faire des ricochets, et du bateau... Rien de tout cela n'arriverait, désormais. Il gagna l'entrée du terrier en se contorsionnant.

– Cœur, protège-moi, murmura-t-il en s'écartant du terrier. Père, mère, si vous me voyez, aidez-moi.

Il avança plié en deux, en se baissant le plus possible, jusqu'à ce qu'il soit à bonne distance du terrier où ses amis étaient abrités, et tout à fait isolé. Puis il se leva, les épaules bien carrées, et leva la tête. Pour finir, il laissa tomber sa cape par terre et brossa une dernière fois sa fourrure, pour que tout le monde pût voir qui il était.

– Je suis l'Écureuil Marqué, cria-t-il. Oursin des Étoiles, Compagnon du roi Crispin. Vous me voulez vivant ?

CHAPITRE 21

Près du sommet des dunes, il se retourna pour regarder autour de lui. À chaque seconde, il s'était attendu à ce que des pattes s'emparent brutalement de lui, mais personne ne l'avait touché.

Tout autour de lui, des hérissons et des écureuils étaient arrêtés et le dévisageaient fixement. Ceux qui n'étaient pas casqués jetaient vers lui des coups d'œil hésitants, puis s'entre-regardaient, comme s'ils ne savaient trop quoi faire. Se demandant si tout cela n'était pas un rêve, il continua à avancer. Il aurait voulu que quelqu'un fasse quelque chose. C'était comme s'ils le guettaient pour voir jusqu'où tenait son courage. Ce fut presque un soulagement quand deux hérissons accoururent pour l'encadrer en se saisissant de ses bras et de ses épaules, mais il eut l'impression qu'ils avaient presque envie de s'excuser de l'arrêter.

Ils l'entraînèrent. D'autres animaux se rassemblèrent autour d'eux et les suivirent, mais il semblait encore à Oursin que c'était lui qui leur montrait le chemin, jusqu'à ce qu'ils arrivent au sommet des dunes d'où l'on voyait la Forteresse et, au-delà, jusqu'aux pics. En ce jour d'hiver, la Forteresse se découpait clairement sur le paysage nu.

Les hérissons qui le tenaient prenaient de l'assurance. Ils avaient arrêté l'Écureuil Marqué, qui ne leur résistait pas et, lui enserrant étroitement les bras, ils forcèrent l'allure. Des archers et des gardes, avides de partager leur gloire, accoururent pour les aider.

– À la Forteresse! cria l'un d'eux en le saisissant aux épaules. Allez dire au roi qu'on l'a eu!

Ballotté comme un colis à travers toute l'île, Oursin leva les yeux sur la Forteresse. L'aube emplissait le ciel d'une lumière précoce, déjà vive, teintant d'un or pâle les arbres dépouillés et les lignes austères des remparts. Il y avait là-haut trois silhouettes et, même à cette distance, leur forme, leur taille et leur façon de se mouvoir permettaient de les identifier. Granit, grand et la carrure élargie par son armure, les pieds écartés et la patte sur la poignée de son épée. Le roi, faisant voler sa cape et levant sa patte fermée en signe de triomphe. Fumerolle, voûté, tout agité, dansant sur place. «Il aurait l'air comique, se dit Oursin, s'il n'était pas sur le point de me tuer.»

Un instant, il eut un regret mais aussitôt honte de cette faiblesse. Il donnait à ses amis une chance de s'échapper pour aller prévenir Outrebrume. S'il y avait une chose pour laquelle il valait la peine de mourir, c'était bien celle-là. Il continua à marcher, sans résister aux hérissons qui le tiraient, les yeux fixés à présent sur le ciel au-delà des trois silhouettes triomphantes sur les remparts. Ce serait son dernier lever de soleil, et il était content que le spectacle soit beau.

Fumerolle tapait son bâton sur les pierres des remparts. Les deux autres se joignirent à lui en tapant du pied. Des animaux en armes et des archers frappèrent dans leurs pattes et reprirent leur mélopée, avec plus de force, plus de brutalité. Elle portait loin, à travers toute l'île, par vagues, et Oursin finit par entendre clairement ces mots en même temps qu'il sentait la terre battre en rythme :

– À MORT ! À MORT ! À MORT !

« Qu'est-ce que j'ai fait ? Qu'est-ce que j'ai fait pour qu'ils réclament tous ma mort à cor et à cri ? » se demandait Oursin, tout en sachant bien que cela n'avait rien à voir avec ce qu'il aurait pu faire. C'était une vague de cupidité mêlée de terreur qui les poussait à crier pour réclamer son sang. Mais d'autres voix retentirent alors, scandant une mélopée qu'on avait peine à entendre clairement. Il agita nerveusement ses oreilles.

C'était son nom qu'il entendait. Quelqu'un poussait des acclamations, et c'était son nom qu'on criait ! Il se tortilla et se dressa pour regarder par-dessus les têtes des animaux qui le traînaient.

Les mélèzistes l'acclamaient. Il en reconnaissait certains pour les avoir vus à la fête souterraine, mais tous s'affichaient clairement par la façon dont ils se tenaient, la patte levée, certains le saluant, et tous criant son nom :

– Oursin ! Oursin, l'Écureuil Marqué ! Oursin !

– À MORT ! À MORT ! À MORT ! entendait-on crier.

« Courez, Cèdre, cours, Juniper, pensait-il en priant de toutes ses forces pour qu'ils puissent s'échapper. Vivez. Arrivez en Outrebrume. » Les gardes le houspillaient, impatients de ramener leur prise à la Forteresse, et il n'avait guère le temps de voir tout ce qu'il se passait, mais il en voyait assez. Aux cris de « Oursin des Étoiles ! », les partisans accouraient à son aide. Les animaux qui le traînaient se retournèrent, prêts à se défendre, bien décidés à garder leur proie, quand les mélèzistes se précipitèrent sur eux en criant son nom.

« Ils ont fini par reprendre courage, se dit Oursin avec une bouffée de joie. Ils se sont soulevés contre le roi ! » Puis une nouvelle idée lui traversa l'esprit, terrible : « Ils vont se battre, les gardes du roi vont les exterminer, il y aura un bain de sang, et tout ça à cause de moi. » On entendit siffler des flèches, on vit étinceler des épées et les paroles scandées par ceux de la Forteresse se firent entendre plus fort, plus haut, avec plus de sauvagerie. Le martèlement était si fort, si forcené que la terre en tremblait. Quand Oursin leva les yeux, il lui sembla voir bouger la Forteresse.

Il y eut un bruit de tonnerre, mais cela ne pouvait pas être le tonnerre. Cela venait du sous-sol. Puis, de très loin, leur parvinrent un craquement et un déchirement si violents qu'Oursin se baissa et eut envie de fuir. Tout le monde levait des yeux terrifiés vers la Forteresse. La mélopée scandée et le martèlement avaient cessé. Les hérissons qui tenaient Oursin le lâchèrent pour se mettre à courir.

– Les arbres sont en train de s'effondrer ! cria quelqu'un.

Les arbres dénudés oscillaient avec raideur, par secousses, se tordant en tous sens comme s'ils souffraient. Des animaux coururent se mettre à l'abri. Des hurlements venaient de la Forteresse, ses portes s'ouvrirent à la volée sur des animaux terrifiés qui s'enfuirent. Sur les remparts qui tremblaient, Fumerolle et le roi s'accrochaient l'un à l'autre. Granit tentait de descendre par le côté, mais la Forteresse tanguait. Puis un crépitement terrifiant déchira douloureusement les oreilles d'Oursin qui, les pattes sur les oreilles, s'enfuit à toute vitesse vers les dunes. Il y eut un grondement, un craquement, des cris et le rugissement d'une chute de pierres. Puis ce fut fini, à l'exception de grondements graves qui roulaient en provenance des entrailles de la terre. Quand Oursin releva la tête, l'air était saturé de poussière.

Il se racla la gorge. Cette poussière lui emplissait la bouche et lui piquait les yeux. Il y en avait des nuages en suspension, qui retombaient doucement autour du vide marquant l'endroit où s'était dressée la Forteresse. Elle recouvrait la fourrure des animaux aux visages terrifiés. Elle le prenait à la gorge, le faisant tousser à en avoir les larmes aux yeux alors qu'il se débattait pour rejoindre le terrier.

– Oursin !

Cet appel rauque lui parvint par-dessus les cris et les lamentations des animaux terrorisés. Juniper accourait vers lui en se frottant les yeux avec une de ses pattes.

– Juniper ! s'exclama Oursin en se précipitant en avant d'un pas mal assuré. Tu vas bien ? Tu vas bien ?

– Nous sommes tous là, lui assura Cèdre, les yeux rougis par la poussière ou les larmes.

– Ne nous arrêtons pas, dit Mélèze en courant vers la plage. Il y aura peut-être de nouvelles secousses. Il faut que nous amenions tout le monde sur le rivage. Si vous voyez un animal qui a besoin d'aide, occupez-vous de lui.

Ils toussaient, chancelaient, relevant au passage ou donnant la patte aux animaux blessés et terrorisés qu'ils trouvaient sur leur chemin. Puis ils finirent par se retrouver sur la plage ; on avait l'impression que tout le monde embrassait tout le monde en jetant bas les armes, et Oursin avait la tête qui tournait. Ce n'était pas possible qu'il soit vraiment libre, la Forteresse ne pouvait pas avoir tout simplement disparu – la seule chose qui avait un sens, c'était la voix du capitaine Traînelapatte :

– Vous l'avais dit ! éructait-il en toussant. Trop de tunnels, trop de forages de mines. Devait arriver tôt ou tard. Attention aux dunes, qu'elles partent pas aussi.

– Il va falloir y retourner pour les blessés, dit Flamme d'une voix croassante.

– Pas tout de suite, Frère, je ne vous le conseillerais pas, lui dit Traînelapatte. Laissez les choses se calmer. Pas envie de vous voir tomber dans un trou, on a besoin de vous. Et ils sont tous en train de se chercher.

Des animaux se précipitaient vers la plage, les valides soutenant les blessés. Mélèze allait d'un groupe à l'autre, donnant des ordres – « que quelqu'un aille aider cet écureuil, je crois qu'il s'est cassé une patte… Vous, vous et vous, transportez ce hérisson jusqu'ici » – tout en assistant Cèdre et Flamme dans les soins aux blessés. Juniper et Oursin allèrent leur prêter main-forte tandis que Traînelapatte rassemblait les animaux valides pour aller chercher de l'eau à la source la plus proche. Juniper et Oursin étaient juste en train de discuter de la probabilité que la plupart des partisans du roi Bois d'Argent se soient trouvés à l'intérieur de la Forteresse au moment où elle s'était effondrée, quand les voix autour d'eux se turent : les conversations cessèrent. Les animaux les regardaient.

Un vieil écureuil au museau grisonnant s'avança et dit d'une voix grave et forte :

– Salut à toi, l'Écureuil Marqué, libérateur de Grisemine. Tu veux être notre roi ?

– Sûrement pas ! s'empressa de répondre Oursin. Je veux dire, ce serait un grand honneur pour moi, je n'en doute pas, mais vous avez déjà une reine. La reine Mélèze.

Lentement, un grand sourire de bonheur apparut sur le visage du vieil écureuil. Ses yeux brillèrent.

– Alors, c'est donc vrai ? dit-il, la voix tremblante d'excitation. Ce qu'ils disaient, c'était vrai ? Elle est vivante, et sur l'île ? La petite Mélèze ?

Oursin se dressa sur ses griffes de derrière pour parcourir la foule du regard, car Mélèze était trop petite pour être repérée facilement. Il l'aperçut en train de laver un petit hérisson couvert de poussière.

– Là voilà, là-bas, dit-il. En train de s'occuper de ce petit hérisson. Voilà la reine Mélèze. Vous avez aussi un prêtre, et les animaux qui les ont gardés à l'abri pendant toutes ces années.

Il y eut beaucoup d'agitation et de conciliabules entre les animaux, tous se montrant du doigt Mélèze en chuchotant et en reconnaissant qu'elle avait en elle quelque chose de l'ancienne famille royale et que, oui, c'était bien Mélèze. Et celui-là, c'était donc Frère Flamme ? On s'était toujours demandé ce qu'il lui était arrivé. Encore blancs et grisâtres de poussière, les écureuils et les hérissons s'agenouillèrent. Sur le sable de la plage, sur les pentes couvertes de neige, dans la poussière, des animaux couverts de bleus, hirsutes, proclamèrent Mélèze leur reine légitime.

– C'est fini ? s'enquit Oursin. Ils sont vraiment morts ?

– Tout a été englouti, lui répondit une femelle écureuil

hors d'haleine et couverte de terre en se faufilant à travers la foule.

Elle se frotta les yeux.

– Ils étaient tous sur les remparts. J'étais en haut d'un arbre. Tout le monde criait et tapait du pied, et tout s'est enfoncé, ils ont disparu et ont été ensevelis... Alors, j'ai couru, monsieur. Qu'est-ce qu'on fait à présent ?

– Demandez à votre reine, lui dit Oursin. J'ai un roi à aller retrouver chez moi, et mon île a besoin de moi. Je veux rentrer à la maison.

La neige avait cessé de tomber, mais des feuilles, des brindilles et de la poussière flottaient encore dans l'air avant de se déposer sur le rivage. Juniper et Oursin se frayèrent un chemin jusqu'à Cèdre.

– Il va falloir que vous partiez, maintenant, leur dit-elle, si vous voulez profiter de la marée. Ils vont vouloir vous offrir des fêtes, des célébrations et Dieu seul sait quoi si vous restez plus longtemps.

Oursin bondit sur ses pattes. Son plus cher désir était d'arriver chez lui le plus vite possible mais le petit bateau amarré à la jetée avait l'air plus minuscule que jamais.

– Il faudra que Traînelapatte aussi revienne en bateau, dit Oursin. Il ne peut pas descendre dans un tunnel pour l'instant, avec ce sol instable. Et puis, il y a les cygnes. Est-ce que ce bateau pourra tous nous transporter ?

– Pourquoi prendre le canot ? dit Mélèze. Prenez le navire ! Vous ne manquerez pas de volontaires pour constituer votre équipage.

– Mais il y a un problème avec les cygnes, intervint Flamme, une chose à laquelle nous n'avions pas pensé.

Comme ils ont passé toute leur vie enchaînés, leurs ailes ne sont pas fortes. Je ne suis pas sûr qu'ils puissent passer par-dessus les brumes, sans même parler de transporter quelqu'un.

– Eh bien, ils pourront toujours essayer ! lui répondit Oursin. Avant qu'on ait atteint les brumes, ils auront le temps de s'entraîner à voler ! Ils pourraient déjà transmettre un message à Crispin !

– Et Traînelapatte n'est pas parti par la mer, fit remarquer Juniper. Alors, si nous autres, nous n'arrivons pas à franchir les brumes, il pourrait mettre le canot de sauvetage à l'eau et essayer de passer à la rame. S'il vous plaît, on n'a pas le temps de discuter de ça maintenant.

Oursin leva les yeux sur le navire. Fier et gracieux, il avait le charme de ces vaisseaux enchantés qu'on trouve dans les contes.

– Nous le renverrons ici, dit-il gravement, avec un chargement de terre d'Outrebrume, pour donner à cette île une chance de reverdir, comme vous le souhaitiez. Et...

Il hésita. Sachant à quel point Cèdre avait envie d'aller en Outrebrume, il voulait l'inviter à se joindre à eux, mais il lui fallait d'abord demander la permission de la reine.

– Cèdre a toujours eu envie d'aller visiter Outrebrume.

– Je ne peux pas partir maintenant, objecta cette dernière, dont Oursin avait pourtant vu le regard dériver pensivement vers le navire. Vous venez tout juste de reprendre votre place et il y a tant à faire.

– Cèdre, lui dit Mélèze, vous m'avez bien préparée et vous connaissez la valeur des mélèzistes. Flamme et moi pourrons nous en tirer, ici.

– Et, ajouta Oursin d'un ton léger, une idée lui venant soudain à l'esprit, si Traînelapatte ne peut pas franchir les brumes, vous pourriez le faire, vous. Vous seriez peut-être la seule à le pouvoir, pour aller prévenir Crispin et lui dire où nous sommes. Donc, nous ne pouvons pas partir sans vous.

– Il a raison, dit Juniper. Nous avons besoin de vous. Et s'il y a eu une rébellion contre Crispin, cela nous arrangerait d'avoir quelqu'un comme vous de notre côté.

– Allons, conclut Mélèze. Tel est l'ordre que votre reine vous donne ! Allez-y, Cèdre, avant de manquer la marée.

Cèdre échangea quelques mots avec Mélèze et Flamme tandis qu'Oursin regardait avec envie l'élégant vaisseau. Il restait de la neige sur le mât et sur les voiles carguées. Voguer sur ce bateau devait être presque aussi agréable que de voler sur un cygne.

– Venez, alors, les jeunes, dit une voix derrière eux. Mieux vaut en finir. C'est l'heure.

– Merci, Traînelapatte, approuva Oursin en se retournant.

Et il se tut, surpris. Jusqu'alors, il n'avait jamais vu Traînelapatte avoir l'air aussi préoccupé.

– Qu'est-ce que tu en penses ? demanda Juniper. On monte direct par le côté ?

Oursin et Juniper bondirent sur la jetée pour évaluer la hauteur. Puis ils sautèrent sur le flanc du navire, l'escaladèrent et basculèrent sur le pont.

Mélèze en tête, les animaux de Grisemine escortèrent Cèdre jusqu'au bateau. Une haie d'honneur s'épousseta hâtivement avant de se former sur la jetée. Sur le pont, Oursin et Juniper trouvèrent des capes dans lesquelles ils s'enroulèrent et ils se frottèrent les pattes pour se réchauffer.

– Que le Cœur soit avec vous ! leur cria Flamme. Puisse le Cœur vous conduire tous en Outrebrume !

Deux cygnes qui essayaient leurs ailes volèrent jusqu'au mât, autour duquel ils décrivirent des cercles.

– Tu vois ! dit Oursin à Juniper. Ils apprennent déjà !

– On va avoir besoin de plus de lest, dit un des hérissons de l'équipage, provoquant l'impatience d'Oursin qui se mordit la lèvre. Nous sommes trop légers. On est en train de le charger.

– Est-ce que ça arrêtera ce tangage ? marmonna Traînelapatte. Et nous ne sommes même pas encore partis ! Les taupes ne sont pas faites pour être sur des bateaux.

Il renifla, puis renifla encore.

– Je sens ce truc contre les poux.

Il fit un pas en arrière pour s'écarter d'Oursin.

– Tu n'as pas attrapé de poux ici, non ?

– Certainement pas ! s'exclama Oursin.

Cèdre l'avait prévenu que l'odeur pourrait persister un moment, et il espérait ne plus rien sentir quand il arriverait chez lui. Il n'aurait pas aimé que Crispin et Pastor le croient pouilleux.

Debout à la proue, il jeta un dernier regard sur cette île où ses parents s'étaient rencontrés, où son père avait trouvé la mort. Le lest finit par être chargé, l'ancre levée, les voiles hissées, et le bateau s'ébranla – « À tour de rôle, nous aiderons l'équipage à ramer », dit Cèdre –, mettant un intervalle d'eau claire et profonde entre le navire et la côte de Grisemine. Les animaux firent des signes d'adieu, des écureuils chantèrent et de la poussière d'argent retomba en captant la lumière du soleil. Les cygnes s'élevèrent dans les airs. Et, quand Oursin ne vit plus rien de Grisemine, il tourna son regard vers l'horizon, appuya ses pattes de devant contre la proue et pria pour que le bateau rejoigne Outrebrume et Crispin.

Vive et fraîche, la brise marine faisait claquer sa cape autour de lui. Il sentit une présence à son côté et vit Cèdre qui tenait entre ses pattes le petit coffret. Son cœur se mit à battre très fort et il tendit sa patte gauche.

– Attachez-le très serré, s'il vous plaît, lui dit-il, pour que je ne le perde jamais.

Et quand Cèdre eut bouclé fermement le bracelet sur son poignet, il replia sa patte droite par-dessus et, sous sa cape, le pressa très fort contre son cœur. Personne ne pourrait le lui enlever, à présent.

Un vent brutal les suivait, qui les bombardait cruellement de neige fondue, mais il les poussait dans la direction d'Outrebrume. Ils naviguèrent aux étoiles la nuit et à l'estime le jour mais, au cœur de l'hiver, les jours étaient courts et les nuits longues. Ils aidèrent aux avirons, préparèrent du cordial pour eux-mêmes et pour l'équipage, et dormirent à tour de rôle dans des nids sous le pont. Même pendant leur sommeil, ils restaient blottis dans leurs capes et, pendant le quart de nuit sur le pont, Oursin et Juniper s'aperçurent qu'ils avaient les moustaches gelées. Quand Oursin dormait, roulé en boule, il rêvait de feux ronflant dans les cheminées de la Tour d'Outrebrume. Juniper et lui parlaient de leur enfance, et Oursin se rendit compte qu'il y avait dans l'histoire du petit écureuil quelque chose qui ne cadrait pas. Quand il eut l'impression qu'ils se comprenaient assez bien, il lui en fit part :

– Tu n'es pas tellement plus jeune que moi, et les euthanasies n'ont pas commencé avant la naissance de Sépia. Je crois que tu es plus âgé que Sépia. Damson a dû te cacher avant la loi sur l'euthanasie, avant que ce soit absolument nécessaire.

Juniper laissa son regard se perdre sur la mer un moment. Puis il répondit :

– Je sais. J'y ai pensé. Elle a sans doute eu une autre raison de me cacher, mais chaque fois que j'ai essayé de lui poser la question, elle a changé de sujet. Je ne peux quand même pas la harceler avec ça, non ?

Ils parlèrent longuement de ce qu'ils feraient en arrivant aux brumes. Les cygnes apprenaient à se servir de leurs ailes, mais les brumes étaient longues à franchir, et il semblait peu probable qu'ils puissent voler sur toute cette distance, encore moins avec un passager. Ils avaient bon espoir qu'au moins Traînelapatte ou Cèdre parviennent à passer. Si les autres étaient bloqués et s'il n'y avait pas de cygnes en Outrebrume pour venir les chercher, ils n'auraient plus qu'à retourner à Grisemine et à faire tout le chemin du retour par les tunnels. Cette idée ne plaisait à personne, en dehors de Traînelapatte, et même lui admettait que ce serait un long voyage.

– On pourrait grimper au mât, suggéra Juniper. Comme ça, on ne reviendrait pas par la mer. On passerait au-dessus.

– Je crois que ça compterait quand même, lui répondit Oursin. Mais si les brumes sont là pour protéger l'île, elles devraient nous laisser passer.

– Lueur du feu, clair de lune, le Secret, dit Juniper.

– Je suppose que tu ne sais toujours pas ce que ça veut dire ? lui demanda Oursin.

– Aucune idée, répondit-il en haussant les épaules. Mais je crois que cela a quelque chose à voir avec le fait de revenir. Et je ne me sens pas mal.

Traînelapatte trottina discrètement vers le bastingage.

– Je crois que, si les taupes avaient envahi Outrebrume, continua Juniper, je me sentirais mal. Lueur du feu, clair de lune, le Secret.

Quand il fallait carguer ou larguer les voiles, les écureuils, à tour de rôle, grimpaient aux gréements. Oursin voyait bien que, pour Juniper, c'était dur non pas à cause de sa patte atrophiée – qui ne semblait jamais le gêner – mais parce qu'il était vite à bout de souffle. Oursin savait que son ami avait sacrifié sa santé pour le suivre jusqu'à Grisemine. Il lui proposa de prendre sa place dans la mâture mais, de là-haut, Juniper lui cria en retour qu'il savait grimper tout aussi bien qu'Oursin, et il ne tarda pas à se hisser dans le nid-de-pie.

Le voyage était plus éprouvant pour Traînelapatte, qui l'endurait du mieux qu'il pouvait bien qu'il eût le mal de mer sans arrêt. Il s'entêtait à appeler la proue « le bout pointu », la poupe « le gros bout », le mât « ce bout de bois qui dépasse ». Quant à bâbord et tribord, il assurait que ça ne faisait pas de différence pour lui quand il devait se pencher par-dessus.

La troisième nuit, le ciel était si nuageux qu'il fut difficile de naviguer, mais le vent tenait et les poussait toujours vers Outrebrume. Oursin, qui bâillait à se décrocher la mâchoire, se blottit dans sa cape et traversa le pont à toute vitesse pour aller relever Cèdre. Il serrait contre lui un gobelet de cordial chaud.

– L'aube met un temps fou à venir, lui dit-elle en se frictionnant les pattes pour se réchauffer. C'est toujours comme ça quand on l'attend. Mais, cette nuit, cela semble plus long que jamais.

– Pl… plein hiver, balbutia Oursin entre ses dents qui claquaient. Traînelapatte a gardé le poêle allumé et Juniper a fait chauffer du cordial.

– Du cordial bien chaud ! s'exclama Cèdre, qui fila aussitôt.

En ce qui concernait l'aube, elle avait raison. Oursin eut l'impression de rester à la barre pendant des heures, et il faisait toujours sombre. Le cordial refroidissait rapidement, et le noyau de chaleur que le breuvage avait créé en lui s'était évanoui avant qu'il ne remarque que le ciel semblait un peu plus pâle et plus gris qu'avant mais, quand Juniper vint le relever, on ne voyait toujours pas l'horizon. Le froid glacial avait pénétré Oursin jusqu'aux os.

– Il fait encore gris, lui dit-il en frissonnant.

– Derrière nous, c'est plus clair, remarqua Juniper en le rejoignant sur le pont, la fourrure gonflée pour lutter contre le froid.

Oursin se retourna. Derrière eux, le ciel était d'un bleu pâle, et l'on distinguait clairement la crête des vagues.

– Mais il y a du brouillard devant, dit-il.

Et soudain, il traversa le pont en bondissant, trébucha sur ses pattes engourdies, plongea dans l'écoutille en faisant tournoyer sa queue et cria :

– Cèdre ! Traînelapatte ! Nous sommes dans les brumes !

Tous se retrouvèrent debout sur le pont, les yeux brillants, les oreilles dressées et le regard fixé sur le mur blanc des brumes. Traînelapatte se dressait sur le bout de ses griffes, les yeux fouineurs et le museau frémissant. Cèdre se penchait par-dessus la proue, le menton relevé, les yeux pleins de larmes.

– J'ai vu les brumes, disait-elle d'une voix tremblante. Même si je n'arrive jamais en Outrebrume, j'ai vu les brumes. Je sais que c'est là, derrière.

Juniper prit sa patte.

– Le Cœur ne nous laissera pas dehors, promit-il. Il y aura un chemin.

– Oh, alors, bien, dit Traînelapatte d'un ton sceptique. Je crois pas que tu le connaisses, ce chemin ? On aurait dû y aller par les tunnels. Hachés menu par les taupes ennemies, peut-être bien, mais toujours mieux qu'en bateau. Plus jamais ça.

– Mais on avance, cria Juniper. On est dans les brumes, et on avance toujours. Jusque-là, ça va.

CHAPITRE 22

Dans les ateliers d'Outrebrume, Finaiguille cousait sans relâche, faisant à Sapin une nouvelle tunique pour le couronnement, en espérant qu'il y en aurait vraiment un. Un petit tas de galets était posé devant elle. Espoir n'avait pas réussi à retrouver la Pierre du Couronnement, mais il avait déniché plein de jolis galets à offrir à sa mère et à ses amis les plus proches. Finaiguille était en train de broder au petit point un dessin de feuilles autour de l'ourlet mais, en ce jour d'hiver, la lumière était faible et il était temps d'arrêter.

– Tu t'abîmes les yeux, lui dit Triboulette. Tu en as fait assez pour aujourd'hui. Rentre chez toi.

Plus haut dans la Tour, Pastor se tenait à la fenêtre de la tourelle de Sapin, son fils Flux dans les bras. Sapin était assis sur un tabouret près du feu avec le bébé loutre femelle sur ses genoux. Des yeux d'un noir brillant lui rendaient son regard.

– Elle a ton expression, lui dit-il. On croirait toujours qu'elle va rire.

– C'est ce qu'elle fait, lui répondit Pastor.

Le bébé qu'il tenait dans ses bras entendit sa voix, poussa un petit cri de plaisir et gigota quand il le tourna vers la fenêtre.

– Regarde, Flux, lui dit-il, c'est la Colline d'Observation. Non, pas par là, ça, c'est Frère Sapin. Ils sont en train d'élever un bûcher pour les étoiles filantes.

– Est-ce que cette jeune dame a déjà un nom ? demanda Sapin.

– On aimait bien Cygne, à cause de la façon dont Oursin et Crispin sont revenus, lui répondit Pastor. Mais ce n'est pas un cygne, c'est une loutre. Puis on a pensé à Aile-de-Cygne. Puis Plume-de-Cygne. Celui-là, on l'aime vraiment tous les deux.

– Hum, dit Sapin. Plume-de-Cygne d'Outrebrume.

– C'est mieux que Tortillon ; on l'appelle comme ça en ce moment, précisa Pastor. Elle se tortille tout le temps.

Il alla à la fenêtre d'à côté.

– Et on dresse un autre bûcher sur la plage, dit-il. Ce sera une nuit exceptionnelle.

En soupirant, il s'assit en face de Sapin.

– Le fait est, Frère Sapin, que toute l'île se languit d'une fête. Celle dont ils ont vraiment envie, c'est le couronnement. L'hiver a été long et dur et ce n'est pas fini, et il leur faut une raison de faire la fête au lieu de scruter les brumes du regard en guettant Oursin et Juniper. Et Traînelapatte. C'est peut-être un vieux soldat, un dur à cuire, mais il n'est pas invincible. Mme Cott et sa famille sont très courageuses, mais j'ai le cœur déchiré en pensant à ses deux petits-enfants.

– Tipp et Todd, dit Sapin. Oui.

– Ils sont toujours en train de traîner en demandant qu'on les emmène en bateau et, si l'un de nous accepte, ils scrutent l'horizon avec un tel acharnement qu'ils risquent de tomber par-dessus bord. Ils veulent désespérément le revoir. Que vont nous apporter les étoiles filantes, Frère Sapin ?

– Demande à Mlle Plume-de-Cygne, elle en sait autant que moi là-dessus.

– Regardez-moi, criait Espoir d'une voix aiguë sur la plage, j'escalade le bûcher !

– Quel grand et courageux hérisson ! s'exclama Sépia.

En fait, il n'était monté que sur le tas de bûches qu'on devait emporter à la Tour, mais elle n'avait pas le cœur de le lui dire.

– Voilà Finaiguille avec ta maman, lui annonça Fingal en le faisant descendre.

Espoir partit du mauvais côté, entendit la voix de Triboulette et se retourna vers elle en se cognant la patte sur quelque chose. Il s'arrêta pour regarder.

– Est-ce que j'ai trouvé la Pierre du Couronnement ? demanda-t-il, plein d'espoir.

Finaiguille se pencha nonchalamment pour jeter un coup d'œil. Cela devenait difficile de s'enthousiasmer encore pour la Pierre du Couronnement, à présent.

– Non, c'est un coquillage rose, mais peu importe, lui dit-elle. Il est joli, tu le donneras à ta maman. On va bientôt allumer le bûcher. Criquette dit qu'on est en train de faire de la soupe chaude et du pain d'épice.

Criquette, qui travaillait à la cuisine, descendit les rejoindre.

– On va bientôt voir encore apparaître les lumières pour Oursin, dit Triboulette.

– Je n'aime pas trop ça, dit Criquette. Elles apparaissent chaque nuit et lui n'apparaît toujours pas.

Oursin et Juniper tapaient de la patte pour se réchauffer en regardant les brumes.

– On se rapproche, dit Juniper.

Traînelapatte fixait les brumes avec une telle intensité qu'il en oubliait d'avoir le mal de mer. Cèdre se penchait par-dessus la proue comme si elle voulait tendre son corps au-delà des brumes.

– On avance très lentement, remarqua Oursin.

– Mais on avance, dit Juniper. Que se passera-t-il si on ne peut pas les traverser ? On restera juste sur place ?

– J'ai entendu parler de vaisseaux de Grisemine qui ne sont pas passés, dit Cèdre. Le bateau ralentit de plus en plus, et puis s'arrête. Il n'ira pas plus loin, même par grand vent, même si vous ramez de toutes vos forces. Il ne peut que faire demi-tour et rentrer.

– Si cela se produit, dit Oursin, nous mettrons le canot à la mer, vous y prendrez place, et nous prierons pour que vous passiez.

– Oui, approuva Juniper. Priez.

– Que diable crois-tu que je suis en train de faire ? bougonna Traînelapatte.

– Priez pour que quelque chose de merveilleux se produise, insista le petit écureuil. On ne sait jamais. On pourrait tous passer. Les façons de faire du Cœur dépassent sans doute notre entendement.

– On croirait entendre Frère Sapin, lui fit remarquer Oursin.

Ils prièrent. Ils guettèrent. Ils montèrent et descendirent du mât pour se réchauffer et pour voir si la vue était un peu plus dégagée. Ils préparèrent du cordial et mangèrent de la viande qui avait encore le goût métallique de Grisemine. Le jour baissa. Ils pendirent des lanternes à l'avant et à l'arrière, ainsi que dans le nid-de-pie.

– Est-ce que ce ne serait pas mieux si on était là-haut, nous aussi ? s'interrogea Juniper. Je pense encore que, si on n'était pas si près de l'eau, on pourrait passer.

– Si le vaisseau s'immobilise, dit Traînelapatte, j'irai avec vous là-haut, pour voir si ça marche. Mais seulement si j'y suis obligé. Peste et poux, les choses que je peux faire pour Outrebrume ! Et, à propos de poux, tu sens encore.

Le navire ralentit. Oursin et Juniper grimpèrent au mât et s'installèrent dans le nid-de-pie. Ils regardèrent Cèdre, en bas, qui ressemblait à une figure de proue, des volutes de brume s'enroulant autour d'elle comme des voiles.

– On bouge toujours, remarqua Juniper, et toujours droit devant.

La brume formait des perles minuscules sur les fourrures et les moustaches. Sa blancheur enveloppait Cèdre et Traînelapatte, au point qu'Oursin finit par ne presque plus les voir. Les lampes luisaient doucement à travers des couches de vapeur blanche. Oursin appuya ses pattes gelées sur sa bouche pour les réchauffer. Un flocon de neige atterrit sur son nez.

Est-ce que les brumes ne devenaient pas plus légères ? Peut-être se l'imaginait-il, et il devint vite difficile de le dire. La neige tomba plus dru, plus vite, en épais flocons qui se jetaient en tourbillonnant sur le pont. Dans le nid-de-pie, ils tendirent leurs pattes pour les recueillir.

– C'est comme si on volait ! murmura Juniper. J'avais envie de voler sur un cygne, mais ça, c'est magique !

Le rire d'Oursin monta vers le ciel. Puis il s'arrêta, le souffle coupé.

– Qu'est-ce que c'était ? demanda-t-il.

– On voyait quelque chose à travers la neige ! lui cria Cèdre.

Oursin regarda plus attentivement. Au-delà de la brume, il apercevait un ciel d'un violet foncé où dansaient les flocons de neige et, au milieu d'eux, on voyait filer des éclairs d'argent. Stupéfait, les yeux écarquillés, il put à peine prononcer le mot.

– Étoile, murmura-t-il.

– Des étoiles filantes ! s'exclama Juniper.

Les cygnes s'envolèrent joyeusement.

– Oursin, ce sont des étoiles filantes ! Elles nous ramènent à la maison !

De Cèdre leur parvint quelque chose comme un sanglot et un cri de joie. Oursin bondit à bas du mât, courut se balancer au beaupré, restant dans la lumière des lanternes du bateau, accroché par ses pattes de derrière, le visage et les pattes de devant levés vers le ciel.

La neige ne cessait de tomber sur les arbres d'Outrebrume, jetant un manteau de silence sur le Bois des Anémones. Sur la Colline d'Observation et sur les rochers entourant la chute d'eau, les animaux réchauffaient leurs pattes à des brasiers en tournant leur visage vers le ciel. Sur le rivage, les jeunes oublièrent complètement les étoiles pour lesquelles ils étaient restés debout très tard et se contentèrent de regarder la neige descendre en silence pour aller se fondre dans la mer ou disparaître dans le halo de chaleur du bûcher. Pastor, tenant dans les bras sa fille enveloppée d'un châle, contemplait les petits écureuils et les petits hérissons qui bondissaient en tous sens sur les rochers pour essayer de ramasser de la neige dans leurs pattes avant qu'elle ne fonde, la tête renversée en arrière pour recevoir les flocons sur leur langue. Damson se tenait un peu à l'écart des autres, sa cape drapée autour d'elle, Sépia lui tenant la patte.

– Avez-vous froid, madame Damson ? lui demanda Pastor.

– Merci, capitaine Pastor, mais c'est la fumée qui me pique les yeux. Mlle Sépia me tient compagnie.

Frère Sapin s'approcha en boitant sur les rochers.

– Madame Damson, voulez-vous m'accompagner à ma tour pour boire un cordial avec moi ? lui demanda-t-il en lui tendant la patte. C'est le meilleur endroit de l'île pour voir les étoiles, et de beaucoup plus civilisé qu'un bord de mer sous une tempête de neige. La jeune Sépia peut venir avec nous si elle veut, bien qu'elle préfère sans doute rester avec ses amis.

Sépia leva les yeux vers la Tour. Oursin lui avait dit que les étoiles étaient un merveilleux spectacle quand on les regardait de la tourelle de Frère Sapin. Elles étaient si proches qu'on en avait le souffle coupé.

– Je vais y aller par le chemin le plus court, dit-elle dans un murmure rauque. Je pourrai allumer les lampes pour vous.

Elle grimpa au mur à toute vitesse, obligée de s'arrêter de temps à autre sur le rebord d'une fenêtre pour reprendre son souffle, et bascula dans la tourelle de Sapin en se hissant pardessus une de ses petites serres couvertes de neige. Quand elle eut fini d'allumer les lampes, elle entendit son pas dans l'escalier et comprit, aux voix qui se mêlaient à la sienne, qu'Espoir et Triboulette s'étaient joints à lui. Pendant que Damson se réchauffait, Sépia resta à la fenêtre en tenant la patte d'Espoir pour regarder filer les étoiles. Elles étaient grosses, brillantes, dansaient dans le ciel nocturne et sur la mer obscure, et Espoir les voyait aussi à en juger par les soupirs émerveillés qu'il poussait. Puis tout un déluge d'étoiles se précipita vers la Tour d'un seul élan comme une troupe d'enfants rieurs, à une vitesse folle qui lui donna envie de se baisser... mais elle ne le fit pas. Si les étoiles avaient arraché le toit de la Tour et l'avaient emmenée avec elles, elle aurait pu danser dans le ciel. Mais elles passèrent à toute vitesse et tout redevint silencieux.

– C'est tout pour l'instant, mon chéri, murmura-t-elle.

Espoir lui dit quelque chose en montrant de la patte un endroit sur la mer, mais Triboulette était en train de lui demander des nouvelles de sa gorge et elle se retourna pour lui répondre qu'elle allait beaucoup mieux, merci, mais qu'elle devait la ménager et qu'elle ne pouvait toujours pas chanter du tout.

– Il y a une étoile, dit Espoir.

– Je ne crois pas, mon chéri, dit Sépia en regardant au loin.

– Mais il y en avait une, insista Espoir.

– Alors, regardons toujours, lui dit-elle en s'installant à côté de lui. Oh !

Quelque chose bougeait dans les brumes, une lueur pâle y luisait faiblement. Elle disparut de nouveau mais, comme Sépia continuait à regarder, la lumière réapparut, brillant d'un éclat étouffé comme celui d'un feu. Il y en avait une autre, plus bas. Puis elles s'évanouirent, avant de redevenir visibles.

Sapin les observait, lui aussi. Et Triboulette. Et Damson.

Sur la Colline d'Observation, les animaux tournèrent la tête pour suivre la lumière. Sur la plage, les bavardages cessèrent. Les animaux avancèrent jusqu'au bord de l'eau. Crispin et Pastor se tenaient côte à côte. Pastor passa Plume-de-Cygne à Pomme. Arane mit Flux dans les pattes de Miette et se glissa aux côtés de Crispin et de Pastor.

– Un vaisseau, murmura Pastor. Avec des lumières à l'avant, à l'arrière, et en haut du mât.

– Qu'est-ce que les étoiles filantes nous ont apporté ? s'interrogea Crispin.

– Est-ce qu'on ne devrait pas mettre à l'abri les plus jeunes et les plus vieux, dans la Tour, en cas de danger ? demanda Pastor. Mais ça ne ressemble pas à un danger.

– Non, dit Crispin. Ne bouge pas, Pastor. Arane, dis à Docken et Huggen de se préparer au cas où on aurait besoin de se replier dans la Tour. Fais venir Russet et Heath.

– Étoile ! cria un jeune écureuil.

Une, deux, trois grandes étoiles filèrent dans le ciel qui, pendant une seconde, fut éblouissant. Mais personne ne fut tout à fait sûr d'avoir bien vu.

– Quelque chose de pâle, comme le clair de lune ? demanda Pastor.

– La fourrure d'un animal, dit Arane, comme la lueur d'un feu.

– Il y avait quelqu'un en haut du mât, dit Crispin. Et regardez !

Cela se rapprochait. Faiblement éclairées, à peine visibles, des formes se dessinaient sous leurs yeux. Un navire s'avançait, avec ses lanternes qui brillaient à travers un voile de brume de plus en plus mince, et des étoiles dansaient tout autour, comme une garde d'honneur, l'escortant jusqu'au rivage. Il se rapprocha, grand, magnifique, quittant les brumes et voguant vers Outrebrume à travers la neige et les étoiles. Était-ce un écureuil foncé, dans le nid-de-pie ? Sur le beaupré, les pattes tendues, se balançait une silhouette aussi pâle que le clair de lune. Sur le pont, quelque chose luisait comme un feu, mais cela aurait pu être la fourrure rouge feu d'un écureuil. Ils arrivaient à présent au niveau des petits bateaux qui s'écartèrent pour les laisser passer.

Sur toute l'étendue de l'île, des yeux étaient à l'affût. Les animaux retrouvèrent leur voix.

– Oursin ! s'exclama Crispin.

Dans la tourelle de Sapin, Damson se frotta les yeux.

– Juniper !

– Oursin ! Juniper ! cria Sépia en sautant par la fenêtre.

– Oursin ! Oursin ! Oursin ! couinait Espoir.

– Mon papa ! dit Miette en serrant Flux dans ses bras.

– Grand-papa ! crièrent deux jeunes taupes en s'élançant vers la plage avec des cris de joie.

– C'est mon Oursin, dit Pomme à Plume-de-Cygne, en essuyant ses yeux avec un coin de son châle.

– Oursin ! Juniper ! Traînelapatte !

Ces cris couraient à travers toute l'île. Dans la Tour, les yeux brillants, Sapin répéta sa prophétie et tomba à genoux pour rendre grâces. Puis il dévala les escaliers derrière Triboulette, Espoir et Damson.

Le navire continuait à avancer, mêlant ses lumières à celles des petits bateaux, qui brillaient de nouveau sur l'eau. Les animaux coururent à la jetée. Finaiguille prenait dans ses bras sa mère, son petit frère, Criquette, tout le monde. Sépia courait en tous sens, rassemblant sa chorale, les guidant vers le plus haut rocher qu'elle ait pu trouver. Et, encore maintenant, des étoiles et des cygnes tournoyaient autour du nid-de-pie où Juniper levait les pattes avec enthousiasme, et autour de la proue où, comme un forcené, Traînelapatte faisait de grands signes en s'essuyant les yeux, et Oursin faisait des culbutes de joie avant de retourner en courant au bout du beaupré pour y attraper la corde, tandis que Cèdre regardait de tous ses yeux, encore et encore.

Pastor découvrit Arane à ses côtés, croisa son regard et lui fit un grand sourire.

– Prête ? lui demanda-t-il.

– Ça va être glacial, lui répondit-elle.

Ils se débarrassèrent de leurs capes et se jetèrent dans l'eau au moment où Oursin lançait la corde.

– On va encore avoir besoin de capes bien chaudes, dit la mère Câline. Et une aussi pour cette tête de linotte de Fingal, car on peut être sûr qu'il va les suivre.

– J'arrive ! hurla Fingal en faisant un grand *plouf* dans la mer.

On vit apparaître la tête de Pastor à la surface, les moustaches tombantes, les yeux pleins de rire. Débordant de joie, Oursin étreignit Cèdre, puis Traînelapatte, et monta au mât pour serrer Juniper dans ses bras.

– On pourrait presque toucher les étoiles ! lui cria-t-il.

– On les touche, les étoiles ! lui répondit son ami.

Puis le chant arriva jusqu'à eux, celui de la chorale de Sépia, avec les voix hautes et harmonieuses qui se fondaient dans l'air glacé et Cèdre retint son souffle pour les écouter, les oreilles dressées. Ils n'étaient plus loin de la jetée, à présent, et Oursin descendait en bondissant d'espar en espar. Crispin jeta sa cape sur la jetée, sauta sur la corde tendue et la remonta à toute vitesse en faisant tournoyer sa queue pour se maintenir en équilibre, car la corde se balançait sous lui, escalada le plat-bord pour serrer Oursin dans ses bras, une étreinte forte, chaleureuse, et remarqua enfin Cèdre qui se tenait derrière.

– Voici Cèdre, lui dit Oursin, c'est quelqu'un d'extraordinaire. Nous lui devons tout. Nos vies. Tout.

Crispin mit un genou en terre devant Cèdre et lui baisa la patte.

– Ma dame, lui dit-il, vous êtes la bienvenue en Outrebrume et y recevrez tous les honneurs que cette île peut vous offrir.

– Et excusez-moi, Majesté, mais il y a une rébellion de hérissons et une petite invasion de taupes est en cours, dit Traînelapatte. Je vais y mettre bon ordre dès que je serai sorti de ce bateau.

CHAPITRE 23

Oursin entreprit de raconter à Crispin tout ce qu'il avait appris à propos de la rébellion des hérissons d'Outrebrume, mais quand il s'entendit répondre que tout cela était fini, avec soulagement et reconnaissance, il s'élança en équilibre sur la corde pour descendre sur la jetée. Il tomba d'abord sur Sépia et Finaiguille, mais ce fut Pomme qui le serra la première dans ses bras, après avoir passé Plume-de-Cygne à Sépia pour envelopper Oursin dans une étreinte chaude et puissante qui sentait la soupe et les épices. Les larmes qu'il vit dans ses yeux firent de la peine à Oursin, qui pensa à la longue attente inquiète qu'elle avait dû vivre. Il voulut lui faire des excuses, ne serait-ce que pour s'être laissé kidnapper, mais cela ne servait à rien car Pomme parlait tellement et si vite qu'il était inutile de chercher à dire quelque chose. Avec Juniper et Damson, il se laissa entraîner au chaud près du feu dont la fumée lui piquait les yeux et contempla ardemment la Tour d'Outrebrume qui, éclairée par le bûcher et la lueur des étoiles, se détachait sur le ciel nocturne. On les enveloppa dans des capes chaudes et sèches, et quelqu'un leur apporta des gobelets d'une soupe brûlante, épaisse qui sentait Outrebrume, et pas la poussière grise. Traînelapatte, que sa femme et ses filles serraient dans leurs pattes, et qui portait ses deux petits-fils, un sur chaque bras, disparaissait sous un amoncellement de taupes. Oursin chercha Cèdre du regard et vit que Crispin l'escortait, ainsi que l'équipage, pour les faire descendre du bateau. Finaiguille lui apporta du pain aux noisettes et Sapin s'approcha en boitant.

Oursin avait oublié cette profondeur et cette bonté dans le regard du vieux prêtre. Joie et amour brillaient dans ses yeux.

– Je suggère que vous tous, courageux voyageurs, veniez dans ma tourelle, dit-il. Hum. On sera un peu serrés. Mais la nuit touche à sa fin, et je crois qu'aucun d'entre nous n'a envie d'aller dormir.

Quand ils se furent tous entassés dans la tourelle de Sapin, Oursin se rendit compte enfin qu'il était rentré chez lui, et pour y rester. Les bûches de pommier étaient dans le feu et la vieille casserole sur le foyer. Il se trouvait encadré par Pastor d'un côté et Juniper de l'autre.

– Tu sens le cordial de Pomme, lui chuchota Pastor. Elle ne t'a pas déjà forcé à en prendre, non ?

– Non et, avant que vous me le demandiez, je précise que je n'ai pas de poux, non plus, mon capitaine, lui répondit Oursin en chuchotant aussi.

– Les poux ne s'en approcheraient pas, dit Pastor.

Oursin se pelotonna, les pattes autour des genoux. Il était de retour parmi des animaux affectueux, qui n'hésitaient pas à prendre place à côté de lui et n'étaient pas gênés par son odeur.

Quand les étoiles s'éteignirent et que le ciel pâlit, Oursin, Juniper, Cèdre et Traînelapatte firent le récit de ce qu'il leur était arrivé et Finaiguille, Pastor et Arane leur racontèrent ce qu'il s'était passé en Outrebrume. Plus Oursin en entendait, et plus il se rendait compte de la durée de son absence et de tout ce qu'il avait manqué. Rien d'étonnant à ce qu'il ne puisse garder les yeux ouverts… Cèdre était en train de parler de ses espoirs pour l'avenir de Grisemine et Crispin ne la quittait pas des yeux… « Oh oui… je sais qui elle me rappelle… bien sûr… » Ses yeux se fermaient à nouveau. Est-ce que Pastor ne parlait pas de bébés ? Quels bébés ? Oh.

Quand le matin ressembla vraiment au matin et qu'Oursin eut assez dormi pour être à nouveau complètement réveillé, il retourna sur le rivage. Pastor, Crispin et Cèdre parlaient avec l'équipage du navire et mettaient au point son retour avec de la terre d'Outrebrume, des choses à y faire pousser, et tous ceux qui préféreraient vivre à Grisemine. Oursin n'arrivait pas à comprendre comment quiconque pourrait bien vouloir vivre à Grisemine plutôt qu'en Outrebrume.

– Cela pourrait être ton cas, si c'était la seule patrie que tu aies jamais connue, lui dit Crispin, et si toute ta famille et tous tes amis y vivaient.

Cèdre ne disait rien.

Plusieurs jeunes animaux, dont Fingal qui éclaboussait gaiement tout un chacun, déchargeaient le lest du bateau et jouaient avec. Espoir se promenait d'un pas mal assuré et choisissait des galets pour les offrir à Triboulette. Sapin et

Finaiguille descendirent sur la plage. Le prêtre arborait un sourire ravi.

– Ton amie de Grisemine est une guérisseuse experte, dit-il à Oursin. Elle pourrait bien aider cette pauvre Sépia.

– Elle m'a soigné, témoigna Juniper. Il faut que je vous parle de ça, Frère Sapin.

Espoir rejoignit Oursin en trottinant et lui tendit un galet.

– C'est pour toi, lui dit-il.

Il repartit en courant, contourna Arane, se cogna à un rocher et lui fit des excuses.

– En voilà un pour le capitaine Arane, un pour Sépia...

– Je sais maintenant qui Cèdre me rappelle, dit Oursin en la regardant. Je ne m'en étais pas rendu compte avant de la voir avec Crispin, mais elle ressemble beaucoup à Murmure.

– Oh, vraiment ? demanda Arane, soudain intéressée.

– ... et un pour Frère Sapin... Oups... !

Finaiguille sursauta. Elle s'agenouilla dans le sable à côté d'Espoir.

– ... Oups... Je l'ai encore fait tomber..., disait Espoir.

– Sapin ! cria Finaiguille d'une voix pressante. Frère Sapin !

– Il est joli, celui-là, dit Espoir.

Sapin s'approcha en boitant, accompagné de Juniper. Pour la première et unique fois de sa vie, Oursin entendit jurer Frère Sapin.

– Majesté ! Crispin ! Venez !

Juniper ramassa le galet et le laissa tomber dans la patte de Sapin. Il y resta, pâle, avec des traînées couleur de pêche, roses, et un filet d'or. Crispin et Pastor ne le quittaient pas des yeux. Des animaux qui avaient entendu crier Sapin s'approchèrent.

– Qu'est-ce que c'est ? demanda Cèdre.

– C'est la Pierre du Couronnement d'Outrebrume, lui répondit Sapin d'une voix grave. Bravo, Finaiguille, pour n'avoir jamais cessé de la chercher. Bravo, petit Espoir.

– J'ai trouvé la Pierre du Couronnement ? demanda Espoir. Où est maman ? Je peux lui dire ?

– Oui, Espoir, lui dit Finaiguille. Est-ce que cela veut dire que l'on peut à présent célébrer le couronnement ?

– On va d'abord attendre que les taupes de Grisemine se montrent et leur régler leur compte, dit Crispin.

– Et à ce moment-là, *par pitié*, couronnez-le, Sapin, couronnez-le vite avant qu'il ne trouve autre chose, intervint Pastor.

– Je peux dire ça aussi à maman ? demanda Espoir.

– Dis-le à tout le monde ! lui cria Crispin.

– Cela explique pourquoi nous avons eu tant de bateaux venant de Grisemine, dit Sapin. Hum. Je comprends, à présent. Bogue a sans doute pris la Pierre du Couronnement dans son coffret et l'a jetée sur le tas de lest pour qu'elle soit emportée hors de l'île. Mais elle s'est efforcée de trouver un moyen de revenir. À Grisemine, on a dû la charger sur un navire allant en Outrebrume mais ensuite, comme elle était restée sur un autre tas de lest, on a dû l'emporter de nouveau sans que personne ne remarque rien. Cela s'est peut-être produit un grand nombre de fois. C'est ça, le Secret, vous voyez. Le Secret qui t'a ramené chez toi.

– Il y a des choses que Bogue n'a jamais comprises, à propos d'Outrebrume, remarqua Crispin.

– Mon cher roi, il y a des choses à propos d'Outrebrume qu'aucun de nous ne comprend, commenta Sapin. Là où nous ne comprenons pas, il nous est toujours possible d'aimer. Hum. Chère madame Cèdre, si vous voulez rester pour le couronnement, peut-être voudriez-vous avoir de quoi vous habiller pour la circonstance.

– Maman va vous coudre quelque chose, proposa Espoir avec enthousiasme, et il la prit par la main.

Crispin regarda Espoir l'emmener jusqu'à la Tour.

Vers le milieu du jour, l'épuisement rattrapa Oursin. La plupart des petits écureuils demandaient à se rendre à la Colline d'Observation pour y jouer dans la neige et s'entendaient répondre qu'ils pouvaient faire tout ce qu'ils voulaient tant qu'ils se tenaient bien et à condition qu'ils soient prêts pour le couronnement, le moment venu. Finaiguille avait fini par venir à bout d'un travail de couture qui semblait avoir beaucoup d'importance pour elle. Oursin vint se mettre à la disposition de Pastor.

– J'ai oublié comment on fait pour te donner des ordres, lui dit Pastor. Va lancer des boules de neige sur Fingal de ma part.

Oursin passa un merveilleux après-midi avec les autres, à lancer des boules de neige, à faire des glissades et à construire des écureuils de neige avec des yeux et une queue en galets qui tombaient sans arrêt. Même La Semeuse se joignit à eux, mais elle ne put s'empêcher de dire à Finaiguille que, quelles que soient les qualités de Cèdre, elle ne pouvait pas rivaliser avec Lady Belle et, quand Finaiguille lui lança une boule de neige, elle grimpa à toute vitesse en haut d'un arbre pour y bouder. Quand il fit trop noir pour continuer, ils constatèrent combien ils étaient gelés et trempés et rentrèrent chez eux en multipliant glissades, cabrioles et sauts divers. Après un rapide souper dans la Tour, Oursin remonta en courant les couloirs familiers vers la Porte de la Source et la petite chambre voisine de celle de Pastor, ce décor dont il avait tant rêvé.

Le petit lit banal l'attendait. On avait allumé le feu. Oursin laissa son regard se perdre dans les flammes. Il n'y avait peut-être nulle part, nulle part au monde, un endroit aussi beau que celui-ci, avec la mer qui bruissait au-dehors et Pastor et Arane dans la chambre voisine. Il finit par quitter le coin du feu pour se rouler en boule, ramener les couvertures autour de lui pour en faire un nid et essayer de rester éveillé. Il avait tant attendu cet instant, il ne fallait pas qu'il s'endorme maintenant, alors qu'il le vivait enfin. Mais, à mesure que la chaleur le gagnait, il se permit quand même de fermer les yeux.

Pastor et Arane entrèrent dans la chambre sur la pointe des pieds.

– Quelles épreuves n'a-t-il pas traversées ? s'interrogea Pastor. Est-ce qu'on saura jamais tout ?

Il se pencha pour l'examiner de plus près.

– Il porte un bracelet. Qu'est-ce que c'est, à ton avis ? Cela a un rapport avec une fille ?

Arane l'examina très attentivement, puis secoua la tête.

– C'est un très vieux bracelet. Usé, décoloré. Et les poils qu'il y a dedans sont de sa couleur à lui.

– Je me demande s'il nous en parlera, dit Pastor.

Le lendemain matin, Oursin retrouva Crispin, Pastor et Sapin dans la Salle du Trône, et leur parla de ses parents. Ils l'écoutèrent en silence, et il eut l'impression d'être écouté comme un animal adulte, et non comme un jeune page. Puis Sapin les pria de l'excuser car, dit-il, il attendait des visiteurs dans sa tourelle.

Cèdre arriva la première.

– J'ai examiné Sépia, dit-elle en s'installant sur le tabouret bas qu'il lui proposa. Je suis peut-être à même de l'aider. Mais je dois vous demander de prier, car je ne suis pas sûre de pouvoir réellement faire quelque chose. Parfois, je ne guéris pas vraiment mes malades. Quand le mal dépasse mes compétences, je crois que c'est le Cœur qui les guérit, s'ils sont réceptifs. Ce fut le cas avec Juniper. Il est doué d'extrasensorialité, n'est-ce pas ? Il perçoit des choses que la majorité d'entre nous ne remarque pas. Flamme et moi avons beaucoup parlé avec lui. Il avait l'intuition d'un danger près du vaisseau de Grisemine, et auprès de Fumerolle, et je crois que Fumerolle avait, lui aussi, un pressentiment à son sujet, et que cela le mettait mal à l'aise, comme si quelque chose, chez Juniper, était pour lui une menace. Il y a chez ce petit quelque chose de particulier.

– Hum, dit Sapin. Je pense que Fumerolle était extralucide, lui aussi, mais qu'il détournait son don pour servir ses propres desseins au lieu de l'offrir au Cœur. Oui, Juniper a un grand potentiel. Il a de la loyauté et de la force de caractère, plus qu'il ne s'en rend compte lui-même, je crois. Par bonheur, son cœur se tourne vers ce qui est bon et vrai. Sinon, je serais fort inquiet. Mais les bonnes intentions ne suffisent pas, et il a besoin d'une formation. C'est extrêmement important. Nous devons l'instruire, tous les deux.

– Tous les deux ? s'étonna-t-elle en allant à la fenêtre d'où son regard se posa sur les bois et leurs arbres dénudés.

Cet espoir dans son cœur, n'était-ce pas tout simplement trop beau pour être vrai ?

– Cela veut-il dire qu'on me permet de rester ?

– Ma chère, lui répondit Sapin, si vous croyez que le roi Crispin va vous renvoyer d'ici, vous vous trompez grandement.

Quand elle fut partie, il rit silencieusement en lui-même à l'idée que Crispin pût désirer ce départ. Son visiteur suivant était Juniper, qui resta debout anxieusement devant lui, les griffes rentrées.

– C'est un peu difficile à expliquer, Frère Sapin, lui dit-il en cachant sa patte abîmée derrière l'autre et en regrettant d'être venu. Vous savez que j'ai failli mourir à Grisemine ?

– Oui, je sais.

– Eh bien, je… Je… Je crois que j'y suis mort pour de vrai.

– Oui, dit Sapin sans paraître surpris. Et alors ?

– Je vois des choses, en quelque sorte, dit Juniper, se sentant encouragé. Des choses que j'avais oubliées. Je me suis souvenu de choses à propos de ma mère. J'ai vu un visage d'écureuil. Je suis tombé de très haut, et il y a eu un cri. J'ai entendu une voix. Et c'est tout. C'est tout ce que je me suis rappelé. La chose suivante dont je me souviens, c'est que j'avais chaud, que j'étais en sécurité, et que Cèdre était là. Dans l'intervalle, cela peut paraître idiot, mais je crois que mon cœur s'était arrêté. Je n'ai plus jamais eu peur de Fumerolle après ça, j'ai même l'impression que c'était lui qui avait peur de moi.

– Oui, je vois, dit Sapin.

– Je ne savais pas quoi faire de tout ça, Monsieur, lui dit-il. Mais à présent, Oursin a tout découvert à propos de ses parents et… et…

– Oui ?

Juniper se mordit la lèvre et tenta de ne pas trop s'agiter.

– Eh bien, il sait tout sur ses parents et je ne sais toujours rien à propos des miens, et... enfin, je n'ai pas pu m'empêcher d'être jaloux, Monsieur, puis je me suis dit... : « Qu'est-ce qui m'empêche de découvrir la vérité à propos des miens ? »

– Ce n'est peut-être pas possible, lui dit Sapin.

– Je ne suis pas stupide, Monsieur, dit Juniper. Je ne suis pas beaucoup plus jeune qu'Oursin. Quand j'étais bébé, la loi sur l'euthanasie n'était pas encore passée. Je pense donc que Damson avait une autre raison de me cacher. Elle ne me le dira pas, mais j'ai pensé que vous saviez peut-être.

– Mon cher Juniper, lui répondit Sapin. Je n'ai pas plus d'idée de tes origines que tu n'en as toi-même. Est-ce que tu ne t'es jamais dit que la réponse ne te ferait peut-être pas plaisir ?

– Si, dit-il, mais j'ai quand même besoin de savoir.

– Hum, dit pensivement Sapin, bon, bon, bon. Si tu es décidé à découvrir la vérité, ce sera un cheminement long, et peut-être triste. Mais il se peut que tu aies besoin de connaître ton passé avant de pouvoir aborder ton avenir, et ton avenir est vital. Je vois un grand potentiel en toi, Juniper. J'espère que tu étudieras avec moi.

– Mais je n'ai jamais fait d'études !

– Mieux vaut commencer tout de suite alors, conclut Sapin. Comme Cèdre l'a noté, tu as des dons remarquables, mais il faut les canaliser, faute de quoi ils engendreraient le chaos. Ton don d'extrasensorialité n'est en lui-même ni une bonne, ni une mauvaise chose. Ce qui compte, c'est ce que tu en fais. Tu pourrais être pour cette île une magnifique bénédiction, ou bien te détruire toi-même et tout le monde autour de toi. Veux-tu être mon disciple ? Veux-tu être formé pour réaliser ton potentiel ?

– Oh oui, Frère Sapin ! s'exclama Juniper.

– En tant que prêtre ? ajouta Frère Sapin.

Juniper resta silencieux un moment. Puis il dit d'une voix douce :

– Si vous croyez que c'est ma vocation, Frère Sapin. Bien volontiers. Mais je ne me crois pas à la hauteur.

– C'est de cela que tu dois remercier le Cœur, lui dit Sapin.

Après le départ de Juniper, Sapin s'installa près du feu pour savourer sa chaleur et sa lumière. « Lueur du feu et clair de lune, tout le monde pouvait voir que cela désignait Cèdre et Oursin. Le Secret, c'était la Pierre du Couronnement. Le Fidèle, c'était ce cher vieux Traînelapatte. Alors, le Saint, bien sûr, c'est le seul qui reste. Oui. Et puisse le Cœur me prêter vie assez longtemps pour que je le voie prendre ma place. »

Pastor dévala les escaliers et tomba sur un buisson de romarin qui marchait à sa rencontre. Sauf que le buisson de romarin portait le chapeau de Pomme, avec les pattes de Pomme qui dépassaient par en dessous, et qu'il se révéla ne pas être du tout un buisson, mais un monceau de branchages.

– Pour la Salle des Assemblées, capitaine Pastor, mon capitaine, lui dit-elle. Les taupes sont très occupées à faire leurs je-ne-sais-pas-quoi, leurs trucs de taupes, et il y a des écureuils qui sont partis répéter, tout ça, et y a que nous pour faire le travail, et j'ai été si contente de tenir votre petite fille, sacré petit tortillou, que le Cœur l'aime fort, est-ce qu'elle est pas magnifique ?

– Bien sûr, qu'elle l'est, lui répondit Pastor.

Il l'aida à porter son fardeau jusqu'à la Salle des Assemblées et ils s'arrêtèrent sur le seuil. Crispin et Cèdre étaient en train de parler devant une fenêtre. Pomme réduisit sa voix à un murmure confidentiel.

– On ferait mieux de poser tout ça là et de retourner chercher le reste, dit-elle. Il l'a quasiment pas quittée des yeux, que le Cœur le bénisse, et il a bien raison, en plus. On l'aura pas plus tôt couronné qu'on aura un grand mariage pour lequel faudra s'habiller.

– Donnez-leur une chance, lui chuchota Pastor en retour. Elle vient à peine d'arriver.

Ils furent interrompus par Oursin qui montait les escaliers à toute vitesse et qui s'inclina.

– Je me présente au rapport, capitaine Pastor, mon capitaine, dit-il.

– Oursin, lui dit Pastor, voici les ordres que je te donne : essaie de rester sur cette île assez longtemps pour terminer ton apprentissage. En attendant, va demander au roi un laissez-passer à donner à l'équipage de Grisemine pour les inviter tous au couronnement, ainsi que les gardes d'Étournelle. Il faudrait qu'elle y soit aussi. Mais, Oursin – il posa une patte sur son épaule en jetant un coup d'œil vers Crispin et Cèdre –, ne le dérange pas pour l'instant.

– Il faut que vous sachiez tout sur moi, même le pire, disait Cèdre. J'ai fait semblant de servir le roi tout en me préparant à mettre Mélèze sur le trône. Vous pourriez dire que je suis une traîtresse aussi infecte que votre Gorsen.

– Personne, lui répondit Crispin, ne pourrait vous appeler traîtresse. Vous avez servi votre reine légitime et votre île de la meilleure façon possible, en vous mettant vous-même en grand péril. Et, en tant que loyale servante de Grisemine, peut-être pourriez-vous me dire ce que je dois faire de toutes ces taupes de Grisemine. Comme les troupes de Traînelapatte s'étaient préparées à leur attaque, nous en avons une pleine prison. Même problème pour l'équipage du premier bateau. Et pour Lord Crockenpique. Et, bien sûr, Étournelle. Je voudrais donner à Étournelle sa chance ici.

– Je suppose qu'il faudrait les renvoyer chez eux, dit pensivement Cèdre. Avec les membres de l'équipage et Étournelle, il ne devrait pas y avoir de problèmes. Mais Lord Crockenpique et les soldats pourraient causer plus d'ennuis qu'ils n'en valent la peine. Mélèze vient tout juste de monter sur le trône, et elle a déjà tellement à faire.

– Alors, je vais les retenir ici sous bonne garde encore un peu, dit Crispin. Quand nous lui renverrons son navire avec un chargement de la terre d'Outrebrume, j'adresserai à Sa Majesté un message lui demandant la permission de garder ici ses sujets, le temps de leur apprendre à vivre.

– Oui, dit Cèdre, les soldats lui obéiront probablement quand ils se seront mis dans la tête qu'elle est la reine. J'en suis moins sûre pour Lord Crockenpique. Il pourrait représenter pour elle une vraie menace.

– Alors, je vais le garder ici jusqu'à ce qu'elle réclame son retour, conclut Crispin. Il va protester, quoi que nous fassions, alors, pour moi, ça ne fait pas vraiment de différence. Et maintenant, pour Grisemine, c'est la fin de la tyrannie, votre cause a triomphé et il n'y aura plus de combats à livrer.

J'espère que vous allez pouvoir profiter de votre liberté et être heureuse en Outrebrume.

« Oh, par pitié », pensait Cèdre. Elle n'osa pas demander combien de temps elle pourrait rester, mais elle contempla Outrebrume comme pour s'imprégner de sa fraîcheur. « Par pitié. »

CHAPITRE 24

La Salle des Assemblées était si pleine de monde qu'Oursin se demandait comment faisaient les plus petits animaux pour continuer à respirer. Chaque rebord, chaque siège, chaque appui de fenêtre était occupé. Des écureuils s'étaient même installés sur des supports de lampe, et la nouvelle tribune était tellement bondée qu'Oursin, qui portait une cape rouge foncé et une épée au côté, ne pouvait s'empêcher d'y jeter des coups d'œil nerveux pour le cas où elle s'effondrerait d'un seul coup. Si cela se produisait, tout un groupe de hérissons, les équipages des bateaux de Grisemine, Étournelle, Pomme, Damson et plusieurs petites taupes atterriraient sur les loutres. Avec leurs baies bien brillantes, romarin et houx pendaient aux murs, attachés ensemble par des rubans dorés, et des guirlandes descendaient du plafond. Les capes étaient belles, les bonnets et les toques arboraient fièrement des faveurs et de la verdure, et Pomme avait orné son chapeau de plumes que lui avaient données les cygnes de

Grisemine. Les chorales chantaient. Tout le monde chantait. Et quand Pastor, en tant que capitaine le plus ancien, et Sapin, dans une nouvelle tunique brodée, proclamèrent Crispin roi d'Outrebrume, les acclamations résonnèrent et se prolongèrent en multiples échos comme si la salle ne suffisait pas à les contenir.

La Pierre du Couronnement était dans son coffret pour que Finaiguille pût la porter à Sapin. Crispin avait choisi Finaiguille pour la récompenser de l'avoir cherchée avec un bel acharnement. Sur la patte de Crispin, elle brilla paisiblement, comme si elle se retrouvait chez elle et ne voulait jamais en repartir. Oursin savait bien l'impression que cela faisait.

Étournelle était là, paraissant minuscule, encadrée comme elle l'était par deux robustes écureuils. Elle regardait la cérémonie avec des yeux brillants. Elle portait un petit chapeau élégant dont Oursin se disait que ce devait être un cadeau de Triboulette. Elle était comme ça, Triboulette.

Sur le trône, Crispin était assis bien droit, solitaire – mais Pastor se tenait d'un côté, Traînelapatte de l'autre, et Arane derrière eux. Les loutres portaient leurs robes bleu turquoise et argent, Traînelapatte était habillé en rouge très foncé et Crispin était couvert d'un manteau vert tellement rebrodé de motifs dorés, feuilles d'arbre, toiles d'araignée et tout petits animaux que Finaiguille avait du mal à en détacher ses yeux.

De ses vieilles pattes noueuses, Sapin leva la couronne bien haut. Des animaux tendirent le cou pour la voir, chuchotant entre eux à propos du travail qu'elle représentait. Feuilles de chêne et glands étaient entrelacés en une guirlande et, petits mais bien visibles au milieu de ces motifs ouvragés, il y avait un cygne et des étoiles sculptés dans un coquillage blanc. Un frisson parcourut Oursin. « Des étoiles et un cygne. » Il avait fait partie de cette aventure.

On dit des prières. Crispin fit ses promesses aux îliens, dont les têtes s'inclinèrent quand ils lui firent les leurs. Et Oursin, se joignant à eux, la patte sur son épée, se rappela que c'était là le jeune écureuil qui l'avait ramassé sur le rivage le matin de sa naissance. Par-dessus son épaule, il jeta un coup d'œil à la tapisserie qui représentait un autre écureuil à la fourrure rouge feu.

« Tout va bien, maintenant, Lady Murmure, pensa Oursin. Tout ira bien pour lui. »

Quand Sapin posa la couronne entre les oreilles de Crispin, ce fut comme si un soupir de joie et de soulagement parcourait la Salle des Assemblées. Dans un envol de capes, tous les animaux s'agenouillèrent. Et une voix douce et claire comme un enchantement s'éleva, venant de la tribune.

Et voici Crispin,
Crispin qui chevauche les cygnes,
Chantez pour le roi de la brume et de la marée...

C'était Sépia. Oursin chercha des yeux Cèdre et capta son regard.

– Merci ! chuchota-t-il, et elle lui rendit son sourire.

Quand la procession eut quitté la Salle des Assemblées, Oursin suivit Pastor et Crispin dans l'antichambre. On disposait des tables dans la Salle des Assemblées, pour le festin. Bien qu'on fût au cœur de l'hiver, la pièce était chaude et humide, et Oursin alla ouvrir une fenêtre pour faire entrer l'air frais. Il neigeait à nouveau, et cette neige tiendrait jusqu'au lendemain.

Il restait une chose à faire. Oursin, tout en aidant Pastor et Crispin à passer leurs robes, leur dit ce que c'était.

– L'épée que les ambassadeurs t'ont offerte ? lui dit Crispin. Elle est toujours dans la Salle du Trône. Tu la veux ?

– Non, dit Oursin avec gravité. Non, je ne la veux pas. Elle devait servir à me tromper, et a été utilisée contre vous. Mais je ne veux pas non plus qu'elle traîne n'importe où et, comme elle m'appartient, c'est moi qui dois m'en occuper. Tout ce qui est arrivé, Grisemine et le reste, ne sera pas vraiment terminé tant que ceci ne sera pas fait. Et j'aimerais le faire devant témoins, s'il vous plaît.

Plus tard, ce soir-là, tandis que Sépia et Finaiguille dansaient, un petit bateau avança en tanguant sur les vagues obscures, se dirigeant vers les brumes. Quand il fut assez loin, Pastor rentra les rames.

Oursin éleva l'épée vers le clair de lune. Son exquis travail était vraiment magnifique, mais c'était comme si le dessin de ses nœuds et torsades lui parlait de tromperie et d'emprisonnement, et de sa supercherie à propos des filons d'argent. Rejetant sa cape en arrière, assurant soigneusement son équilibre pour pouvoir la jeter de toutes ses forces, il lança l'épée devant lui, vers les brumes. Un instant, elle tournoya, étincelante, et il y eut un doux clapotement quand elle traversa la surface de l'eau.

Oursin fut submergé par un sentiment de paix. Il en était rempli, et réchauffé, comme lorsqu'on est aimé. Tout doucement, il répéta dans un murmure ce qu'il avait dit dans la cellule de sa prison à Grisemine :

– Bonne nuit.

Puis il prit place auprès de Pastor et, côte à côte, ils ramèrent pour revenir en Outrebrume.

MARGI MCALLISTER est née et a passé son enfance en Grande-Bretagne, sur la côte nord-est. Passionnée de danse et de théâtre, elle conçut des histoires dans sa tête avant même de savoir écrire. En 1997, elle publie son premier roman pour enfants qui n'allait pas tarder à être suivi de nombreux autres. Aujourd'hui écrivain à temps complet, elle a publié plus d'une quinzaine de livres dans le domaine de l'éducation et pour la jeunesse.

Le Royaume d'Outrebrume marque un véritable tournant dans son œuvre. Depuis longtemps, elle souhaitait évoquer une île secrète, qui servirait de cadre à une histoire, et elle eut alors l'idée d'y placer des animaux plutôt que des êtres humains. Lorsqu'elle rédigeait le premier volume de la trilogie, Margi avait vue sur son jardin peuplé de hérissons, de lapins et même d'un écureuil, animal qu'elle adore.

Margi McAllister, qui est mariée et mère de trois enfants, vit actuellement dans le Yorkshire.

Loi n°49-956 du 16 juillet 1949
sur les publications destinées à la jeunesse
ISBN : 2-07-057775-9
Numéro d'édition : 144346
Dépôt légal : octobre 2006
Numéro d'impression: 81415
Imprimé en France
par les presses de la Société Nouvelle Firmin-Didot